D1603817

NO SIEMPRE GANA LA MUERTE

NO SIEMPRE GANA
LA MUERTE

Novela de David Landau

Traducción al español de Benigno Dou

pureplay press

Primera edición

Copyright © 2002, 2003 David Landau

Derechos exclusivos en español reservados para todo el mundo

Ninguna parte de esta publicación, incluido el diseño de la cubierta, puede ser reproducida, almacenada o transmitida en manera alguna ni por ningún medio, ya sea eléctrico, químico, mecánico, óptico, de grabación o de fotocopia, sin permiso previo del autor.

Por favor, dirija su correspondencia a: info@cubanovel.com

Cataloguing-in-Publication Data
Landau, David.
    No siempre gana la muerte: novela / de David Landau; traducción al español de Benigno Dou.
Translation of: Death Is Not Always the Winner.
    p.   cm.
ISBN 0-9714366-1-4 (pbk.)
1. Cuba—History—1959- —Fiction.
2. Cuba—History—Invasion, 1961—Fiction.
3. United States Central Intelligence Agency—Fiction.
4. Castro, Fidel, 1927- —Fiction.
5. United States—Foreign relations—Cuba—Fiction.
6. Cuba—Foreign relations—United States—Fiction.
813.54—dc21

Library of Congress Control Number: 200209473

Impreso en los EE.UU.

Ce n'est pas toujours la mort qui gagne.

—Georges Arnaud, *Le salaire de la peur*

Entrego este libro con cariño a todos los que lo respaldaron.
También, en justa retribución, a sus oponentes.

NO SIEMPRE GANA

LA MUERTE

ADVERTENCIA AL LECTOR

Nadie quiere que conozcas la historia que cuenta esta novela.

Es una historia sobre Cuba y los Estados Unidos durante la era de Fidel Castro.

En los días finales de 1958, Castro, un prodigio de la política de poco más de treinta años de edad, surgió de la nada para alzarse victorioso sobre el régimen del general Fulgencio Batista, viejo aliado de Washington.

Una vez en el poder, Castro no sólo castigó a sus enemigos sino que procedió a destruir a la mayoría de sus amigos, la misma gente que lo había ayudado a obtener la victoria.

Un grupo de cubanos que vieron el destino que Castro les preparaba, se decidieron a derrocarlo. Trataron de hacer causa común con el gobierno estadounidense puesto que sabían que los funcionarios norteamericanos, por sus propias razones, querían también librarse de Castro.

Estos combatientes de la resistencia eran muy diferentes a los cubanos que habían escapado a los Estados Unidos. Muchos de los exiliados eran simpatizantes de Batista, mientras que los luchadores anticastristas que quedaron en Cuba eran revolucionarios que se habían opuesto activamente a éste, y en consecuencia se ganaron el disgusto del gobierno de Washington.

Cuando estos revolucionarios acudieron en busca de ayuda para su lucha contra Castro, los funcionarios norteamericanos se mostraron renuentes a apoyar a personas de mentalidad independiente que poco antes habían ayudado a derrocar al aliado de los Estados Unidos, y decidieron más bien apoyar a los exiliados y a otros cubanos dispuestos a hacer lo que Washington les dijera.

En abril de 1961, la CIA envió una fuerza militar de exiliados cubanos a destruir a Castro con una invasión en la Bahía de Cochinos, un lugar remoto de la costa sur de Cuba. Mientras tanto, la CIA apenas les brindó ayuda a los rebeldes dentro de Cuba. Los agentes de los Estados Unidos en La Habana se abstuvieron de advertirles de la inminencia de un ataque. Como resultado, Castro pudo sorprender a sus oponentes internos con arrestos masivos y quebrar de manera decisiva su movimiento.

Bahía de Cochinos fue, para Castro, una victoria de enorme alcance. Consolidó en torno a su régimen las opiniones en Cuba, América Latina y buena parte del mundo. Le permitió montar una amenaza mortal contra los Estados Unidos, en forma de misiles soviéticos instalados en Cuba, y pavimentó el camino para su permanencia en el poder durante medio siglo.

Castro y sus compañeros estaban muy conscientes del regalo extraordinario que habían recibido. En una conferencia internacional en Uruguay, el comandante Ché Guevara llegó a darles las gracias a los Estados Unidos por apoyar la fracasada invasión.

* * *

En las décadas que siguieron, el régimen de Castro le infligió una debacle tras otra a Estados Unidos, al tiempo que seguía sacando sustento de la idea de que la Cuba socialista era una víctima de Washington.

El líder envejecido, deseoso de mantener su imagen como rebelde y contrincante en desventaja, no tenía interés en enfatizar cómo había triunfado repetidamente sobre los Estados Unidos, mientras que los funcionarios y líderes de opinión norteamericanos, en lugar de llamar la atención sobre sus sucesivas derrotas a manos de Castro, le restaban importancia al daño, o simplemente lo ignoraban.

Castro a menudo hablaba de los esfuerzos de sabotaje contra su régimen por parte de los norteamericanos y los cubanos exiliados. No tan visibles, y mucho más vitales, eran las propias iniciativas de sabotaje emprendidas por Castro. Durante décadas promovió formas de guerra no convencionales por toda América Latina, mientras les daba la bienvenida a las guerrillas de todo el mundo para entrenarlas en Cuba. Lanzaba continuas amenazas a otros gobiernos latinoamericanos y, en algunos lugares, ayudó a derrocarlos. Sus actividades se expandieron también más allá de la región. Apenas unos meses antes del 11 de septiembre del 2001, Castro viajó al Cercano Oriente y habló con los líderes de varios estados islámicos sobre cómo atacar a los Estados Unidos.

A través de la era de Castro, una idea falsa se aferró a la mente del público: una ficción mutua cuyos protagonistas eran los poderosos Estados Unidos y la vulnerable Cuba. La realidad, entretanto, seguía inadvertida, como el árbol que cae sin hacer ruido porque no hay nadie en el bosque para oírlo.

Las historias escritas sobre Cuba y los Estados Unidos durante el período castrista han coincidido ampliamente en la ficción mutua, mientras que la presente obra de ficción señala el camino de vuelta al bosque donde prospera una historia escondida.

Lector, ¡cuidado! Acabas de entrar al bosque justo en el momento en que un árbol gigantesco está por caer.

I.

ASÍ ES CÓMO SE MUERE

Rodrigo estaba aferrado a los barrotes de su celda, los puños apretados, la cabeza rapada ligeramente inclinada. Los segundos pasaban como horas, las horas como segundos, cada uno de ellos insoportable y precioso al mismo tiempo.

¿Por qué no estoy muerto? ¿Por qué esta gente me mantiene vivo?

Era la hora del ocaso, la más hermosa del día, la peor para los presos.

Esa hora traía recuerdos de regreso a casa, de niños y mujeres, de noches rebosantes de música y risas y amor. Para los hombres del presidio era la hora de más honda tristeza, que transcurría lentamente entre el hedor de otros hombres y la alegría de las pulgas bien alimentadas.

Rodrigo sabía que podía morir en cualquier momento. Podían quitarle la vida en los próximos treinta minutos o dejarlo vivir otros treinta años. A los que condenaban a muerte a menudo los dejaban vivir, mientras que aquellos que eran indultados podían perder su vida en el instante mismo en que comenzaban a respirar como hombres libres.

Bailaba con una paradoja que se extendía al infinito.

¿Cuántos ángeles caben en la cabeza de un alfiler? ¿Cuántas vidas humanas pueden palpitar bajo una espada?

Rodrigo sabía que la espada se alzaba sobre su cabeza. La suya no era la sentencia a muerte diaria que todos los seres humanos enfrentan. Era una sentencia excepcional que se ajustaba a su vida excepcional. *Ni buena ni mala*, pensó. *Sólo excepcional.*

Sé una excepción, únete a la conspiración.

Se repitió aquella frase como el estribillo de un anuncio comercial.

¡Qué cosa más ridícula su sentido del humor! A veces creía que no tenía derecho a permitírselo. No había tenido nunca una aptitud especial para la vida cotidiana. Rara vez lograba mantener un trabajo regular. La mayor parte del tiempo no sabía qué decirle a su esposa. Su sentido de la orientación era tan pobre que a menudo se perdía en barrios que conocía desde la niñez.

A pesar de ello, se había hecho conspirador. Y en las situaciones en que la mayoría de las personas se morían de miedo, él no sólo sobrevivía sino que hacía chistes.

¡Si no nos dices lo que queremos saber, te vamos a mandar al paredón! le gritó el principal interrogador.

A lo que él respondió: *Señor, usted me ha amenazado con la muerte tantas veces que si me pone frente al paredón y me pregunta qué siento, le contestaré como el chino: "¡Una 'peliencia má!"*

De niño, Rodrigo había escuchado a los vendedores ambulantes chinos, a lo largo del malecón habanero, hablando con su acento peculiar. Cuando se dirigió a sus interrogadores y les dijo *"Una experiencia más"* con aquella entonación burlona, éstos se enfurecieron.

Parece que no te importa para nada salvar la vida, declaró el principal interrogador. *No tenemos nada más que discutir. Las sesiones terminaron.*

¡Qué locura recurrir al humor en aquel momento! ¡Cómo había podido ser tan arrogante con su vida! Aunque no le importara protegerse a sí mismo, ¿cómo había podido mostrarse tan desconsiderado con su esposa y con sus hijos?

¡No! No debía pensar así. El juego al que había decidido entregarse no era el de salvar su vida. De haber sido así, estaría ahora en un traje gris trabajando para un bufete yanqui.

Sus reflexiones lo regresaron al momento que definió su vida y prefiguró su muerte.

Era una clara noche de abril de 1961, agradablemente fresca, con una luna ideal para su propósito. Estaba sentado en una cabaña de pescador, inmóvil como una piedra, con una mano en el rifle, mirando de vez en cuando hacia las granadas y las subametralladoras para asegurarse de que estaban a su alcance. Su compañero, Alejandro, dormía en el piso, a su lado. Esperaban a que su objetivo apareciera al otro lado del río. La trampa estaba perfectamente montada.

Dentro de un rato Rodrigo se echaría a dormir y Alejandro montaría guardia. Era la tercera noche que pasaban en la cabaña. La presa podía llegar en cualquier momento o pasarse tres días más sin aparecer.

Los movimientos de aquel hombre eran impredecibles. Durante casi un año, Rodrigo le había seguido la pista en vano. Entonces, por un golpe de suerte surgido de la tenacidad —como surge la suerte casi siempre—, Rodrigo supo de sus citas muy privadas, breves y bastante regulares junto a este tranquilo tramo del río Almendares.

Cuando los agentes de la seguridad llegaron para preparar el lugar de reunión, Rodrigo podía ver sus caras. Si a alguno de ellos se le ocurría cruzar el río, vería la suya. Entonces él y Alejandro dispararían y los guardias recibirían las balas y granadas destinadas al hombre que protegían.

Con un poco más de suerte, sin embargo, los hombres no cruzarían.

Para llegar tan cerca de la victoria, había tenido que recorrer un camino duro y emotivo. Había luchado siete años para derrocar a un tirano, únicamente para ver cómo los riesgos y padecimientos que había enfrentado sólo habían servido para llevar al poder a otro tirano. De modo que comenzó a luchar de nuevo.

A lo largo de ambas guerras, había matado a otros hombres. Había causado la muerte de personas cercanas a él. Su continua exposición al peligro había traído dolor y desesperación a los que más amaba.

Ahora, con un disparo de fusil, redimiría todo el sufrimiento: el que había causado y el que había padecido. Le devolvería el orden a su vida, a su familia, a su país.

La idea lo intranquilizó.

Esta vez debía de resultarle fácil apretar el gatillo. Ya había dejado atrás la parte más difícil, las misiones que no hubiera aceptado de haber sabido de antemano a lo que conducían. Todo eso había acabado. Estaba a punto de alzarse victorioso. Debía de sentirse triunfante. ¿Por qué no era así? ¿Qué se agitaba en él?

—¡Oye! ¿Te acuerdas de nosotros?—le gritaban desde su interior un hervidero de emociones—. Somos tus viejos amigos.

¡Vaya amigos!

Aquí estaba, en el umbral de una nueva vida, y la que dejaba atrás se aferraba a él con más insistencia que nunca. Rostros vivos y muertos, situaciones que habían sido o pudieron haber sido, sentimientos que había admitido y otros que había ignorado, halaban de él para hundirlo.

Se le acababa el oxígeno. Se ahogaba. Cuando las aguas estaban a punto de cubrir su cabeza, aguzó el oído de su mente y las olas le trajeron un mensaje claro, invariable: "Así es cómo se muere".

II.

ENEMIGOS Y AMIGOS

Con la mañana vino el calor. La nieve helada del día anterior se había convertido en fango en las aceras. Típico del clima caprichoso de Washington. Un día podía traer los peores rigores del invierno; el siguiente, el esplendor de la primavera. Después podía venir una oleada de calor tropical o tal vez, si al tiempo así se le antojaba, un regreso a las temperaturas heladas.

En esta mañana perplejamente clara de diciembre de 1959, el sector de los monumentos de la capital estadounidense, bajo su capa de nieve sucia, parecía un mugriento animal sin lavar.

Después de una visita a sus padres, que acababan de comenzar una nueva vida en el exilio, Rodrigo tenía un asunto más que resolver antes de reunirse con su amigo Antonio Moreno para el viaje de regreso a Cuba. Tenía que hacer una parada en el FBI.

En las células cerebrales de Rodrigo, el poder yanqui se identificaba con el FBI. A lo largo de siete años de lucha contra Batista, el temor a los agentes americanos había sido un sabor familiar en su boca y un constante sobresalto en sus vísceras.

Cuba era un protectorado norteamericano, Batista el hombre de Estados Unidos y los americanos, con su poder indecentemente enorme, apoyaban al régimen batistiano. Rodrigo y sus colegas conspiradores tenían que dedicar grandes esfuerzos para cuidarse no sólo del SIM —la policía política de Batista— sino también del FBI americano. Si cualquiera de ellos descubría las actividades de Rodrigo y sus compañeros, acabarían en las cámaras de tortura del SIM, donde tenían que mantener sus labios sellados y enfrentar muertes inenarrables.

Por suerte, ni el FBI ni el SIM pudieron nunca echarle la mano a Rodrigo, aunque ambas agencias policiales sabían quién era, y el FBI, sin duda, se acordaría aún de él. Hacía menos de un año que Batista había escapado asombrosamente de La Habana en un avión, ante el avance del Ejército Rebelde de Castro. Para los americanos, la caída de su hombre en Cuba había sido un amargo revés y sólo podía disgustarles el papel que había jugado Rodrigo en ello.

Ahora, Rodrigo avanzaba entre los monolitos de granito de Washington hacia la entrada del FBI en una misión inconcebible hacía apenas un año: presentarse ante el más temible de sus enemigos y pedirle que lo considerara un amigo.

* * *

Rodrigo vestía ropa formal, con una cámara colgada sobre el saco. En el vestíbulo principal del edificio del FBI se unió a unos visitantes que hacían un recorrido con guía. Cuando el grupo regresó al vestíbulo y se dispersó, Rodrigo se quedó atrás.

—¿Puedo ayudarlo? —le preguntó un asistente con suspicacia. En este austero lugar oficial, cualquier persona era vista enseguida como un merodeador indeseable.

—Me gustaría hablar con alguien de autoridad —dijo Rodrigo.

Tres o cuatro empleados más lo interrogaron con un creciente sentido de urgencia. Rodrigo repitió su respuesta, cada vez con mayor insistencia.

Un par de uniformes aparecieron con un hombre de más edad que vestía un traje arrugado y una corbata de lacito. De baja estatura, ojos curiosos y una sonrisa extrañamente agradable, el hombre tenía la apariencia de alguien que hubiera estado encerrado en una caja durante años y ahora lo hubieran dejado salir para esta ocasión.

—¿Hay algo de lo que usted nos quiera hablar? —le preguntó el hombre a Rodrigo con evidente sinceridad.

—¿Podemos hablar en privado? —preguntó Rodrigo, mientras los uniformes lo observaban de cerca.

El otro hombre lo agarró del brazo, por detrás del codo, y lo condujo a un área de oficinas. Entraron a una habitación escasamente amueblada. El hombre no se sentó detrás del escritorio. Con un movimiento informal agarró una silla y le hizo señas a Rodrigo para que tomara la otra.

—Por favor, siéntese —dijo el hombre—. Me llamo Ungerleider.

Rodrigo se sentó y dijo enseguida:

—Gracias, señor Ungerleider. Estoy aquí hoy porque soy cubano, y porque me preocupa profundamente lo que ocurre en mi país.

—¿Puedo saber con quién hablo? —preguntó el americano.

Rodrigo volvió a pararse de un salto.

—¡Qué descortesía de mi parte! Disculpe, señor. Aquí tiene mi tarjeta.

Era una simple tarjeta de presentación, en letra cursiva, con su nombre y la palabra "Abogado" debajo.

—Señor Núñez —dijo Ungerleider, pronunciando perfectamente las sílabas extranjeras—. Es un placer conocerlo.

—¡El placer es mutuo, señor Ungerleider!— exclamó Rodrigo, dándole al hombre un vigoroso apretón de mano.

—Veo que es usted abogado, aunque parece bastante joven para serlo —dijo el americano.

—Tengo veintiséis años. Hace tres que soy abogado. Y veo que usted habla español.

—Reconozco algunas palabras. Dígame, ¿cuál es su especialidad?

—Derecho civil —respondió Rodrigo con perceptible falta de

interés.

—Bien, supongo que no ha venido a hablar de un asunto legal, ¿no es así? —dijo Ungerleider.

—He venido a hablar de las relaciones entre nuestros países.

—¿De veras? ¿En qué sentido?

—Creo que su gobierno y mis colegas podrían tener un interés mutuo —dijo Rodrigo, tratando de sonar más seguro de lo que se sentía.

—¿Quiénes son sus colegas?

—Somos gente que luchamos por un cambio en Cuba. Creíamos que era necesario un cambio. Y ahora no nos gusta el cambio que tuvo lugar.

—¿Podría preguntarle qué es lo que no les gusta?

—Es un poco difícil de explicar —comenzó Rodrigo—. Como usted observó, soy abogado. Pues bien, señor Ungerleider, me hice abogado porque me interesa la ley.

Rodrigo le sostuvo la mirada al otro hombre y prosiguió.

—También me interesan la justicia y la razón y la equidad. Ocurre a veces que la justicia, la razón y la equidad son lujos que la ley no se puede permitir. Del mismo modo, seguramente estaremos de acuerdo en que la ley debe hacerse respetar siempre. ¿Me estoy expresando bien?

—Ciertamente.

—Dígame, señor Ungerleider. ¿Siguió usted por casualidad el juicio de los oficiales de la fuerza aérea de Batista a principios de este año?

—Lo hice, pero no muy de cerca. Tal vez quiera explicarme por qué cree usted que era importante.

—Me encantaría —dijo Rodrigo, satisfecho de haber llegado donde quería—. El caso es que algunos oficiales de la aviación de Batista (un grupo de unos cuarenta hombres) fueron enjuiciados por bombardear posiciones del Ejército Rebelde durante los enfrentamientos del año pasado. En el juicio, la defensa pudo demostrar que durante el ataque en cuestión los aviadores dejaron caer sus bombas en terrenos despejados para no causar daño a las fuerzas rebeldes. El jurado, lógicamente, halló a los aviadores inocentes.

—¿Pero no hubo un segundo juicio? —preguntó el americano.

—¡Ése es el punto! —exclamó Rodrigo—. Castro rechazó el veredicto del jurado. Se presentó ante las masas y dijo: "La justicia revolucionaria no se basa en preceptos legales, sino en la convicción moral". Esas fueron sus palabras. Y las masas lo aclamaron.

Rodrigo tomó un respiro y prosiguió:

—Claro que Castro sabe más que eso. El mismo es abogado, pero su objetivo no es hacer respetar la ley. Ni la ley constitucional ni la revolucionaria ni ningún tipo de ley. Su objetivo es expandir su poder, y si la ley se atraviesa en su camino, la echa a un lado. Así que en clara violación de todas las normas legales, le ordenó al juez que convocara a un nuevo juicio. Los aviadores enfrentaron los mismos cargos por segunda vez. El gobierno no mostró nuevas pruebas, pero todos fueron sentenciados a largas condenas de cárcel. Ese es el tipo de cosas que nos llevó a cambiar de idea sobre Castro. No importa cuán popular sea. Ni siquiera importa qué tipo de programas ponga en práctica. Lo que importa es que no hace un gobierno de leyes y derechos, sino de voluntad arbitraria y de fuerza. ¡Y nosotros rechazamos eso!

El otro hombre esperó unos segundos y luego dijo:

—¿Qué es lo que quieren de los Estados Unidos?

—Discúlpeme si sueno presuntuoso, señor Ungerleider, pero podría estar cerca la hora de formar una alianza entre nosotros y su gobierno.

—En ese caso —replicó Ungerleider, adoptando un tono oficial—, yo no soy la persona con la que debería estar hablando. Otra agencia tiene ahora la responsabilidad principal en esta área.

—Usted se refiere a la Agencia Central de Inteligencia —dijo Rodrigo.

—Exactamente. Pero, si usted sabía eso, ¿por qué acudió a nosotros?

Rodrigo sonrió.

—Mi padre, que es político, me habló desde niño del interés de su agencia por Cuba. Así que digamos que vine aquí por razones sentimentales.

—En ese caso —dijo el americano, devolviendo la sonrisa—, ha sido un placer para mí recibirlo.

Era la señal de que debía partir. Rodrigo se puso de pie.

—Gracias, señor Ungerleider. He abusado demasiado de su tiempo.

Se estrecharon las manos y el visitante hizo una salida abrupta y teatral.

* * *

Camino del Capitolio, ajustando el paso para llegar al dar las doce, Rodrigo rumiaba en su mente cada matiz y cada detalle de la reunión.

Los americanos solían ser simplemente nuestros enemigos. ¿Cómo será cuando nos miren como amigos?

III.

ABORÍGENES

Rodrigo bordeó la gran estructura en forma de domo del Capitolio y encontró a su amigo Antonio Moreno junto a un reluciente Thunderbird blanco, con la capota levantada y los asientos de cuero rojo restallando a la luz del mediodía.

Una cubierta blanca iba del extremo posterior de la carrocería a la parte de atrás de los asientos, dándole al carro un perfil futurista. El interior estaba lleno de detalles en acero inoxidable y los flancos traseros tenían la forma de un par de largas colas redondeadas que recordaban los escapes de un cohete.

—¡Ajá! —exclamó Rodrigo—. ¡Así que esto es en lo que has gastado tus ingresos de abogado de todo el año! Oye, esto no es un carro. ¡Es una singada NAVE ESPACIAL!

—¡Hombre! —replicó Antonio, emocionado—. ¡Espera a que veas lo que esta máquina puede hacer! Debajo del capó hay un motor 390 de ocho cilindros. ¡Arrancas en cero al pie de una loma y al llegar arriba vas a ciento cincuenta!

—¿Y cuánto te costó?

—Menos de tres mil.

—¡No jodas, chico! ¡Ni siquiera tres mil!

—Ajá. Tremendo negocio. Pero ven, vamos echando. Tenemos veinticuatro horas para llegar a Miami.

Antonio aceleró su nave espacial y, luego de cruzar uno de los puentes del río Potomac, prosiguió su cuento.

—Mi primo me llevó a un concesionario Ford en el Bronx. Nos aseguramos de ir ayer por la tarde, al final de un ciclo de ventas, cuando necesitaban sacar los carros del lote.

—Buena idea —dijo Rodrigo.

—Mi primo ya le había hablado al vendedor de mí. Cuando llegamos, el hombre dijo: "Así que usted es el tipo que ganó el campeonato de esgrima de Estados Unidos a los dieciocho años" —la voz de Antonio se llenó de un evidente disgusto—. Entonces mi primo mencionó que la Casa Blanca me había ofrecido la ciudadanía para que me pudiera unir al equipo olímpico de Estados Unidos.

—¡Vaya! —rió Rodrigo—. ¡Yo sé cómo te cae eso! Ya de estudiante te disgustabas cuando alguien comenzaba a alabarte, ¡pero ahora te has vuelto realmente alérgico a los elogios! Dime una cosa, Moreno, ¿es porque te estás poniendo viejo que te molesta tanto la celebridad?

—Bueno, ¡deja que cumplas los veintinueve para que veas cómo te sientes! Pero, tú sabes, Núñez, la gente en este país realmente no nos respeta.

La expresión de Moreno se había tornado un tanto sombría.

—Nos miran como aborígenes, sin importar quiénes somos o lo que hacemos.

—¡Aborígenes, sí! ¡Ésa es la palabra! —exclamó Rodrigo—. ¡A sus ojos nosotros éramos negros antes de que *sus* negros lo fueran!

—Gracias, Núñez —dijo Antonio, más animado—. Eso es justamente lo que quería decir.

—¡Coño carajo! —insistió Rodrigo—. ¡No tiene sentido! Y no somos los únicos a los que tratan de esa manera. Lo hacen por todo el mundo, ¡y luego se preguntan por qué en tantos países los reciben con expresiones de orgullo nacional!

—Creo que acabas de condensar en una píldora la política exterior yanqui.

—Sabes, Moreno, es casi, casi suficiente para que hasta un antichovinista convencido como yo me alegre de ser un cubano ordinario.

—Bueno, eso nunca lo vas a ser —sentenció Antonio con una sonrisa.

—¿Qué quieres decir?

—Mira, Núñez, tú eres un hombre con unos dones excepcionales, ¡pero lo que nunca podrás ser es un cubano ordinario!

—Dame una sola buena razón de por qué no.

—Está bien, aquí tienes una: los cubanos hablan en oraciones de ocho sílabas. Tú hablas como un singado filósofo alemán. El tema puede ser el café con leche o cómo sacar la basura. ¡Para ti, todo comienza en la Roma antigua!

Rodrigo apoyó la cabeza en sus manos por unos segundos y luego volvió a levantarla.

—¿Sabes una cosa, Moreno? Tienes razón en eso.

—No es nada malo —dijo Antonio con humor—. Sólo que...

—¿Sólo que qué?

—Bueno, que si a esas personas que acabas de ver se les ocurre pensar que están tratando con un cubano ordinario, ¡se van a llevar tremenda sorpresa!

—No más de la que *tú* debes haberle dado al tipo que te vendió este carro. Por cierto, ¿cómo lograste sacarle ese precio?

—Lo primero fue llegar allí sabiendo cuál era el costo para el concesionario.

—Ya veo.Usaste una herramienta básica: la investigación aborigen.

—El vendedor pedía cuatro mil quinientos por el carro. Una cantidad abusiva, mucho más de lo que le hubiera pedido a un americano.

—¿Y?

—Me hice el tonto. Le dije al tipo: "Mire, estoy seguro que usted comprenderá que cuatro mil quinientos dólares es mucho dinero para un extranjero. ¿No me podría ayudar?"

—¿Y qué hizo él?

—Comenzó a bajar el precio. Le pregunté si conocía La Habana. Me jacté de lo tremenda ciudad que era y le dije que fuera a visitarme. Después de mucho hablar firmamos por dos mil novecientos y pico, una cifra mucho más cercana a su costo. El hombre dijo que mi primo le caía tan bien, y que yo era un tipo tan encantador, que me estaba vendiendo el carro casi sin ganancia.

—¿Ah, sí? ¿Y el financiamiento?

—¡Coño, Núñez! ¿Cuántas veces te he dicho que no te me adelantes? Claro que contaba con sacarle ganancia al financiamiento.

—¡Trató de clavarte intereses de aborigen!

—Cuando el tipo sacó los papeles del préstamo, yo saqué el efectivo: 2,937 dólares y 12 centavos. Con menudo y todo, hasta el último centavo.

—¡No me jodas!

—Así mismo. Tenías que haber visto su cara. ¡Estaba tan encabronado que comenzó a hablar por la nariz! Quería cancelar el negocio, pero estaba por escrito. ¡Así que cogió su dinero y me dio el carro!

Los dos cubanos atravesaron Virginia a toda velocidad, en una burbuja de risas.

En Carolina del Norte perdieron de vista el sol cuando éste desapareció detrás de los árboles, en un glorioso estallido de rojos, blancos y grises. Había regresado el aire frío del invierno y manejaban con la capota levantada.

Era el ocaso, la hora de los fantasmas y los sueños. Los nombres de los lugares por los que habían pasado —Fredericksburg, Spotsylvania, Richmond, Petersburg— evocaban inevitablemente la masiva tragedia de la Guerra de Secesión.

Los hombres no luchamos por la felicidad, pensó Rodrigo. *Luchamos por el deber o la patria, las riquezas o el orgullo, Dios o la justicia, la venganza o el honor. Estamos dispuestos a luchar para hacer más difícil la vida de otra persona, pero no para hacer la nuestra más agradable.*

Las mujeres son las que pelean por la felicidad, pero la guerra no es el instrumento que usan para ello. Los niños son los portadores de la felicidad y ellos simplemente prefieren no pelear, pero se ven atrapados en las guerras de los hombres o en las maquinaciones de las mujeres.

Mis guerras sólo han traído desdichas a mi familia feliz.

Rodrigo odiaba pensar en ello, pero mientras se adentraba en la noche asido al volante, y se sumergía en esa delicada conjunción de semisueño y semivela en que los espectros se le meten a uno en la cabeza sin ser evocados, veía una y otra vez el rostro sufrido de su joven esposa.

Detuvo el auto y sacudió a su amigo para despertarlo.

—Me toca descansar. Maneja tú —dijo.

Antonio tomó el volante y Rodrigo se hundió enseguida en un sueño profundo y sosegado. Lo próximo que supo fue que lo sacudían.

—¡Los ojos se me cierran! —decía Antonio.

Rodrigo miró su reloj.

—¡Sólo llevas veinte minutos manejando!

—¿Y qué? Si manejo, choco el carro. Tú tuviste veinte minutos para dormir. ¡Por favor!

Rodrigo regresó al asiento del chofer y volvieron a aparecer los espectros.

Ahora el rostro que veía en su mente era el de la doctora Del Mónaco, su profesora de mitología en la secundaria. El esposo de la doctora era un cirujano bien conocido en La Habana. Su hija Elena era una niña de piel oscura, profundamente hermosa, de once años de edad. Después de conocerla, Rodrigo siempre preguntaba a la doctora: "¿Cómo está mi futura esposa?"

La doctora lo miraba con la molestia evidente de una dama que no estaba siendo el centro de atención.

Luego, Rodrigo vió a su madre frente a él, justo antes de su matrimonio con Elena, dándole un extraño consejo.

—Esta niña ha sido criada de cierta manera. No puedes tratarla como a esas otras mujeres.

No demoró en captar lo que quería decir su madre: Elena no era una puta.

¿Cómo se había enterado la vieja de aquel hábito suyo? El viejo debía de habérselo dicho. ¿Y cómo se había enterado él? Nadie en Cuba podía ocultarle al viejo un secreto, aunque su hijo ciertamente había tratado.

Rodrigo había evitado los lugares obvios, como la Casa María, donde algunas de las mujeres más hermosas del mundo entretenían a los amigotes de su padre. En lugar de ello, el joven tenía una procuradora privada, una dama periodista llamada Margot.

Para casi todo el mundo, Margot era una vieja remilgona que seguramente se hubiera desmayado si alguien se atrevía a decir una mala palabra delante de ella. Pero eran los hombrotes que hablaban con melindres a su alrededor los que se hubieran desmayado de haber sabido que Margot comerciaba con algunas de las mujeres más deseables de La Habana.

Cada vez que una dama de cierto calibre estaba disponible, Margot llamaba a Rodrigo y le decía: "Tengo un caso para usted".

Él dejaba lo que estuviera haciendo y se dirigía a un apartamento donde era recibido por una mujer tan conservadora en su vestir y en su apariencia como la esposa de un senador.

Las mujeres de Margot tenían buena educación, sabían conversar y eran irresistiblemente bellas. Cada una de ellas era experta en hacer a un hombre sentirse gentil, cortés y viril. A Rodrigo le fascinaban estas damas, le gustaban genuinamente, les ofrecía su amistad, trataba de conquistarlas.

El verdadero romance, se decía, *no es seducir a una monja. Es seducir a una puta.*

¿Y por qué no? Estas damas anhelaban un gesto de ternura y lo pagaban con creces. Los hombres que sólo las veían como objetos de placer habrían hecho bien en buscarse entre ellas una pareja, porque casi cualquiera hubiera sido el mejor negocio de sus vidas.

¿Por qué Rodrigo no se casaba con una de ellas? Nunca se forzó a comprenderlo. Sólo intuía que el consejo de la vieja sobre Elena le iba como anillo al dedo. Ella se encargaría de parirle hijos, y tal vez incluso de mitigar su lujuria, pero en otros aspectos él sólo le daría la deferencia, y la distancia, que le daba a su madre.

Un golpe en la puerta lo despertó. Su hermosa esposa, dormida, había metido una pierna entre las suyas. Rodrigo saltó de la cama, se puso una bata y agarró una pistola camino de la puerta.

La cara inquieta de su suegra apareció por la hendidura.

—¿Qué hora es? —preguntó él.

—Las seis.

—¿Pasa algo?

—Hubo un tiroteo en el Montmartre anoche —dijo la doctora—. El jefe del SIM está muerto.

Rodrigo se encogió de hombros, pero la doctora no se equivocaba al sospechar que él había participado en el ataque al club nocturno.

A la madre de Elena le desagradaba lo que él hacía, y le causaba temor, pero al mismo tiempo lo admiraba. El odio hacia Batista y su policía era tal que cualquiera que luchara contra ellos era un héroe. A la doctora le divertía, y le excitaba, tener un yerno en la lucha; y Elena, que seguía en todo a su madre, se prendó aún más de él.

Los años pasaron. La esposa-niña de Rodrigo le dio dos hijos. Batista fue derrotado y huyó. Fidel se consolidó en el poder. La rebelión perdió su halo de gloria, en tanto que el peligro se intensificó. Elena, que ya había dejado de ser la muchachita enamorada del héroe, quería convertir a su esposo en un hombre de hogar.

¿Debía esto sorprender a Rodrigo? Elena era una arrebatadora mujer de dieciocho años llena de cualidades, y rebosante de respeto y amor por su esposo, pero en lo más profundo era una esposa chapada a la antigua. Si en la cama era aún una niña, ¿qué importaba? Cuando necesitaba una verdadera mujer, tomaba una de las de Margot. La mujer le hacía lo que Elena no podía hacerle y eso le permitía a Rodrigo desbordarse en ternura con su esposa.

Más problemática era la presencia de la doctora dondequiera que iba Elena: en la cocina, en el jardín, con los niños y hasta en la cama matrimonial.

Cierto tipo de jovencita, en el abandono del placer sexual, puede exclamar: "¡Virgen Santa!" "¡Madre de Dios!" "¡Perdóname!" "¡No es mi culpa!" Estas frases sin duda caen como miel en los oídos de un hombre. Pero cuando Rodrigo las escuchó de labios de su esposa, tuvo la sensación desconcertante de que no iban dirigidas a la Madre de Dios, sino a la de Elena.

Basta de esto, se dijo Rodrigo mientras el Thunderbird de Antonio atravesaba a toda velocidad la soleada inmensidad de la Florida. La capota del carro estaba otra vez levantada. Al tiempo que los dos hombres se iban quitando sus prendas de invierno, capa por capa, Rodrigo iba sintiendo la dura realidad de su situación doméstica. *El problema de mi matrimonio está aquí mismo, en mí. Elena es una mujer creada por la Naturaleza para hacer feliz a cualquier hombre. No puede hacerme feliz porque yo no soy un hombre cualquiera.*

Una nueva guerra se avecinaba en Cuba. Rodrigo lo sabía. Sus amigos lo sabían. Castro se había preparado para ella. Más tarde o más temprano, los Estados Unidos reaccionarían. Y cuando ese leviatán se despertara, las aguas cobrarían vida, y Rodrigo estaría nadando en ellas.

Rodrigo no tenía elección. Un tiempo atrás, había saltado a una corriente más grande y más fuerte que él mismo. Ahora la potente corriente lo arrastraba, con los pies por delante, hacia los rápidos; y esos rápidos lo empujarían hasta el mar.

Elena lo halaba por las piernas, rogándole que se saliera del agua. Si se quedaba adentro, ella iba a estrellarse contra las rocas. Si se salía, él se alejaría de su propia vida. ¡Qué triste que en su afán por ser él mismo debía causarle daño a su esposa! ¡Qué triste, y qué inevitable!

IV.

EL LABERINTO DEL ENGAÑO

—¡El señor Bill Whitmore desea verlo, doctor! —anunció la secretaria.

Cansado todavía de manejar a lo largo de la costa este de Estados Unidos, y del viaje en ferry hasta Cuba, Rodrigo se tomó un momento para prepararse para la visita de uno de sus viejos compañeros de universidad.

Bill Whitmore era un yanqui rubio de Connecticut. Su familia se había establecido en Cuba después de comprar una finca en la provincia de Oriente. El día que se matriculó para el primer año en la Universidad de La Habana, en el verano de 1951, Bill se acercó a Rodrigo para que lo ayudara a encontrar el departamento de Literatura Hispana. El americano era un aristócrata que evidentemente había heredado sus modales refinados de varios siglos de antepasados. A pesar de toda su distinción, carecía de afectación y era simpático. Rodrigo lo adoptó como amigo y pasaron muchas horas agradables juntos.

El golpe del general Batista contra el gobierno del presidente

Carlos Prío trastornó esta amistad, como muchas otras cosas en la vida de Cuba. Aquel memorable 10 de marzo de 1952, la universidad entró en ebullición en rechazo de la acción de Batista.

—¿Qué tú crees? —le preguntó Rodrigo a su amigo americano mientras escuchaban a los líderes estudiantiles discutir con urgencia la situación.

—Creo que esta gente está bastante alterada —contestó Bill.

—¿Por qué no habrían de estarlo? ¡Batista está tratando de robarles el país!

—Es el país de Batista también —dijo Bill—. Prío y sus amigos han sido un desastre. Cuando Batista fue presidente aprobó una constitución. Puso en vigor leyes laborales. Prío, en cambio, no hizo nada.

—Eso puede ser cierto, ¡pero nadie tiene derecho a pisotear una elección! Eso nos convierte en una república bananera. El pueblo cubano no lo va a permitir. Recuerda lo que te digo. Si este golpe tiene éxito, el pueblo se alzará en armas.

Rodrigo, que casi gritaba, logró controlarse. Bill había sido siempre un amigo y un caballero intachable.

—Perdóname por haberme molestado —dijo Rodrigo—. Comprendo que veamos este asunto desde perspectivas diferentes.

—No te disculpes, por favor —replicó Bill—. Sólo soy un visitante en este país. No debería estar hablando de algo que no me incumbe.

—¡Atención todo el mundo! —anunció alguien—. Tenemos noticias importantes.

Todos los ojos se voltearon hacia el joven orador.

—El presidente Prío, el primer ministro Varona, el doctor Del Cordobés y otros ministros están ahora en la embajada de México.

Se elevó un tremendo clamor. A sólo unas horas de comenzar la pelea, Prío había entregado la presidencia al refugiarse en suelo extranjero.

El orador continuó:

—El general Batista ha proclamado la formación de un nuevo gobierno. Ha prometido restaurar la constitución en cuarenta y cinco días.

Los abucheos y los silbidos con que fue recibido el odiado nombre no dejaron oír el resto del anuncio. Poco importaba. Nadie en aquel salón hubiera creído la promesa del tirano.

A lo largo de los años de lucha que siguieron, Rodrigo no volvió a saber de su amigo yanqui. A veces lamentaba el distanciamiento, pero no podía ser de otra manera. Rodrigo había entrado en la clandestinidad, mientras que Bill era un americano leal cuyo gobierno apoyaba al dictador.

Ahora faltaban unos días para la Navidad de 1959. Al ver a Bill por primera vez en casi ocho años, Rodrigo se quedó boquiabierto. El hombre elegante de finos modales vestía ropa desaliñada y zapatos tenis. Sus pómulos demacrados y sus ojeras reflejaban un intenso padecimiento. Antes de que intercambiaran una sola palabra, Rodrigo tuvo la sensación horrible de que las lágrimas estaban a punto de salírsele.

—¡Núñez! —exclamó Bill—. Me alegra verte tan bien.

—¡Bill! Pasa por favor.

Cuando se sentaron, Bill contó una historia similar a muchas otras que Rodrigo había escuchado durante el "Año Uno de la Revolución".

—Después de la universidad regresé a Oriente a ayudar con la finca. Tuvimos unos años fantásticos. Luego las guerrillas se hicieron fuertes. Vinieron a nuestro finca a pedirnos dinero para el Ejército Rebelde. Nos dijeron que si no les pagábamos el impuesto, no podían garantizar la seguridad de nuestra propiedad. En otras palabras, que iban a quemar nuestras edificaciones, destruir nuestras siembras y matar nuestros animales si nos les dábamos lo que pedían.

—Lo siento —dijo Rodrigo, sintiéndose de algún modo responsable. Había luchado del lado de los rebeldes, pero no compartía esa perversión que late en el corazón de la política: la idea de que la gente merece sufrir cuando tiene una opinión distinta a la de uno.

—El impuesto fue sólo el comienzo —prosiguió Bill—. Cuando Castro tomó el poder e hizo su reforma agraria, vinieron los soldados y nos sacaron de la finca. Dijeron que los americanos se habían apoderado de las riquezas de Cuba y que ahora el pueblo las estaba recuperando. Mi padre preguntó qué compensación le daría el gobierno. Los soldados dijeron que eso no era asunto de ellos. ¡Ni siquiera nos dieron un recibo por la propiedad! Nos mudamos a un apartamento en la ciudad. No es un lugar muy agradable, pero es lo más que nos podemos permitir. La finca era todo lo que teníamos.

—¿Y tu gobierno no los está ayudando? —preguntó Rodrigo.

—Nos dicen lo mismo de siempre. Que primero tienen que agotar las vías diplomáticas. Quieren compensaciones por todas las propiedades confiscadas. Si Castro se niega a ello, podrían poner en práctica otras opciones. Pero mientras tanto, nadie hace nada por nosotros.

Rodrigo estudió a su amigo una vez más; los tristes ojos azules, los pliegues prematuros en la papada, la ropa y los zapatos harapientos. El sufrimiento de Bill era genuino, pero ocultaba algo más.

Lo cierto era que Bill había buscado de nuevo la amistad de Rodrigo, y éste no tenía más remedio que dársela. De modo que le abrió su casa a Bill.

Rodrigo también recibía a sus viejos amigos de la lucha clandestina contra Batista que llegaban cada vez con más frecuencia para hablar de la profundización del gobierno unipersonal de Castro. Durante la guerra, habían sido compañeros en el grupo de resistencia encabezado por el mentor de Rodrigo, Benjamín del Cordobés.

Benjamín, como todos lo llamaban, era profesor de la Universidad de La Habana y uno de los políticos reformistas más respetados de Cuba. Había sido ministro en el gobierno del presidente Carlos Prío y se había asilado con éste en la embajada mexicana el 10 de marzo de 1952. Tras regresar de México "sin rostro" —totalmente clandestino, sin identidad en la sociedad— Benjamín llegó a ser el número uno en la lista de los más buscados de Batista, un encomiado líder de la resistencia.

Entonces Fidel Castro, un hombre que aún no cumplía los treinta, protagonizó su rápido ascenso.

En las increíbles primeras horas de 1959, cuando Batista huyó de La Habana y el ejército de Castro marchaba hacia la capital, Benjamín aún estaba recogiendo armas para el levantamiento que no había podido lanzar. Armas que le entregó al nuevo gobierno tan pronto como Fidel le exigió al país que se desarmara.

Cuando Benjamín solicitó una audiencia con Castro, el nuevo gobernante le jugó al veterano con inteligencia.

—No —dijo Fidel—. No puedo permitir que usted venga a mí. Usted era mi profesor en la Universidad y soy yo quien debe acudir a usted.

Hombre de poderoso encanto y refinada astucia, Fidel sabía lo que convenía a sus intereses y no descansaba hasta alcanzarlo. Benjamín fue uno de los primeros en ser vigilados por la policía secreta de Fidel.

Hacia finales de 1959, uno de los asiduos visitantes de Rodrigo era Pablo Domínguez, un negro alto y flaco cuyo perfil africano había llevado a Rodrigo a ponerle el apodo de "Watusi", que nunca se atrevió a decirle. En los primeros años, Watusi había trabajado con el grupo de Benjamín antes de meterse en el movimiento 26 de julio de Castro. Ahora, Watusi se la pasaba diciendo que era un desafecto de Castro y quería saber cómo otros del grupo de Benjamín planeaban actuar contra el nuevo gobernante.

Cuando Watusi apareció para una reunión, Yrene, la hija de un año y medio de Rodrigo, que se había enamorado locamente del apuesto visitante, salió corriendo hacia la puerta y saltó en los brazos del hombrote, cubriéndolo de besos. Watusi tomó asiento mientras Peleón Fernández, otro incondicional del viejo círculo de Benjamín, proclamaba:

—¡Estos hijos de puta nos están vendiendo a los soviéticos!

Peleón se había ganado un puesto en el Ministerio de Comercio por su participación en la guerra, pero luego se había vuelto contra el gobierno. A diferencia del inconmovible y práctico Watusi, Peleón se disparaba por nada. Cada vez que hablaba de Castro, sus rasgos atractivos —tenía el rostro de Clark Gable sin las orejas protuberantes— se inflamaban de emociones que lo hacían enrojecer.

—¡No, Peleón, eso es un error! —dijo Rodrigo—. Las cosas tal vez no nos parezcan bien ahora, pero tenemos que darle una oportunidad a este gobierno.

Delante de Watusi, a quien no conocía muy bien, Rodrigo quería que sus opiniones sonaran moderadas.

—¡Te digo que son comunistas! Y la Virgen está de acuerdo conmigo —Peleón se fue calmando mientras acariciaba la imagen que colgaba de su cuello.

—¡Oye, Fernández! ¿Qué tú propones hacer con esos hijos de puta? —preguntó Watusi provocadoramente.

—¡Quemarlos a todos!

—¿Cómo lo harías? ¿Tienes un plan?

—¡No es tan difícil! Si emprendemos varias acciones al mismo tiempo y aumentamos la presión...

—¡Basta ya! —intervino Rodrigo—. Ese tipo de conversación es muy prematura.

Peleón se marchó como un perro al que han corrido de una patada, pero que volverá a intentar lo mismo, mientras que Watusi salió frustrado, como un aficionado a los deportes al final de un partido de trámite.

El comandante Lázaro Menéndez había sido uno de los oficiales del Ché Guevara en la guerra, y se había distinguido en la crucial campaña de Las Villas que aseguró el centro de la isla para el Ejército Rebelde. Ahora Lázaro había dejado su puesto en el gobierno, una movida que seguramente atraería la atención de los espías de Castro. El compañero más cercano a Rodrigo, "El Moro", le tenía afecto a Lázaro y confiaba en él, y en poco tiempo Rodrigo le tomó afecto también. En el nuevo ambiente de decepción que prevalecía en Cuba, Lázaro tenía una pureza y una franqueza fáciles de admirar.

En casa de Rodrigo, Lázaro habló de hacerle a Castro lo que Castro le había hecho a Batista. Contrario a lo que el nuevo gobierno proclamaba, y a lo que la mayoría de la gente creía, el movimiento que llevó a Castro al poder no había comenzado como una revolución social sino como una campaña militar de viejo corte, con unas pocas docenas de hombres leales armados. El principal logro de Castro fue alimentar esta campaña explotando el hondo malestar que halló por toda la Cuba rural. Algunos campesinos descontentos se unieron de buen grado a la banda de rebeldes, mientras que otros dieron comida, abrieron sus casas, suministraron información o se hicieron espías rebeldes.

El movimiento de base rural se expandió. El descontento creció. Los métodos de Batista se hicieron visiblemente desagradables y los americanos le quitaron el apoyo a su ejército. Esta movida debilitó gravemente al régimen y agrandó el prestigio de los rebeldes. En una brillante campaña, las fuerzas irregulares de Castro humillaron a la maquinaria militar de Batista; y el dictador escapó en un avión de Cuba antes de que pudiera ocurrir un enfrentamiento final.

Ahora que el gobierno de Castro acababa de cumplir un año, Lázaro veía que muchos campesinos cubanos, particularmente en la región central del Escambray, comenzaban a mostrar descontento hacia el nuevo régimen. La idea de Lázaro era reunir una pequeña fuerza que pudiera encauzar el sentimiento anticastrista para crear un movimiento muy parecido al que Castro había forjado.

Cuando Lázaro habló de esta misión, sus rasgos nórdicos —cabello rubio, ojos grises— se iluminaron con un entusiasmo totalmente cubano. Aun en camisa y pantalones de civil parecía un soldado y rezumaba la confianza de un soldado. La esposa de Rodrigo, que detestaba estas reuniones en su casa, siempre estaba disponible para Lázaro. También Bill, el amigo de Rodrigo, que no ocultaba su afecto por Elena.

—¿Tienes hombres listos para luchar? —Rodrigo le preguntó a Lázaro en presencia de Bill—. Y habla libremente, por favor. Mi amigo americano tiene el mismo interés que nosotros.

—¡Los hombres están ahí! —exclamó Lázaro—. El problema son las armas. Cuando Fidel le ordenó a los combatientes que entregaran las armas al gobierno, todos lo hicimos. ¿Quién podía saber que íbamos a tener otra guerra?

—Fidel lo sabía —dijo Rodrigo hoscamente.

—Bien, ¡ahora los hijos de puta tienen armas y nosotros nada! —dijo Lázaro.

—La solución a este problema radica fuera de Cuba —afirmó Rodrigo.

—¿Quieres decir Miami? —preguntó Lázaro.

—No —dijo Rodrigo firmemente—. No creo que debamos asociarnos con los grupos exiliados. Sus motivos son muy personales. Además, mucha gente en Cuba desconfía de los que se han ido. Ese sentimiento contra los exiliados es mayor al que los cubanos pueden sentir hacia los americanos. Creo que nos iría mejor acudiendo a Washington.

—¿Sinceramente crees que esa gente nos va a escuchar? —le preguntó Lázaro a Rodrigo, al tiempo que ambos miraban hacia Bill.

—Podría no quedarles otro remedio que escuchar —dijo Bill, enfático.

Elena entró, toda sonrisas.

—Tienes una llamada —le dijo a Rodrigo—. La periodista Margot. Dice que es importante.

—Debe ser que tiene un caso para mí. Dile que yo la llamo.

Cuando Elena se marchó, Lázaro preguntó:

—¿Qué podemos ofrecerles a los americanos?

—Podemos resultarles valiosos —dijo Rodrigo—. En Cuba, *nosotros* somos los que tenemos la experiencia. Tú peleaste en Las Villas, Lázaro. Yo peleé en La Habana. Sabemos cómo hacer estas cosas. ¿Los americanos acaso tienen a alguien que pueda hacerlas mejor? Sé que la CIA es buena, pero ni siquiera la CIA puede hacer en Cuba lo que nosotros podemos. Tu gente puede tomar un territorio y plantar una bandera. Tan pronto eso ocurra, los americanos tendrán una excusa para enviar ayuda. Esa perspectiva bien vale unas cuantas armas. ¿Tú qué piensas, Bill?

—Suena muy posible —dijo el yanqui rubio.

—Mi esposa se quedará en La Habana después que yo me vaya al campo —le dijo Lázaro a Rodrigo—. Se mantendrá en contacto contigo.

Rodrigo sintió un remolino de emociones cuando Lázaro se levantó para marcharse. La sensación principal era de haber recuperado la resolución. Su grupo había ganado una estrategia.

Bajo la dirección de Lázaro, lanzarían una operación militar en el centro de la isla. Para apoyar esta campaña, Rodrigo y Peleón —un genio de los explosivos— armarían una barahúnda en la capital poniendo bombas.

En su próxima visita a Washington, Rodrigo podía conseguir las armas y otros materiales de los que ahora carecían para esas operaciones. A Bill, que obviamente sabía bastante sobre la postura de su gobierno hacia Cuba, le parecía bien que Rodrigo se acercara a los funcionarios americanos. No se trataba de un plan descabellado. Tenía una posibilidad más que decente de triunfar, y eso resultaba estimulante.

El plan, sin embargo, tenía un eslabón débil, que era al mismo tiempo el más fuerte: Lázaro.

El experto comandante no tenía idea de cómo moverse entre espías. En el campo de batalla sería formidable; pero para llegar al campo de batalla con Castro había que escapar a la detección de su red de espionaje. Si Lázaro no tomaba las medidas de precaución adecuadas, la policía de Castro infiltraría a su grupo. Y en lugar de tener la oportunidad de pelear, Lázaro y sus hombres serían arrestados y acabarían frente a un pelotón de fusilamiento.

La mayor virtud de aquel hombre, su confianza a toda prueba, surgía de una decencia interna que podía ser mortal para él en el laberinto de engaños en que Cuba se había convertido. Rodrigo, al observar a Lázaro alejarse a pie de su casa, fue presa de una repentina melancolía que le humedeció los ojos.

* * *

Los hijos de Rodrigo estaban abriendo sus regalos el día de Navidad cuando Elena le pasó una llamada a su marido.

—Oye, Núñez, ¿eres tú? —preguntó una voz familiar.

—¡Bill! ¿Dónde estás?

—En la estación de policía. Parece que me han arrestado.

—¿De qué te acusan?

—Alteración del orden público.

—No puedo creerlo.

—Para colmo, esta gente ni siquiera me deja ir al baño.

—Voy enseguida.

Rodrigo agarró una caja de dulces, se montó en su carro y se dirigió al centro de La Habana.

—Mi nombre es Núñez —le dijo Rodrigo a un oficial en la estación de policía—. Estoy aquí para ver al señor Whitmore.

—El señor Whitmore —repitió el oficial lacónicamente—. Un caso extraño.

—Tal vez no sería tan extraño si al hombre le permitieran usar el baño —dijo Rodrigo, cortante.

—Con todo respeto —respondió el oficial—, lo hemos invitado a hacerlo varias veces. El tipo es un loco. Se orina por todo el calabozo.

Rodrigo se alarmó sobremanera al escuchar esto.

En el calabozo, el olor era intenso y Bill parecía perfectamente lúcido.

—Oye, ¿tú crees que me puedes sacar de aquí? —preguntó.

Era el viejo amigo de Rodrigo, el hombre de buenos modales, el que hablaba.

Una rápida reflexión le ordenó cautela a Rodrigo.

—Bill, haré lo que pueda. Si no logro sacarte bajo fianza hoy, es por el día feriado. Te sacaré mañana por la mañana a más tardar.

El otro hombre se alegró un poco.

—Y, por favor, toma esto —Rodrigo le dio a su amigo los dulces—. Sé que no es el mejor lugar para pasar la Navidad pero, de todos modos, Feliz Navidad.

Mientras manejaba de regreso a casa, Rodrigo reflexionaba. ¿Era Bill un demente? Si no, ¿entonces qué era?

La gente a menudo se comporta como los locos para obtener lo que quieren. ¿Qué quería Bill? Amistad, y acceso a la casa de Rodrigo, lo que significaba acceso a aquellas reuniones.

¿Podía Bill ser un espía?

Si lo fuese, querría entrar y salir sin dar explicaciones. Una persona normal no puede hacer eso. Un loco sí. Tal vez *ése* era su juego.

O tal vez había sobrepasado el límite.

Al día siguiente Rodrigo llamó por teléfono a la estación.

—Por favor, oficial, si es tan amable. ¿Puedo saber la situación del señor Whitmore?

—¿Es el doctor Núñez? —preguntó el oficial.

—Sí —contestó Rodrigo.

—Eso pensé. El señor Whitmore fue puesto en libertad ayer.

—¿Cuándo?

—Poco después que usted se fue.

—¿Quién pagó la fianza?

—Dos americanos.

—¿Sabe quiénes eran?

—No. Dijeron que eran amigos del prisionero.

—Disculpe la molestia, pero, ¿tenían aspecto de funcionarios?

—Tuve esa impresión.

—Gracias, oficial.

—A sus órdenes.

No quedaba duda. Los "amigos" de Bill estaban relacionados con el hombre que Rodrigo había visto en el FBI. Y ahora esas personas eran amigos de Rodrigo también.

V.

HERENCIAS

En febrero de 1960, el vicepresidente de la Unión Soviética, Anastas Mikoyán, hizo una visita oficial a Cuba y firmó un acuerdo con el gobierno de Castro. Este consiguió dinero en forma de un préstamo para el desarrollo, mientras que los soviéticos consiguieron una misión comercial que claramente se convertiría en una base de operaciones estratégicas en el hemisferio.

—¿Ves? —exclamó Peleón—. Te lo dije. ¡Fidel es un ñángara! ¡Quiere convertirnos a todos en rojos! —y, mientras hablaba, su rostro enrojeció.

—Sí, es jodido, pero no lo hace por ideología sino por dinero —murmuró Rodrigo. Estaban en un restaurante y no quería alzar la voz.

—¿Qué dinero le pueden dar los rusos a Fidel que no tenga ya? Todos los días le quita el dinero a algún rico de aquí y a los yanquis. ¡Ha acumulado tremendo tesoro!

—Yo no sé lo que tiene —dijo Rodrigo—. Sólo sé que seguirá buscando más dinero. Llegará el día que ya no le quede nada que expropiar y tendrá que pedir dinero en vez de cogérselo.

—¿Entonces crees que este acuerdo con los rusos es sólo por dinero?

—Claro. No puede pedirle dinero a los americanos. Los europeos pueden darle amistad, pero nada más, porque los americanos no los dejarán. De modo que si Castro no puede conseguir dinero de Estados Unidos ni de Europa, tiene que acudir a Moscú.

—¡Vamos, doctor! —objetó Peleón—. El mismo Fidel besó al oso en la boca. Entre él y los soviéticos lo que hay es un romance.

—¡No! Fidel no es ni un comunista ni un romántico.

—¿Entonces qué es?

—Un emprendedor.

—¿Un emprendedor?

—Sí. Un emprendedor de la política. Le echa mano a lo que le resulte. Cuando va a Moscú es comunista. Si en lugar del comunismo pudiera alcanzar sus objetivos abrazando el catolicismo, el budismo o el sionismo, lo haría gustoso. Todo es lo mismo para él.

—¡Por favor! No mezcle el comunismo y el catolicismo. El comunismo es para los hijos de puta. ¡El catolicismo es una fe sincera!

—El comunismo también es una fe —dijo Rodrigo—. Los comunistas son creyentes. Son sinceros, y tal vez más decentes que otras personas que conocemos. Dime, ¿preferirías tratar con los comunistas en Cuba o con los batistianos en Miami?

—¡Qué opción me da! —exclamó Peleón.

—Escucha. No me gusta el comunismo más que a ti, pero el problema aquí no es el comunismo. Es Castro. Castro es un aprovechador. Usa a la gente, a los países, la política, las ideologías, todo en beneficio suyo. Tienes razón en una cosa, Peleón. Los rusos sí vienen, y tratarán de dominarnos, porque así es como actúan ellos. ¡Qué ironía! ¡Castro el libertador promete acabar con el dominio yanqui en Cuba y le abre las puertas a Rusia, el último de los grandes imperios por liquidar! Por cierto, los comunistas cubanos —los honestos, quiero decir— saldrán del poder tan pronto Castro pueda ganar algo echándolos.

—¿Qué le hace decir eso? —objetó Peleón—. ¿Acaso tiene una bola de cristal?

Rodrigo se tocó la frente.

—Sí, aquí. A los comunistas les encanta adorar a los líderes. Harán de policías de Castro y le servirán hasta el final. Castro lo sabe. Cuando ya les haya sacado todo lo que pueda, los botará como limones exprimidos.

—¡Pero no tiene sentido! Esa gente son los mejores amigos que tiene Castro.

—Eso es lo que piensan los comunistas, no lo que piensa Fidel. Cuando Fidel mira al mundo, no ve amigos. Ve enemigos. Y gente que puede volverse sus enemigos. En Cuba, la posición más privilegiada solía ser la de "amigo del Presidente". Hoy es la más peligrosa.

* * *

Viernes, 4 de marzo de 1960, cerca del mediodía. Si usted hubiera estado en cualquier lugar de La Habana ese día, recordaría exactamente dónde estaba o lo que estaba haciendo cuando ocurrieron las explosiones.

Los cuartos, las paredes, las ventanas, las aceras, las calles y las avenidas mismas temblaban. La gente pensaba que el mundo se acababa. La ciudad entera fue presa del pánico, y cuando todo empezó a calmarse, volvieron a comenzar las explosiones.

La noticia se propagó en cuestión de minutos. Un carguero francés, La Coubre, había explotado en el Puerto de La Habana. El barco traía municiones para las fuerzas armadas de Castro. Por eso las explosiones habían sido tan numerosas y destructoras.

¿Accidente o sabotaje? Casi antes de que la gente pudiera preguntárselo, la voz de Fidel estaba en todas partes, acusando a la "oligarquía internacional" y a los "criminales de guerra" de Estados

38

Unidos. Los noticieros comenzaron enseguida a recoger declaraciones de Jean-Paul Sartre y Simone de Beauvoir, que estaban de paso en La Habana. Estos renombrados intelectuales franceses se apresuraron en repetir las diatribas de Fidel contra los americanos.

—Dígame, señor Núñez. ¿Cuál cree usted que es la verdadera opinión de Castro sobre este asunto?

Benjamín del Cordobés, el profesor y político, almorzaba poco después con Rodrigo, su protegido, en el restaurante chino Cantón.

—Eso es fácil —dijo Rodrigo—. ¡Fidel odia a los Estados Unidos!

—Sí, ¿pero *por qué*? ¿En qué sentido odia a los Estados Unidos?

—No comprendo la pregunta.

—¿Qué le viene a la mente cuando escucha la frase, "Explota barco en el Puerto de La Habana"?

—¡El Maine, por supuesto!

—¿La Coubre le recuerda a usted el Maine de algún modo?

—Vamos a ver. En el 98 los españoles acusaron a los americanos de volar su propio barco para poder meterse en la guerra. Ahora tenemos a Fidel señalando con el dedo a los americanos. Y no está equivocado. Los americanos deben haberlo hecho.

—Dejemos eso a un lado. ¿Qué papel está representando Castro?

—¿Papel? No lo sigo.

—No me siga. Piense.

—Estoy pensando, estoy pensado. Pero no tengo idea.

—Está bien. Yo le daré una idea. ¿Quién era el padre de Fidel?

—Un próspero terrateniente de Oriente, un verdadero burgués.

—Ese sería el análisis marxista. ¿Pero quién era el padre de Fidel *antes* de ser un terrateniente? ¿Cómo llegó a Cuba?

—Como un cabo de la caballería española.

—¿Y eso en qué convierte a Fidel?

—En el hijo de un oficial del ejército español.

—¿Entonces quién es Fidel cuando se enfrenta a los americanos?

—¡Claro! ¡Eso es! —Rodrigo abrió la palma de la mano y se golpeó con ella la frente ruidosamente—. ¿Cómo no lo vi antes? ¡Fidel es el hijo de un español! ¡Está representando el papel del español airado que acusa a los americanos de volar el Maine!

—Los españoles no olvidan —dijo Benjamín—. Para ellos, sesenta años es un parpadeo. A sus ojos, la explosión del Maine y la pérdida de Cuba son cosas que ocurrieron ayer.

—Sí —intervino Rodrigo—. Y los españoles son más orgullosos que nadie. Todavía hoy muchos se sienten ofendidos por lo que los americanos hicieron en Cuba. Ese no es un sentimiento cubano. No tiene nada que ver con un pueblo latino oprimido que se enfrenta a los yanquis. Es el resentimiento vengativo de un imperio viejo y debilitado contra uno joven y fuerte.

—De hecho, los cubanos no odian a los Estados Unidos —dijo Benjamín—. En general amamos y admiramos a los Estados Unidos. A veces sospechamos o tememos de ellos. A veces nos decepcionan o nos irritan. Casi siempre nos despiertan envidia. Pero odio a los yanquis no hay en nosotros.

—¡Mientras que *sí* lo hay en los españoles y con toda certeza en Fidel! ¡Es la semilla sembrada en el vientre de su madre!

* * *

Cuba y los Estados Unidos se movían hacia una enemistad frontal. Los funcionarios americanos amenazaban con reducir las compras de azúcar cubano. Y puesto que los Estados Unidos eran por mucho el primer comprador del principal producto de exportación de la isla, tal medida obligaría a Fidel a encontrar otros clientes o a presidir una economía en ruinas.

Fidel, utilizando la amenaza de los Estados Unidos como otra plataforma, llamó a filas al pueblo.

En una enorme concentración en la Plaza Cívica, incitó a la multitud hasta que cientos de miles comenzaron a cantar al unísono: "¡Cuba sí, yanquis no!" En un arrebato grandioso, alabó sus vínculos con el pueblo y preguntó: "¿Elecciones, para qué?" La multitud estalló en gritos de aprobación.

Como la atmósfera se había vuelto extremadamente tensa, Rodrigo se alarmó cuando un muchacho entró a su oficina y le dio una nota, garabateada con letra de niño, que rezaba: "3:22 p.m., cerca del Caballero de París".

La esquina de Infanta y San Lázaro era el dominio de un vagabundo bien conocido al que llamaban El Caballero de París. La nota venía del compañero más cercano de Rodrigo, "el Moro".

Respetado guardia de prisión en la fortaleza de La Cabaña, el Moro había conspirado contra Batista y había servido secretamente durante años como ayudante de Benjamín. Era un hombre sencillo con cualidades notables: un amor infantil por la justicia, un sentido infalible de las personas y sus motivos; y "escuela de la calle" para regalar.

Agarraron a Lázaro, pensó Rodrigo al ver la nota del Moro.

Mientras se acercaba caminando al Caballero de París, Rodrigo miró a su alrededor en busca de su informante. El otro hombre no se veía por ninguna parte.

—¡Moro! —exclamó Rodrigo antes de poder pensar en nada. Tenía delante la cara del otro hombre, a escasos centímetros de la suya. ¿Cómo podía este hombre imponente, con esa cara hosca difícil de olvidar, aparecerse así de la nada? El Moro, cuando quería serlo, era así de discreto en sus movimientos.

—¿Qué pasó? —preguntó Rodrigo ansioso.

—Tu amigo Domínguez está en La Cabaña —dijo el hombrote.

Rodrigo suspiró aliviado. ¡No era Lázaro, sino Watusi!

—¿Cómo lo agarraron?

—No creo que lo agarraran —respondió el Moro—. Parece un informante.

—Sí, yo también lo creo. Así que lo plantaron en la cárcel. ¡Qué trabajo más sucio! —Rodrigo hizo una pausa—. ¿Hay noticias de Lázaro?

—Ya está en el Escambray.

—Bien.

—Su esposa tuvo problemas con alguien que la reconoció.

41

—¿Qué pasó?

—Pronto Lázaro será un hombre buscado, así que Charo decidió entrar en la clandestinidad. Se buscó otro nombre y alquiló un nuevo apartamento. Pero un hombre de la antigua oficina de Lázaro la reconoció en el edificio. Charo le dijo al tipo: "Mira, yo no debo estar aquí, mis hijos no deben estar aquí, y si algo nos pasa a mí o a mis hijos, te hago responsable a ti". El hombre le respondió: "¡Oh, no, Charo! ¡Yo nunca haría eso!"

Los dos hombres se echaron a reír.

—¡Qué mujer! —exclamó Rodrigo, soltando una exhalación—. En su casa no necesitan escoba. ¡Ella barre el suelo con sus cojones!

El Moro se puso serio. Los hombres cubanos usan con frecuencia un lenguaje picante entre ellos, pero no con personas de otra clase. Este hombre de origen humilde se sentía desconcertado ante una vulgaridad proveniente de alguien que estaba socialmente por encima de él. Rodrigo se dio cuenta enseguida de su error.

—Moro, discúlpame. No quise ofenderte.

—¡Oh no, doctor, no diga eso! —respondió el Moro con consideración.

Mientras se alejaba la imponente silueta, Rodrigo se sintió conmovido por la idea de que este hombre tosco, que en el calor de la refriega le rompería el cuello a otro hombre sin pensarlo, poseía semejante tacto.

* * *

Un visitante no anunciado apareció en el sendero que conducía a la casa de Rodrigo: la figura tensa, atlética y decidida del propio Benjamín.

Se va de Cuba, pensó Rodrigo.

Al ver al viejo acercarse a la casa, las emociones se apoderaron de Rodrigo y los recuerdos asaltaron el presente.

Cuando veía a Benjamín junto a su padre, al joven Rodrigo le impactaban la decencia evidente y el sentido de autoridad de aquel hombre. La herencia judía de Benjamín también despertó la curiosidad del niño. Era el primer judío que conocía y quedó fascinado para siempre.

Inmediatamente después del golpe de Batista, el joven Rodrigo fue a ver a Benjamín y le pidió un lugar en la lucha contra el dictador.

—¿Qué quieres hacer? —le preguntó Benjamín.

—¡Quiero estar donde haya más peligro! —aseguró Rodrigo.

—Está bien, pero no siempre se sabe dónde es eso —dijo Benjamín sabiamente.

Después vino una entrevista crucial. Benjamín estaba retrasando la insurrección que debía haber lanzado ya. Rodrigo llevó a la reunión un ejemplar del *¿Qué hacer?* de Lenin.

—¿Por qué me das esto? —inquirió Benjamín. El viejo ya había tenido un encuentro con aquel libro durante su propio flirteo de juventud con el socialismo.

—Por nada en particular —contestó Rodrigo.

Ahora que Benjamín tocaba a su puerta, Rodrigo se avergonzó al recordar aquella respuesta claramente falsa. Lenin había sabido exactamente cuándo comenzar la revuelta bolchevique. Un día demasiado pronto, o demasiado tarde, y la URSS no hubiese nacido nunca. Rodrigo había tenido la esperanza de que alguna de las frases de Lenin inspirara a Benjamín a actuar...

Y ahora el viejo estaba cerrando su propio libro.

Cuando se sentaron, Benjamín fue directo al grano.

—Nunca me gustó Castro. Incluso cuando era estudiante se mezclaba con grupos políticos que eran más bien pandillas de gángsters. ¡Pero qué clase de personaje resultó ser! Comprendió algo que nosotros, los más viejos, no pudimos ver. Nosotros pensábamos que la manera de acabar con Batista era haciendo lo que Batista había hecho. Batista dio el golpe perfecto. Imagínate: ¡un solo muerto en todo el país! Así es como nosotros queríamos hacerlo. Nunca quisimos armar un lío. Siempre estábamos esperando el momento perfecto. Castro llegó donde está porque se dio cuenta de que para tumbar a Batista había que armar un lío.

—¡Y ahora nosotros tenemos que armar otro! —dijo Rodrigo.

—Mis amigos y yo te ayudaremos en todo lo que podamos. Tendrás que conseguir ayuda de otra gente también. Y no va a ser fácil trabajar con ellos.

Benjamín hablaba de los americanos.

—Acabo de verlos en Washington —dijo Rodrigo—. Espero regresar pronto.

—Recuerda que, si vas a hacer ciertas cosas, los americanos deben ser los últimos en enterarse; porque si se enteran, tu mismo éxito te traerá el fracaso.

Era una referencia a matar a Castro, el objetivo obvio. Si matabas a Castro matabas el gobierno. Y también te echabas un montón de enemigos. El más peligroso de ellos podían ser los americanos. Si Rodrigo y su grupo lograban matar a Castro como parte de una operación americana, la siguiente jugada de los americanos sería matarlos a ellos, puesto que en cuestiones de asesinatos a nadie, y ciertamente a ningún gobierno, le gusta dejar cómplices.

Elena entró y saludó cálidamente a Benjamín.

—Mi cielo —le dijo a su esposo—, tu amiga la periodista te llama de nuevo. ¡Debe estar metida en algún lío!

—Tengo que hablar con ella. Es un asunto legal —se disculpó Rodrigo.

Cuando regresó, Benjamín dijo:

—¿Era Margot, por casualidad?

Rodrigo sintió que enrojecía y vio la sonrisa del viejo. Benjamín siguió hablando:

—Si tus actividades ayudan a los americanos a tener éxito, deberían reconocértelo después, pero no querrán hacerlo. En la guerra contra España, empezaron a joder a nuestros líderes aun antes de que los españoles se fueran. Me temo que la historia no ofrece mucho consuelo a este respecto.

—¡Pero estamos tratando de cambiar la historia! —dijo Rodrigo.

—Sí, *ustedes,* porque están luchando por algo esencial. Los americanos luchan por influencia, poder, dinero. Tú y tus amigos luchan por su tierra. Los americanos tienen intereses en muchas partes. Todo el interés de ustedes está aquí. Si ustedes pierden esta batalla lo pierden todo, y lo pierden para siempre.

—Una cosa más sobre los americanos —prosiguió Benjamín—. Como nación, no siempre combaten con honor. En su revolución y guerra civil sí lo hicieron, pero desde entonces sólo han conocido la victoria. Ése es un defecto grave. Si los hombres o las naciones no pueden perder, no pueden realmente ganar. Castro instintivamente comprendió esto. Supo cómo combatir aceptando riesgos. Es por eso que la gente lo adora, traiga el gobierno que traiga. Tú y tus amigos tienen una tarea aún más difícil que la nuestra. Nosotros luchamos contra Batista y los Estados Unidos. Ustedes luchan contra Castro y los soviéticos y tienen que colaborar con los Estados Unidos. ¡Eso significa que tendrán que luchar contra los tres! En el curso de sus esfuerzos conocerán a muchos americanos que tienen todos los atributos: valor, desprendimiento, orgullo. Y honor también, mucho honor. Pero no se engañen. Su gobierno no los tratará con honor porque no tiene demasiado. Ese honor tendrán que encontrarlo ustedes mismos.

Benjamín hizo una pausa, y dijo:

—Cualquier cosa que me quieras preguntar, ahora o en el futuro, puedes hacerlo. Estoy a tu disposición.

El joven quedó estupefacto. *Estoy a tu disposición.* Por primera vez Rodrigo sintió el peso sobre sus hombros. Su mentor, uno de los hombres importantes en la historia de la República, estaba contando con *él.*

Los pensamientos de Rodrigo volvieron al día que sus padres se fueron al exilio. Al abordar el avión, el viejo parecía la sombra de un hombre, abrumado más allá del cansancio. La vieja se veía firme y juvenil, sin demostrar ninguna emoción, como siempre.

—La frente en alto —le ordenó a su hijo.

¡Qué cosa! ¡Estaban abandonando su tierra y su madre le decía a *él* que no se desanimara!

Hasta ahora Rodrigo no había comprendido lo que quiso decirle su madre. Al igual que Benjamín, sus padres necesitaban que él se mantuviera confiado porque contaban con él.

Las herencias no se dan. Se toman. La frase cayó de la nada en la cabeza de Rodrigo y ya no se quiso ir. ¿De dónde venía? ¿Quién pudo haber dicho algo así? Sonaba entre trillada y grandiosa, el tipo de ejercicio mental que les encanta a los franceses creadores de aforismos. Tal vez era una línea que un pensador famoso había dejado caer en un café parisino. Al decirla, todas las señoritas bonitas habrían emitido monosílabos de admiración, mientras que él mismo, o algún discípulo, habría considerado la frase lo suficientemente importante como para ponerla por escrito.

De muchacho, durante su *grand tour* de Europa, Rodrigo se había sentado en aquellos locales de París. Había visto a los intelectuales de café ser objeto de las atenciones de las mujeres y había sentido envidia.

Ahora se sentía furioso con ellos. No le gustaba la idea de que algún filósofo le estuviera diciendo a una audiencia fascinada: "Vengo de La Habana, había bombas explotando, Fidel y yo hablamos sobre eso y estuvimos de acuerdo en que hay que combatir el imperialismo en todas sus formas".

Para los pensadores europeos, y para otros que encumbraban a Fidel como heredero de los grandes movimientos de liberación del mundo, el líder cubano era un prototipo ideal que se ajustaba a sus necesidades. No eran capaces de reconocer al hombre movido por el poder, dispuesto a subyugar a una nación orgullosa por ambiciones personales; al hombre que Fidel sin duda era. Al observar a Benjamín, Rodrigo comprendió que las herencias ni se dan ni se toman. Las herencias, las auténticas, pertenecen a aquéllos que las aceptan con corazones abiertos y sinceros. Comparada con la de Fidel, la de Rodrigo era insignificante, pero era honorable, y con las palabras de despedida de Benjamín se había consolidado como suya.

A la 1:28 a.m., donde el pan persigue al perro.

Otro mensaje con minutos exactos. Típico de un conspirador. Citarse para la hora en punto, la media hora, el cuarto de hora e incluso a las y cinco era cosa de hombres de negocio y de las novelas de espías. Un conspirador tenía que llegar en el minuto exacto o perdía la reunión.

En la famosa cafetería cuyo inmenso anuncio de neón mostraba un pan tratando de capturar a un perro, Rodrigo vio al Moro emerger naturalmente de la masa de peatones que aún se paseaban por la concurrida rotonda.

—Doctor, malas noticias.

¿A quién habrían agarrado? ¿A Lázaro? ¿A Charo? ¿A Peleón? Rodrigo trató de darse fuerza.

—Su hermano fue arrestado.

—¡Mi hermano! ¿Por qué?

—Está acusado de robar dinero del Banco Nacional.

Rodrigo estaba atónito. Su hermano menor, Alberto, profesor de economía y hombre de negocios, se había ido a trabajar como ayudante del Ché Guevara en el Banco Nacional. Rodrigo le había atribuido al oportunismo este movimiento, pero nunca hubiera creído a su hermano tan tonto como para tratar de robarles a Fidel y al Ché.

—¿Dónde lo tienen?

—En una residencia privada.

—Es hombre muerto —dijo Rodrigo—. ¿Qué más se puede decir?

—No está muerto todavía. Está hablando.

—¡Hablando! ¿De qué?

—De usted. De Benjamín. ¡Habló de Benjamín!

Esto era peligroso. Benjamín todavía estaba en Cuba.

—¡Mi hermano no sabe nada de nuestras actividades! —exclamó Rodrigo.

—No importa. Está tratando de salvar su vida. Ha mencionado incluso a su padre y sus amigos.

—¡Coño! Mi padre conoce a miles de personas.

—Su hermano está dando esos nombres. Nadie ha escuchado

nunca tantos nombres. Los interrogadores no pueden seguirle el paso. Doctor, se le digo. ¡Ese hombre dirá cualquier cosa para seguir con vida!

Rodrigo sintió sus entrañas a punto de estallar como un volcán.

—Moro, tenemos un problema —dijo, con toda la calma que pudo reunir.

—No se preocupe, doctor —dijo el Moro fríamente—. Tenemos remedios para esos problemas.

VI.

EL PAREDÓN

—¡Si no salgo de aquí me van a matar! —le gritaba a Rodrigo su hermano— ¡Tienes que sacarme!

Estaban sentados solos en una pequeña habitación casi vacía de la improvisada prisión, una casa de familia que la policía castrista había convertido en cárcel. Un miliciano escuchaba a través de una rejilla en la puerta.

—¡Eso es absurdo! —dijo Rodrigo—. No tengo manera de influir en tu situación. Conseguir esta visita fue lo más que pude hacer. ¿Por qué no le pides a tus amigos que te ayuden? ¿Por qué no al Ché?

—El Ché es un hombre muy puro. Es un extranjero que no entiende cómo funcionan las cosas aquí. Además —Alberto bajó la cabeza—, él fue quien ordenó mi arresto.

¡Arrestado por el Ché! Mi hermano es hombre muerto, no cabe duda, pensó Rodrigo.

—¡Cometí un error! ¡Lo sé! —dijo Alberto, a punto de echarse a llorar—. Estoy dispuesto a ir a la cárcel. ¡Puedo rehabilitarme! ¡Que me pidan cualquier cosa! ¡Pero no! ¡Ellos sólo quieren llevarme al paredón!

Con los ojos desorbitados y sin afeitarse, la ropa arrugada y demasiado grande, Alberto parecía una criatura de la selva arrinconada por fieras más fuertes y más grandes. Rodrigo se sintió conmovido, pero también incómodo. Era un conspirador. Estaba siendo vigilado por espías de dos países, y allí estaba, al alcance de los hombres de Castro hablando con un hermano que se había convertido en enemigo del Estado.

—Te van a castigar, Alberto —dijo el hermano mayor, tratando de sonar objetivo—. Es lamentable, pero inevitable.

—¿Castigarme? ¡No! ¡Me van a matar! ¿Y por qué? —las lágrimas le corrían ahora—. ¿Porque me cogí unos cuantos dólares?

—Alberto, ¡tú robaste!

—¿Y qué? ¿Cuántas personas tú no conoces que lo han hecho? ¿Recuerdas los cuentos de papá? Como el día que fue a ver al vicepresidente de Batista.

—Sí, me acuerdo —dijo el hermano mayor con disgusto.

Alberto continuó, sollozando.

—El hombre estaba sentado en su oficina, contando tranquilamente billetes de mil dólares. "Entra, Núñez. Siéntate". No escondió nada. Los montones de dinero estaban ahí sobre su buró. ¡Seguía contando aquellos billetes de mil dólares como si nada!

—¿Por qué pierdes el tiempo justificándote?

—¿Quieres saber por qué? ¡Porque si fusilaran a la gente por lo que yo hice, la mitad del país estaría muerta!

Alberto tenía razón en parte; y Rodrigo, una de las pocas personas de ideas firmes que era capaz de escuchar, hizo una pausa para reflexionar. Bajo el viejo régimen, abiertamente corrupto, Alberto nunca hubiera enfrentado una pena de muerte ni nada parecido. El régimen de Fidel era otra cosa completamente diferente. Se jactaba no sólo de ser otro gobierno, sino un nuevo orden; y gracias al talento de Fidel para las relaciones públicas, casi todo el mundo estaba de acuerdo. No sólo en La Habana, sino en Chicago, París,

Hong Kong y Timbuctú, la prensa mostraba fotografías de aquellos jóvenes barbudos, ardientes y fuertes, que habían prometido reconstruir una sociedad derrumbada. El mundo estaba enamorado de ellos y ellos de sí mismos. Muy pocos se fijaban en el complemento a su gloria triunfal: una autosuficiencia que hacía parecer tímido al viejo régimen. Mientras los torturadores de Batista habían sido simplemente crueles, la gente de Castro multiplicaba su fuerza con el poder intoxicante de la convicción. Te quitaban tu propiedad, te metían en la cárcel o hasta te mataban y, al hacerlo, no actuaban como secuaces o verdugos. Eran ángeles vengadores, ministros de gracia. Al pensar en ello, Rodrigo se sentía cada vez más inquieto. Lo que condenaba a su hermano no era una ofensa moral. Era un capricho puro y simple. Alberto no moriría por robar. Moriría por haberle robado a la gente equivocada.

—Tal vez todavía haya tiempo de hacer algo antes de que te lleven a juicio —dijo Rodrigo, tratando de darle esperanza a su hermano.

—¡No! ¡A lo mejor ni me hacen juicio! ¡En este lugar te pueden fusilar cuando ellos quieran, con juicio o sin él!

Rodrigo bajó la voz a un leve murmullo.

—Tengo amigos en el sistema penitenciario. Hablaré con ellos; pero tienes que mantener la calma. Si les dices demasiado a los interrogadores, sólo se pondrán más furiosos de pensar en la cantidad de enemigos que tienen. No empeores las cosas, por favor.

—¡Las cosas no pueden ser peores! ¡Yo estoy tratando de mejorarlas, y a no ser que *tú* hagas lo que tienes que hacer, *yo* haré lo que pueda para salvar mi singada vida!

Alberto gritaba a toda voz. Rodrigo se volteó, disgustado por la debilidad de su hermano.

El miliciano abrió la puerta y le dijo a Rodrigo bruscamente:

—¡Ahora se tiene que ir!

Rodrigo se puso de pie, fijó la mirada en su hermano y logró decir:

—Cuídate, Alberto.

* * *

—¡Doctor! —le dijo el Moro a Rodrigo en una esquina concurrida—. Lázaro necesita que vaya a verlo.

—¿Cuándo?

—El sábado por la tarde. Alguien va a estar esperándolo en Topes de Collantes.

—Bien. Dile a Charo que iré con una mujer.

—¿Qué mujer piensa llevar? Es una subida fuerte hasta el campamento.

Rodrigo hizo una rápida reflexión. *¿Una de mis putas? No, necesito a una mujer con una clase que cualquier policía pueda oler a un kilómetro.*

—Tal vez mi esposa —dijo Rodrigo.

—¿No tiene otra opción?

—Ella sería la cobertura perfecta.

—Lo que usted decida.

Después de una pausa, el Moro agregó:

—Tenemos que hablar de su hermano.

—Habla.

Rodrigo sabía lo que venía.

—El hombre nos sigue creando problemas.

Rodrigo respiró profundo.

—Escucha, Moro. ¿Puedes hacerle llegar un arma y asegurarte de que la use adecuadamente?

—Puedo, ¿pero y si se niega a usarla contra sí mismo?

—Dile que si no lo hace él lo harás tú.

—De acuerdo —dijo el hombrote, y se marchó.

Solo en la calle, Rodrigo sintió que un vacío se abría en su interior.

Es una pregunta de la escuela de leyes. Si un hombre salta de un edificio hacia una muerte segura y tú le disparas al pasar frente a tu ventana, ¿eres culpable de asesinato? Lo eres.

¿Y si el hombre que cae trata de halarte con él por la ventana? Es defensa propia.

¿Pero qué puedes decir si el hombre al que le acabas de disparar en defensa propia es tu hermano?

* * *

—Mi amor —le dijo Rodrigo a su mujer—. Tengo que pedirte algo. Y quiero que te sientas totalmente libre de decir que no.

—¿Qué es, mi amor? —Elena le preguntó a su marido.

—Lázaro está en el Escambray. Tengo que visitarlo y necesito a alguien que me acompañe en el viaje. ¿Estarías dispuesta a venir?

—¡Por supuesto que sí! —exclamó la joven.

—Piénsalo. El viaje será duro. No sólo hay que manejar hasta el centro de la isla, sino que debemos subir a pie hasta el campamento. Tendremos un guía que nos lleve, pero buena parte del camino es atravesando monte y subiendo lomas durante varias horas.

—¡Puedo hacerlo! —dijo ella con firmeza—. Le tengo aprecio a Lázaro y me gustaría sentirme mejor con lo que ustedes hacen. Tal vez lo logre si voy contigo.

A Rodrigo no terminaba de gustarle la idea, pero su propósito final era más fuerte que sus dudas.

Saliendo de La Habana antes del amanecer, llegaron a tiempo para la cita a media mañana con el guía.

La caminata fue suave al principio. Las montañas del Escambray no eran exageradamente escarpadas ni tenían una vegetación prohibitivamente densa. En algunos lugares, Rodrigo y el guía tuvieron que usar machetes para abrirse camino, pero los machetazos no hallaban mayor resistencia y la subida no parecía ser mucho más difícil que un animado paseo dominical.

Si se puede decir que la naturaleza, en su franca y salvaje inocencia, tiene una cualidad parecida a la astucia, ésta radica en la complacencia que le confiere al viajero despreocupado, de modo que cuando vence el préstamo y el implacable peligro de la naturaleza se hace evidente, el viajero gana de pronto un profundo sentido interior de lo desesperado de la situación.

Elena, al llegar a un punto del ascenso, miró hacia la pendiente que se adentraba en la distancia. Midió esa visión contra la fuerza cada vez menor de sus pulmones y sus piernas. Una sofocante aureola, reflejo del calor del cielo y de la tierra, se había formado sobre su cabeza. El paisaje se había detenido un instante para susurrarle algo, y ella se sintió vencida. Lloró con la fuerza de pulmones de un bebé y la convicción devastadora de una mujer hecha y derecha.

—¿Quieres que descansemos un poco? —dijo Rodrigo, haciendo un esfuerzo por contenerse.

Se sentaron, como quien capea un temporal, hasta que Elena se calmó.

—Vamos —dijo el guía.

Siguieron subiendo. Unos minutos después, la tormenta rompió de nuevo.

—¿Necesitas más tiempo? —Rodrigo le preguntó a su esposa, con un dejo de impaciencia.

Al notar ella esa impaciencia, sus sollozos se hicieron más convulsivos.

—Lo siento, mi amor, pero tenemos que seguir —dijo Rodrigo, con la voz quebrada de furia apenas contenida.

Durante tres horas ascendieron por la montaña: Elena llorando, Rodrigo tirando de ella y el guía consumiendo la mayor parte de su energía tratando de no notar nada.

En el campamento fueron recibidos con entusiasmo por Lázaro y un par de docenas de hombres que lucían tan desinteresados y heroicos como las imágenes de afiche de los guerrilleros de Castro.

—¡Doctor! ¡Tómenos una foto! —exclamaron algunos de los hombres al ver la cámara de Rodrigo. No era necesario que se lo pidieran, porque él había venido preparado para tomar fotografías que pudieran servirle luego.

Lázaro invitó a Rodrigo y a Elena a entrar en un bohío para protegerse del calor. Se sentaron en unas sillas de metal cojas, mientras un grupo de hombres se desparramaba por el piso de tierra alrededor de ellos. La simple casucha, aunque agradablemente fresca, se llenó pronto con el acre olor de los hombres y sus vidas desordenadas. Elena, sintiendo asco, volvió a echarse a llorar.

—Nuestro apoyo popular está creciendo —dijo Lázaro—. La gente nos da comida y todo tipo de ayuda. Muchos dicen ahora que Fidel los traicionó. Muchachos que fueron a La Habana con el Ejército Rebelde están regresando. Se quejan del adoctrinamiento comunista y de la propaganda antiamericana. Esta gente está lista para pelear, te lo digo. ¡Sólo nos faltan las armas!

A Rodrigo le costó trabajo concentrarse a causa del llanto de Elena, que era una distracción para todos. De vez en cuando, Lázaro se acercaba y le daba un tierno abrazo, sin lograr calmarla; y aunque los otros hombres mantenían una actitud caballerosa estaban claramente incómodos, como suelen estar los hombres ante las lágrimas de una mujer.

—¿Qué necesitas? —Rodrigo le preguntó a Lázaro.

—Armas para ciento cincuenta. Y rápido.

—No tenemos esa cantidad en La Habana. Tengo que ir al extranjero.

"Al extranjero", como sabían todos, significaba Washington.

—Lleva tu onda corta —dijo Lázaro—. Andresito mandará nuestros mensajes por radio.

Andresito, un compañero de La Habana, estaba sentado cerca. Comenzó a silbar una tonada de un personaje llamado Pichi en una popular zarzuela española.

—Andresito, cuando trasmitas no te olvides de identificarte como Pichi para saber que eres tú —dijo Rodrigo. Se volteó hacia Lázaro y agregó con énfasis—: No te preocupes por las armas. Las tendrás pronto.

Cuando los visitantes estaban a punto de emprender el descenso, Lázaro se les acercó con un caballo tomado de las riendas.

—Tomen. Llévenselo.

—Quédate con el caballo, Lázaro —dijo Rodrigo—. No podrá regresar solo y a ti te hace falta.

Tan pronto su marido hizo el gesto de rechazar el caballo, Elena volvió a echarse a llorar. Al animal, que intuía que sería llevado montaña abajo, no le gustó la idea y comenzó a relinchar.

—No te preocupes —dijo Lázaro—. Alguien en el pueblo se encargará de él. Conseguiremos otro caballo.

La oferta de Lázaro era tan considerada, y Rodrigo estaba tan contento en su fuero interno por ella, que no pudo sino aceptarla.

Marido y mujer apenas intercambiaron palabras hasta que entraron al pueblo con el caballo, y sólo unas pocas más durante el viaje de siete horas en carro hasta La Habana.

* * *

A la hora que llegaron a su casa, la ciudad había estirado sus extremidades felinas y se había sumergido en el delicado sueño de un gato.

Rodrigo encontró una nota del Moro, en la que le pedía encontrarse con él unos minutos después de las 4 a.m. Llevó a Elena a la cama y manejó hasta una intersección principal que estaba tan desierta como un prado.

El Moro haló a Rodrigo hacia un portal donde no podrían ser vistos por los escasos vehículos que pasaban. Estaba en uniforme de miliciano.

—¿Qué pasó, Moro?

—Doctor, su hermano ha muerto.

—¿Cuándo? —Rodrigo fue sacudido por un embate de sentimientos que no esperaba.

—Anoche.

—¿Cómo ocurrió?

—Entré en la casa cuando los milicianos cambiaban la guardia. Me tomaron por uno de los guardias nuevos. Encontré a su hermano y le dije que viniera conmigo. Entramos a una habitación lateral donde no podían escucharnos. Su hermano quería saber dónde estaban sus interrogadores habituales. Supongo que se había acostumbrado a ellos y le gustaba conversar con ellos. Le dije que esta vez lo interrogaría yo, lo que no le gustó mucho.

—Le dije que no iba a hacerle perder su tiempo como los otros. Le dije que ellos sólo le iban a sacar hasta la última gota de información y que luego lo fusilarían. "¡Pero hicimos un trato!", exclamó él. Yo le dije que sólo era un truco. Tan pronto consiguieran lo que querían lo mandarían al paredón.

El Moro hizo una pausa por consideración a su compañero.

—Sigue —dijo Rodrigo con voz tranquila.

—Me preguntó por qué le decía eso. Yo le dije: "Mira, ¿tú quieres que ellos te manipulen como a un muñeco y luego te fusilen cuando les dé la gana? ¿O prefieres morir por tu propia mano, como un hombre libre?" Él me dijo: "No me das ninguna opción". Y luego me preguntó: "¿Pero quién eres tú? ¿No eres ningún interrogador, verdad?" Yo le dije que alguien de afuera de la cárcel quería proporcionarle una muerte decente. Le mostré el arma y le dije: "Un amigo te envió esto para que puedas morir como un hombre y no como un cordero". Él dijo: "¿Mi hermano, verdad? ¡Le pedí que me ayudara a salir de aquí y así es como me ayuda!"

—Yo le dije: "Basta de hablar. Tú no sales vivo de este cuarto. Puedes hacerlo tú mismo o lo haré yo por ti". Me toqué la pistola para que pudiera verla. Comenzó a gritar pidiendo ayuda. Me le acerqué más y le dije: "No pierdas el tiempo. Puedo matarte ahora mismo y nadie va a decir nada. La única razón por la que estoy hablando contigo es porque quiero dejarte morir como es debido". Entonces pasó algo extraño.

—¿Qué pasó? —preguntó Rodrigo.

—Él me creyó. No creo que le creyera a nadie fácilmente, pero en ese momento me creyó. Me dijo: "Yo mismo me metí en una trampa, ¿no es así?" Yo le dije: "Lo siento por ti". Él me dijo: "De ésta no me escapo, ¿verdad?" Y yo le dije: "Me temo que no". Él me preguntó: "¿Está cargada?" Yo le dije: "Claro que lo está". Y él dijo: "¡Entonces dámela!" Le entregué la pistola y volví a tocarme la mía, sólo para asegurarme de que se diera cuenta que no podía dispararme. "¿Puedo rastrillarla?" me preguntó, y cuando yo asentí me dijo:

"¿Qué tú crees? ¿Me apunto a la cabeza?" Le dije que no era muy buena idea porque podía corrérsele el cañón y quedar herido, lo que podía ser muy doloroso. Debía meterse la pistola en la boca. Él preguntó: "¿Le dirás a mi hermano que yo me maté?" Le dije que sí. Entonces me dijo: "Por favor, cuéntale todos los detalles". Era el deseo de un hombre que iba a morir y se lo prometí. Agarró la pistola con las dos manos y se la puso en la boca. Yo le dije: "Puedes cerrar los ojos si quieres". "No", dijo él, "dejaré los ojos abiertos". Estaba listo para disparar y nada en el mundo lo hubiera detenido. Abrió los ojos de par en par y la pistola se disparó. Los guardias vinieron corriendo, pero yo había salido de allí antes de que nadie pudiera verme.

—¿Cómo podemos estar seguros de que esto no te va a traer problemas?

—Nadie investiga los suicidios de prisioneros. De hecho, los guardias los disfrutan porque los suicidios son como confesiones y más convenientes que las ejecuciones —el Moro hizo una pausa—. Su hermano, bueno, doctor, al principio no me gustaba, pero murió decentemente.

—Gracias, Moro. Voy a salir del país pronto.

—Aquí estaré cuando regrese.

* * *

Manejando de regreso a casa, Rodrigo comenzó a repasar los últimos comentarios del Moro. ¿Acaso al dar la orden de liquidar a Alberto había ejecutado en realidad la voluntad de Fidel?

No. Falso. En este tipo de trabajo, no hay lugar para cuestionamientos. Las situaciones difíciles exigen respuestas rápidas. Bajo intensas presiones, uno hace lo mejor que puede y, decida uno lo que decida, no debe mirar hacia atrás.

VII.

LA COMPRA DE MANHATTAN

Washington, junio de 1960.

—¡Quiero hablar con alguien sobre Cuba!

Rodrigo, que había entrado al edificio de la CIA por la puerta principal, se anunció a toda voz. La gente lo miraba con asombro y éste justamente era el efecto que quería producir: un loco, antes que un espía.

—¿Podemos discutir este asunto en voz baja? —dijo alguien.

Rodrigo sintió la voz venir de sus zapatos. Un ser humano minúsculo le hablaba desde abajo.

Era un hombre perfectamente formado, con rasgos que parecían tallados. Con una estatura bien por debajo de los cinco pies, sólo era anormalmente pequeño.

Deslizándose como un patinador, más que caminando, el hombrecito condujo a Rodrigo a una oficina. Rodrigo dio su nombre y entregó su tarjeta de presentación. El otro se identificó como Nathan.

—Bien, ¿qué quiere usted decirnos? —dijo Nathan.

—Gracias —dijo Rodrigo—. Seré tan breve como me sea posible. Si yo pudiera convencer a su gobierno de una sola cosa con relación a Cuba, sería ésta: en la situación actual, los únicos activistas que tienen la confianza de sus compatriotas son la gente que pelearon contra Batista. Si se quieren ganar el favor de los cubanos tienen que aliarse con esos luchadores. En este momento el principal aliado de ustedes en Cuba es el Movimiento de Recuperación Revolucionaria. La gente del MRR son honestos y valientes, pero novatos. Nunca lucharon contra Batista, no son reconocidos como patriotas y no tienen experiencia. Por ejemplo, no siguen tácticas básicas de clandestinaje. Casi con toda seguridad han sido infiltrados por los agentes de Castro. ¿No me cree?

—Ni le creo ni dejo de creerle. Sólo le escucho —dijo Nathan mientras tomaba notas.

—Su gobierno también le está dando ayuda a un grupo de Miami dirigido por el ex presidente Prío y el ex primer ministro Varona. Mi padre es amigo de Prío, y yo siento afecto por Prío como persona, pero él y Varona tienen reputaciones contraproducentes. Ningún cubano les perdona ese 10 de marzo de 1952, cuando le entregaron el país a Batista sin un pero.

—¿Cómo podemos ayudarle? —dijo Nathan con agradable perspicacia.

—Estoy aquí para informarle a su agencia que mis camaradas y yo hemos hecho planes para un levantamiento contra Castro. Queremos trabajar con ustedes. Tengo pruebas de lo que ya hemos hecho y estoy dispuesto a discutir el asunto en detalle. ¿Quiere hacerme alguna pregunta?

—Basta por el momento —dijo Nathan—. Déjeme pasar esta información y alguien se pondrá en contacto con usted.

No estaba mal para una respuesta oficial, pero ponía a Rodrigo en la posición que más le disgustaba: la de la persona que espera.

Era una cautivante tarde de primavera. En cualquier otra ocasión, Rodrigo hubiera seguido el curso de un hombre joven. Pero antes que hombre, era hijo. Tenía que acompañar a sus padres en el peor momento de tristeza que puede tener un padre, y debía soportar un peso adicional por el papel secreto que había jugado en la muerte de Alberto.

Mientras viajaba en un ómnibus del metro hacia Arlington, donde vivían sus padres, Rodrigo volvió a sentirse preocupado por no haber podido captar a "Pichi" en la onda corta antes de salir de Cuba y luego en varios puntos del camino. En la frecuencia designada, lo único que escuchaba eran ruidos. Pensar en ello no le daba alegría alguna, pero se sentía tan mal a causa de sus padres que casi disfrutaba la distracción de preocuparse por Lázaro.

Rodrigo se sintió aún más descorazonado al entrar en el humilde apartamento de sus padres en el barrio obrero de Barcroft, en Arlington. Era un lugar perfectamente decente, pero muy distinto a la mansión del Vedado que los viejos habían abandonado cuando las reformas de Castro le quitaron a su padre el sustento. El veterano político, que había ayudado a miles de personas en su prodigiosa vida, se había encontrado de pronto, a los cincuenta y cuatro años, sin medios para ayudarse a sí mismo. Al final su mejor elección fue venir a los Estados Unidos, donde no podía hablar el idioma y donde —después de un cuarto de siglo de estrechas relaciones con los presidentes cubanos— encontró trabajo como ayudante de camarero en un hotel de Washington.

Sus padres se alegraron cuando entró, pero después apenas podían mirarlo, pues cada vez que sus ojos se posaban sobre la carne de su carne los asaltaba una horda de recuerdos, que invocaban dolorosamente al que no volverían a ver jamás. El viejo —el más tierno de sus padres y el que más fácilmente expresaba su amor por sus hijos— no podía ver a Rodrigo sin que se le salieran las lágrimas y tuviera que voltear la vista.

Su madre asumió el papel de dura. Y lo fue.

—¡Hijos de puta! ¿Por qué simplemente no recuperaron su dinero y lo condenaron a la cárcel? ¿O es que creyeron que era la primera persona que se cogía dinero de un gobierno? La gente en los ministerios solía llevarse el dinero en maletas. ¡Y nunca nadie murió por eso!

Sólo entonces la vieja, incluso ella, dejó que la emoción la dominara.

A Rodrigo no le gustó lo que decía su madre. Le recordaba la bajeza de Alberto. La noche anterior había tenido que asistir a un servicio funeral organizado por la vieja en el que unos cuantos amigos de la familia que vivían en Washington ensalzaron a Alberto como un enemigo del comunismo. A Rodrigo le resultó odioso. La vida de Alberto había estado vacía de principios. Peor aún, había sido un hijo desagradecido y un hermano indiferente. A los viejos nunca pareció importarles esto. Todo lo que provenía de Alberto lo justificaban. De hecho, parecían querer más a Alberto precisamente por su crudeza, y cada vez que Rodrigo pensaba en eso, la mente se le paralizaba.

Rodrigo no era hombre de tomarse la vida a la ligera. Aun con su credo de "no mirar hacia atrás", se veía impulsado a pensar y repensar quién era, cómo actuaba, en qué creía. Un comentario del Moro le había llevado a preguntarse si se había equivocado al provocar el suicidio de Alberto. Ahora, delante de sus padres, eran sus entrañas, más que su sentido de la reflexión, las que formulaban la pregunta: ¿Cómo podía haber actuado bien si había sumergido a sus seres más queridos en el dolor?

Un día y una noche pasaron y luego otros. A eso de las siete de la tercera mañana, la vieja le pasó una llamada.

—Soy Nathan. Necesitamos que venga a una entrevista a las diez. Y traiga su maleta. Tal vez tengamos que alojarlo en otro lugar.

La llamada de la CIA sacó a Rodrigo de la depresión. Su vida volvía a recuperar el foco; tenía de nuevo un destino. *El hombre infeliz es un guerrero feliz.* La frase penetró en su cabeza y se alojó allí como una melodía persistente.

La reunión era en un *townhouse* de Capitol Hill. Un par de agentes secretos le abrieron la puerta. Condujeron a Rodrigo a un cuarto en el piso de arriba con un detector de mentiras.

—Esperamos que esto no lo ofenda —dijo uno de ellos.

—Claro que no —respondió Rodrigo rotundamente—. Tienen que estar seguros.

No mentía. Mientras los hombres le conectaban los cables, lo que sentía era desdén. Esta gente debía tener métodos más seguros de probar las lealtades. Un agente bien entrenado podía engañar a esa máquina.

Le hicieron un chorro de preguntas que le demostraron lo extenso de la información que tenían los americanos. Le lanzaron una curva sobre uno de los antiguos puestos ministeriales de su padre. Sacaron a relucir el trabajo legal de Antonio Moreno para corporaciones norteamericanas en Cuba, trabajo que éste había compartido con Rodrigo. Incluso le preguntaron sobre los combates de Moreno en los campeonatos de esgrima de Estados Unidos, diez años atrás. *Ésa debe ser la pregunta del béisbol*, pensó Rodrigo.

Luego vinieron las preguntas importantes.

—¿Trabajas para Fidel Castro?

—No.

—¿Sabe Benjamín del Cordobés que estás aquí?

—Sí.

—¿Te pidió Benjamín del Cordobés que vinieras aquí?

—No.

El nombre de Benjamín lo pronunciaron con evidente disgusto.

Después de unas cuantas preguntas más, desconectaron a Rodrigo de la máquina y lo llevaron a otra habitación.

—Tome asiento, por favor. Otra persona lo llamará. Puede demorar algún tiempo.

—Está bien —dijo Rodrigo, disimulando su alegría. Estaba seguro de haber pasado la prueba.

Aproximadamente una hora después estaba inmerso en una novela que había traído consigo cuando uno de los agentes lo llamó al teléfono.

—Soy Nathan. Tome un taxi hasta el Hotel Madison, en la calle quince. Lo esperaré en el *lobby*.

En el Madison, veinte minutos después, los ojos de Rodrigo se posaron directamente en Nathan, cuya figura sobresalía por ser la más elegante a la vista. Tomaron un elevador hasta el tercer piso. Nathan tocó la puerta de una habitación. Un hombre cuarentón, alto y delgado, abrió.

—De ahora en adelante, éste es su contacto —dijo Nathan.

Rodrigo examinó detenidamente a la nueva figura. Luego vio partir al hombrecito y sintió un acceso de arrepentimiento.

—Por favor, entre y tome asiento —dijo el hombre alto—. Puede llamarme Thor.

Rodrigo notó los mismos modales innatos que había conocido en su amigo Bill.

—Encantado de conocerlo, Thor —dijo, mientras se estrechaban las manos—. Por favor, llámeme Rodrigo.

—Muy bien. ¿Comenzamos?

Rodrigo se lanzó a hacer un recuento de la situación cubana y de las actividades de su grupo. Conociendo lo bien informado que estaría el individuo, había optado por la sinceridad, omitiendo sólo el asunto de Alberto. Después de mostrar las fotografías del campamento de Lázaro, Rodrigo terminó con un hecho que no era motivo de orgullo ni de placer para él: su fracaso en localizar a "Pichi" en la onda corta.

—Nosotros nos encargaremos del asunto de Lázaro —dijo Thor—. ¿Puedo quedarme con estas fotos?

—Por supuesto —dijo Rodrigo. Podía ver a Thor examinándolo con disimulo.

—¿Qué le dijo a su esposa sobre su viaje aquí? —preguntó Thor.

—Le dije que iba a buscar trabajo en Estados Unidos y que visitaría algunos bufetes de abogados entre esta ciudad y Nueva York.

—¡Excelente! —sonrió Thor, mientras se golpeaba una rodilla—. Será en Baltimore.

Después del viaje al Escambray, Rodrigo había decidido que le haría a su esposa el mismo cuento que a los demás; y, por pura casualidad, su historia coincidía con la "fachada" que la CIA le había escogido. Rodrigo recibió una caja de tarjetas de presentación en las que estaban impresos su nombre completo, el cargo de "asociado", el nombre de un bufete con una hilera de elegantes apellidos yanquis y una dirección y un número de teléfono de Baltimore.

—Quisiéramos ofrecerle un contrato y un salario de agente —dijo Thor.

En apariencia la propuesta era halagadora y generosa. En esencia, sin embargo, era una trampa. Si aceptaba, Rodrigo perdería todo derecho a reclamar un pedazo del futuro de Cuba y se convertiría en un yanqui en la piel de un latino.

—Se lo agradezco —dijo Rodrigo—, pero prefiero trabajar al lado de ustedes. Mi gente y la suya tienen muchos intereses en común. Con armas en nuestras manos, tendremos lo que necesitamos para alcanzar nuestros objetivos comunes.

—Las armas estarán allí—dijo Thor—. No tenga dudas al respecto. Primero, sin embargo, las fuerzas tienen que estar dispuestas.

En seguida, Rodrigo tomó la iniciativa.

—Thor, como usted pudo ver en esas fotos, ya tenemos un grupo operando en el Escambray. Otro grupo está a punto de formarse en Pinar del Río. Aún estamos preparando nuestra ofensiva, pero necesitamos armas *ahora mismo*. Si no, no podemos reclutar más hombres, y los que ya están allí pueden ser capturados o acribillados fácilmente.

Mientras Thor escuchaba su rostro permanecía impasible, pero Rodrigo podía sentir su ansiedad.

—Usted haga su parte y yo haré la mía —dijo Thor—. Mientras tanto, no se preocupe por los fondos. Tendrá todo el dinero que necesite.

¡Cuidado! se dijo Rodrigo. *Las armas yanquis nos darían poder. Pero el dinero yanqui le da poder a los yanquis. Desde el momento en que agarres su dinero, podrán hacerte reclamos.*

—Nuestras necesidades materiales no son grandes —dijo

Rodrigo—. Pero si vamos a trabajar juntos, necesito que me dé su palabra sobre algo.

—¿Sobre qué?

—Nuestra gente lo está arriesgando todo para conseguir un resultado que va a servir tanto los intereses de ustedes como los nuestros. Necesitamos su palabra de que, en caso de que tengamos éxito, nuestras fuerzas tendrán el apoyo político de su gobierno.

—Sí —replicó Thor sin vacilar—. Eso se lo puedo ofrecer.

—Gracias. Eso significará mucho para nuestra gente en la pelea.

Rodrigo sabía que este tipo de promesa era inherentemente no confiable, aun si Thor podía hablar en nombre del gobierno de Estados Unidos, lo que por supuesto no podía hacer. De todos modos, la CIA era la central eléctrica de la diplomacia americana; y a los ojos de Rodrigo, Thor parecía una persona de cierta estatura. Incluso en el confuso y traicionero mundo de la política, la palabra de aquel hombre servía de algo.

Thor extendió su mano.

—Tengo que irme ahora. Póngase cómodo, por favor. Aquí es donde se hospedará.

Era una habitación agradable, pero la comodidad era lo último que Rodrigo tenía en mente. Ordenó una botella de vino tinto, se la tomó casi toda y salió a dar un paseo.

El radar de un hombre que disfruta del arte, de la música y de las muchachas hermosas llevó a Rodrigo frente a una joven vendedora de una librería de Georgetown. Tenía cabello negro azabache, ojos azules, piel marmórea y la actitud robusta de una heroina nórdica.

—¿*What is your stock?* —dijo él en perfecto inglés.

—¿Desea usted saber qué libros tenemos en la tienda?

La manera de hablar cultivada de la joven era deliciosamente melodiosa.

—¡No! Quiero decir, ¿cuál es su ascendencia?

—¿La mía personalmente?

—La suya personalmente.

—Escocesa, con una pizca de inglesa e irlandesa.

—¡Noble linaje! —dijo Rodrigo con admiración genuina—. ¡Y hermoso y civilizado país el suyo también!

—¿De modo que ha estado en Escocia? —inquirió ella.

—No, pero conozco algo de su tierra. Desde hace mucho tiempo, escritores y artistas de infinidad de países han estado obsesionados con Escocia.

—¿De veras? —dijo ella modestamente.

—Así es —replicó Rodrigo—. Sólo para mencionarle un caso: una ópera italiana, basada en *La Novia de Lammermoor* de Walter Scott, contiene lo que es quizás el dueto más hermoso que cualquier hombre y mujer hayan cantado...

—Sí, pero en *Lucia di Lammermoor* Donizetti se alejó demasiado del espíritu de Scott. ¡Y los compositores italianos sólo escribían sobre Escocia porque los censores no los dejaban escribir sobre Italia!

Era una voz intrusa, que le llegó a Rodrigo por encima del hombro. Reverberaba de sensualidad y tenía un regusto melancólico. Rodrigo se volteó para ver a una mulata bien vestida que no llegaba a los treinta años, sonriéndole con insolencia mientras salía por la puerta. Su cara, aunque no poseía la belleza clásica de la de la vendedora, era del tipo que ningún hombre puede resistir y la mayoría de las mujeres resienten. La falda se le pegaba al cuerpo para revelar un trasero sólo un poco más grande de lo normal, exactamente como le gustaba a Rodrigo. A través de la vidriera la vio alejarse, y sintió agolpársele la sangre cuando la mujer miró hacia atrás para comprobar si él la observaba.

Cuando Rodrigo se volteó hacia la joven vendedora, ésta había desaparecido. *Bueno, vamos a dejarla para después*, decidió, y se marchó.

Rodrigo tenía poco que hacer excepto leer, ir de paseo y practicar yoga —una disciplina que amaba— hasta que Thor se pusiera en contacto con él. Su impaciencia, nunca lejos de la superficie, se multiplicaba. En su país, la historia se remoldeaba con cada minuto que pasaba; mientras que él permanecía sentado en Washington como una mujer mantenida, esperando que el teléfono sonara.

Después de varios días Rodrigo fue llamado a un hotel del barrio Foggy Bottom. En una de las habitaciones de arriba, Thor estaba hablando por teléfono.

—Estoy ordenando almuerzo. ¿Qué quiere tomar? —le preguntó el hombre de la CIA, y le dijo al teléfono—: Necesito un martini doble.

—Vino tinto —respondió Rodrigo.

—Y una copa de su mejor vino tinto —Thor colgó el teléfono y dijo—: Tenemos a Lázaro.

—¿Cómo que tienen a Lázaro? —dijo Rodrigo con incredulidad.

—Las tropas de Castro tomaron el campamento de Lázaro. Es por eso que no pudo comunicarse por radio. Casi todos los hombres fueron arrestados, pero no Lázaro. El Ejército Rebelde lanzó una cacería humana para atraparlo. Nuestra gente fue al Escambray, lo encontró y lo sacó de Cuba.

El almuerzo llegó. Mientras el camarero ponía la mesa, Rodrigo tuvo unos minutos para asimilar la historia. Los espías de Castro habían derrotado a Lázaro. La fuerza del Escambray ya no existía. Y algo más difícil de creer: los agentes de Estados Unidos en Cuba habían localizado a un hombre que las fuerzas de Castro no habían podido encontrar y lo habían sacado rápidamente de la isla. Era una maniobra sensacional, que llenó el alma de Rodrigo de un helado terror.

Logró reponerse y preguntó:

—¿Dónde está Lázaro ahora?

—No lejos de aquí. Ya me entrevisté con él.

—¿De veras?

—Un hombre notable. De hecho no parece cubano en lo absoluto. Es más bien una especie de oficial del servicio británico.

Thor había captado a Lázaro —el hombre del pelo rubio y los ojos grises— en una sola frase.

La pregunta que le saltó a la mente a Rodrigo fue: "¿Cuándo puedo hablar con él?" Pero era una pregunta que no debía hacer.

Los hechos eran ya bastante duros. La operación de Lázaro, elemento central de la estrategia de Rodrigo, estaba ahora en manos de los americanos que habían recogido los escombros con un formidable trabajo de espionaje. El hombre de la CIA tenía que sentirse orgulloso. Rodrigo no quería añadir nada a aquel orgullo, ni restarle al suyo, pidiéndole a este *yanqui* que le dejara ver a su compañero. Escogió otro camino.

—El ejército de Castro pudo destruir el campamento porque sus espías lo habían infiltrado. Lázaro no lo pudo evitar porque no piensa como un conspirador. Es un guerrero. Cuando llegue la batalla, nadie mejor que él para dirigirla. De momento, sin embargo, ésta es una guerra de inteligencia; y es obvio que el grupo de Lázaro no es el único que fue infiltrado. También el MRR está infiltrado.

—No se preocupe por eso, Rodrigo —dijo Thor, en defensa de los amigos favoritos de la CIA en la clandestinidad cubana—. Sabemos lo que estamos haciendo allá.

Rodrigo acababa de usar un movimiento de judo verbal. Al admitir la debilidad de la fuerza de Lázaro, Rodrigo pudo darle una voltereta a Thor imputándole la misma debilidad al MRR. Había resultado. El americano había pasado a la defensiva. En lugar de tener a Thor encima, hablándole con superioridad, Rodrigo estaba arriba y se lanzó al ataque.

—¿Puedo hacer una sugerencia? Ya que Lázaro y yo estamos ambos aquí, debemos aprovechar nuestro tiempo para ensayar tácticas de lucha. ¿Puede usted ponernos a los dos a hacer ejercicios militares con otros hombres disparando sobre nosotros?

Esta muestra deliberada de machismo agarró al hombre de la CIA con la guardia aún más baja. Después de una pausa, Thor dijo:

—No, no tenemos una instalación donde podamos hacer eso, pero pueden usar nuestro campo de tiro.

—Eso bastará —respondió Rodrigo.

—Tengo que irme —dijo Thor, y agregó con una sonrisa—: Encontrará a Lázaro esperándolo en su hotel.

Thor se había anotado un punto importante.

—Se lo agradezco —dijo Rodrigo, estrechando la mano del otro hombre con un vigor casi excesivo.

* * *

De regreso en su hotel, Rodrigo fue directo al bar, y desde algún punto del oscuro salón la frase de Thor hizo blanco en él casi antes de reconocer la cabeza de su amigo, de espaldas. El oficial del servicio británico estaba empinando el codo en la barra.

Lázaro se dejó caer en los brazos de Rodrigo.

—¡Coño, chico! ¿Cómo e'tá?

Éste no era el Lázaro que Rodrigo conocía. El saludo era una ofensa contra la dignidad que *su* Lázaro no hubiera cometido.

—¡Lázaro! ¡Estamos en Washington!

En otras palabras: Contrólate. Aquí sólo podemos mostrar lo mejor de nosotros.

—¡Sí! Aquí estamos. No fue idea mía venir aquí, tú sabes —dijo Lázaro con convicción. El soldado sólo había necesitado unas palabras en cubano para recuperar la forma.

En ese momento Rodrigo pudo ver todo lo que había sufrido Lázaro. Su encuentro con las fuerzas de Castro era parte de la carga que tenía que soportar un soldado, y Lázaro podía con eso. Pero ser rescatado por los americanos y convertirse, de cierto modo, en prisionero de ellos era algo muy distinto. En los últimos días, el mismo Rodrigo había sido un hombre enjaulado. La situación de Lázaro era más extrema. Era un tigre enjaulado, una criatura salvaje que tenía que enfrentar el terror de haber perdido su territorio.

Y lo peor estaba por venir. Por los comentarios de Thor de enviar las armas *después* que las fuerzas estuvieran dispuestas, Rodrigo adivinaba que la CIA querría a Lázaro de regreso en Cuba enseguida. Y Rodrigo estaba convencido de que Lázaro no debía regresar hasta que la batalla fuera inminente. Ponerlo allí antes era como poner al tigre en un territorio donde lo esperaban cazadores con rifles de miras telescópicas.

En el mundo perfecto de la CIA, Lázaro y Rodrigo servirían como hombres de avanzada para los americanos, arriesgarían sus cabezas para conquistar algunas posiciones tácticas y luego desaparecerían. Si Thor creía que podía promover los intereses de Estados Unidos enviando a Lázaro y a sus hombres a una muerte segura, lo haría sin vacilar. Rodrigo tenía que hacerle ver a Thor que su mundo perfecto no existía; que la CIA necesitaba trabajar con Lázaro y otros cubanos, no utilizarlos simplemente. Para esta tarea de persuasión, Rodrigo sabía que contaba con dos ventajas solamente: su propia habilidad verbal y la incompetencia de los otros enemigos de Castro. Como su guerra contra Castro, la guerra de Rodrigo contra la CIA tenía que ser librada, y ganada, sólo con ingenio.

De momento, Lázaro estaba fuera de lugar en la guerra de Rodrigo. A un tigre que también es tu amigo, y que se siente triste, no le sirven para nada el ingenio o las palabras.

—Una botella de su mejor vino tinto —le ordenó Rodrigo al cantinero, y los dos se sentaron a tomar uno al lado del otro, sin decir una palabra, como hacen los oficiales del servicio británico.

* * *

Al día siguiente, en medio de un hermoso paisaje rural, los cubanos comenzaron a entrenarse en un campo de tiro de la CIA. Lázaro había recuperado su manera de ser pulcra y transparente, como tigre acostumbrándose a un nuevo territorio. Rodrigo era el que estaba inundado de sentimientos inoportunos: enojo y suspicacia hacia los americanos, impaciencia por obtener la ayuda que necesitaba, lástima con sus padres, desagrado consigo mismo. *El hombre infeliz es un guerrero feliz.* Esa frase se había convertido en su *leitmotif*, una tonada producida por una viola inexorable que la música masiva de una orquesta no podía suprimir.

—¡Oye! —el instructor del campo de tiro le gritó a Rodrigo—. ¡No se supone que dispares esa arma tiro a tiro! ¡Se dispara en ráfagas!

—Sí —dijo Rodrigo con rabia reprimida—. Conozco bien el Browning automático. Así es como me entreno para lograr concentración y familiarizarme con el arma.

Entonces, como un músico virtuoso que toca una nota repetida *tempo presto*, Rodrigo disparó el rifle tiro a tiro, expresando con el movimiento ágil del gatillo el mundo de emociones que había extraído del resto de su cuerpo y concentrado en la punta del dedo.

—¡Que me lleve el diablo! —exclamó el instructor.

El próximo llamado de Thor le llegó a Rodrigo antes de lo esperado.

—El instructor del campo de tiro me dijo que le gustaría tenerlos a ustedes dos con él cuando entre en combate. Especialmente a ti.

—Thor, estoy ansioso por actuar. Todavía no tenemos todas las piezas en su lugar, ni remotamente, pero aun así podemos hacer cosas que le hagan daño a Castro.

—¿Tienes alguna propuesta?

—Déjeme entrar y sacar a Huber Matos de la cárcel. Es un trabajo de inteligencia en un noventa por ciento. Podría hacerlo casi solo. El caso Matos es un tesoro político. *International attention has focussed there.* Castro ha tenido que soportar mucha publicidad negativa por encarcelar a uno de sus mejores comandantes. Si liberamos a Matos y lo traemos a los Estados Unidos lograríamos una victoria de relaciones públicas que vale oro. Fidel se ahogaría de la rabia y de la humillación. Y podemos aprovechar esa situación para crear caos en su gobierno.

Thor se estaba riendo. El desagrado de Rodrigo era evidente.

—Lo siento, Rodrigo. Esta vez tu inglés impecable te ha fallado. De la manera en que pronunciaste *focussed* sonó más bien como *fuck us*, que significa algo completamente diferente.

—¡Thor, discúlpeme! Tendré cuidado con esa palabra la próxima vez, y gracias por señalármelo.

—De nada. En cuanto a lo que dijiste de Huber Matos, es una idea interesante. Déjame pensarlo y te diré luego. A cambio de eso, te tengo algo para que vayas pensando.

—¿Qué cosa es?

—El propio Castro.

Era el tema innombrable, pero inevitable.

—¿Qué pasa con Castro? —Rodrigo preguntó con tanta serenidad como pudo.

—Un atentado, quiero decir.

—Eso es algo muy difícil.

—¿Qué dificultades ves?

—Castro no es un blanco fácil —dijo Rodrigo—. No sigue patrones. Absolutamente ninguno. No tiene oficina. No tiene residencia. Nunca hace nada de la misma manera dos veces. Se mueve con otros hombres y siempre va armado. Un atentado requeriría muchos hombres. Requeriría un plan de escape detallado, que tendría que incluir el elemento de un levantamiento para hundir a las fuerzas de Castro en la confusión. Sin un alto grado de planificación, y un grado aún mayor de suerte, sería una misión suicida.

—Obviamente has pensado mucho en el tema.

—Mucha gente lo ha hecho. Castro también.

—Bien, piensa en esto: estamos dispuestos a ofrecerte veinte mil dólares por un atentado exitoso contra Castro.

Rodrigo no movió un solo músculo de su cara. Thor se llevó el pulgar derecho a la punta de la nariz y levantó la mano como un cuchillo.

—¡VEINTE... MIL... DÓLARES! —repitió con énfasis el hombre de la CIA, mientras blandía el filo de la mano en dirección de Rodrigo con cada palabra.

—Déjeme pensarlo y le diré luego —dijo Rodrigo, haciéndose eco de la respuesta de Thor a su propuesta.

De esta reunión Rodrigo se fue directo a un bar.

Mi amigo Antonio tenía razón, pensó. *Para esta gente somos aborígenes. ¡Veinte mil dólares por matar a Castro! ¿Acaso es más que los veinticuatro dólares que pagaron por Manhattan? Sin duda que no, y ése es su problema. Nunca se han recuperado de la compra de Manhattan. Piensan que tienen derecho a comprar el mundo por nada.*

VIII.

LA HISTORIA SE HACE DE NOCHE

—¡Pero si es el hombre de Italia!

Rodrigo estaba parado frente a su Dama del Lago, la belleza escocesa de la librería de Georgetown.

—¿Qué le hace pensar que soy de Italia? —preguntó.

—¿No lo es?

—No.

—Entonces, *what is your stock?*

—Adivine.

—No sé. ¿Húngaro?

—Lamento decepcionarla. Soy de Cuba.

—¡Cuba! Un país absolutamente brillante. Siempre he querido ir. Se supone que sus bellezas naturales no tienen rival. Sé que tienen música y supongo que incluso tienen arte. ¡Deben de ser inmensamente civilizados!

La mujer lo estaba imitando, y con mucho ingenio. Antes de que pudiera responderle, sintió crecer el bulto de una erección total. ¿Qué hacer, antes de que ella lo notara? *Imagínate algo repelente.*

Castro dándole por el culo a Eisenhower. Las barbas de Fidel haciéndole cosquillas a la calva de Ike. En un santiamén, el bulto se había reducido a un tamaño de conversación.

—¿Habla usted alemán, por casualidad? —preguntó. Rodrigo dominaba dos idiomas extranjeros. El inglés, para los negocios, y el alemán, por puro placer.

—No —contestó la muchacha—, pero estoy aprendiendo. Quiero ser ingeniero y mi papá dice que el mejor lugar para estudiar es en una universidad alemana. El idioma es interesante, aunque no me parece nada bonito.

—¿No? ¿Qué le parece esto?

"Eile denn zu meinem Lieben,
Spreche sanft zu seinem Herzen;
Doch vermeid ihn zu betrüben
Und verbirg ihm meine Schmerzen".

La muchacha quedó impresionada.

—Suena a poesía.

—¡Claro! Es de Goethe.

—Bien, ¡entonces supongo que la poesía alemana puede sonar muy bonito!

—¿Su padre es científico?

—Sí. Trabaja en un ministerio en Edimburgo. Hace aproximadamente un año que está aquí en la embajada como asesor.

Instintivamente, Rodrigo miró a su alrededor para comprobar si lo observaban.

—Entonces es por eso que está en Washington —le dijo a la muchacha.

—Sí. ¿Y usted qué hace aquí?

—Estoy en un viaje de negocios. Me hospedo en el Madison. Mi nombre es Núñez. Encantado —dijo, extendiéndole la mano. Cuando ella le dio la suya, Rodrigo se la llevó a los labios.

—¡Oh! Bonito nombre. Yo soy Verónica. Verónica McBride. Encantada de conocerlo.

—¿Por qué no pasamos un rato juntos? ¿Le gustaría ir a tomar algo conmigo?

—Me encantaría. No tengo edad para ir a los bares aquí, pero podemos tomar té. Salgo en una hora. ¿Podría regresar después?

—Será un placer —dijo él ceremoniosamente, y salió.

Afuera, la intensa luz de la tarde comenzaba a amainar. Rodrigo inspeccionó las calles circundantes en busca de un salón de té. Encontró un lugar encantador entre *townhouses* en una tranquila calle lateral. Cualquiera que tratara de espiarlo allí estaría visible y el lugar tenía una salida trasera.

Al dar la hora regresó a la librería. Verónica no estaba a la vista. Rodrigo tropezó con una corbata de lacito, evidentemente a cargo de la tienda.

—Discúlpeme, señor. ¿Sería tan amable? Estoy buscando a una joven llamada Verónica.

—Verónica tuvo que irse —la voz y la cara del hombre estaban tan tensas como el lazo de su corbata.

—¿Por casualidad sabe cuándo va a regresar?

—No va a regresar.

¡Coño! Debí haberle pedido la dirección y el teléfono.

—¿Ha visto alguna buena ópera últimamente?

Era la mulata. ¡Qué aliviado se sentía al verla! Y la coincidencia le pareció natural. Solía ocurrirle que, en el momento en que lo dejaba plantado una mujer, de alguna manera aparecía otra.

—Para mí hay una sola ópera —replicó Rodrigo, sin perder un solo compás—. *Carmen.* En comparación, casi todas las demás parecen faltas de fuerza o exageradas.

—Entonces, ¿ha visto alguna buena *Carmen* últimamente?

—No desde Georges Thill.

—¡Dios mío! ¡No había escuchado ese nombre en mucho tiempo!

—¿Cómo es que lo conoce?

—Del mismo modo que usted conoce el nombre del general Pershing. Forma parte de mi historia.

—Pershing no forma parte de mi historia. Antonio Maceo sí es un nombre de mi historia.

—Entonces es cubano —dijo ella.

—Y usted francesa —replicó él.

Pensándolo bien, ¿cuán natural es este encuentro? ¿Por qué desapareció Verónica? ¿Y por qué apareció esta mujer en su lugar?

—Nací en París, pero nos fuimos cuando yo era muy joven. He pasado la mayor parte de mi vida aquí, en Estados Unidos quiero decir. Mis padres solían hablar de ópera. Admiraban tremendamente a Georges Thill. No sabía que había cantado en La Habana.

—En realidad no puedo afirmar que lo haya hecho. El único lugar donde escuché esa voz espléndida fue en el viejo gramófono de mi padre.

—¡Qué historia más encantadora! En cuanto a *Carmen*, por cierto, los franceses no estarían de acuerdo con usted. Para los franceses, la ópera es Wagner. También Mozart, Rossini, Meyerbeer, Verdi. *Carmen* es para ellos *opéra comique*.

—¿Cuál es la diferencia?

—Ópera es la bien montada y bien cantada. *Opéra comique*, la bien actuada y bien intencionada.

—¡Bien dicho! Mi nombre es Núñez.

—Nathalie Margalit.

Rodrigo le tomó la mano y se la besó.

—*Enchanté, chère mademoiselle*. ¿O es *madame*?

—Sería *mademoiselle*. Pero por favor, llámeme Nathalie.

—Escuche —dijo Rodrigo—. Conozco un saloncito de té muy agradable cerca de aquí. ¿Podría invitarla?

—Encantada.

* * *

—Entonces dígame, señor Núñez. ¿Qué lo trae a Washington?

—Asuntos de negocios.

—¿Qué clase de negocios?

—Tal vez pueda usted adivinar.

—Está bien. Veamos. No creo que sea comerciante. Tiene una personalidad artística, pero parece más un aficionado que alguien que vive del arte. Podría ser un profesor, pero eso no lo traería a esta ciudad política. Podría ser un funcionario gubernamental, pero no tiene aspecto oficial. Digamos que usted es un político con otras aptitudes, o más bien un profesional con cierto interés en los asuntos públicos.

—¡Estupendo! —exclamó él.

—No tanto. Conozco a muchas personas como usted que no la están pasando bien en la Cuba de hoy. Probablemente esté aquí buscando la manera de establecerse en Estados Unidos.

—¡Acertó de nuevo! Y ahora por qué no me dice a qué se dedica usted que le permite hacer juicios tan rápidos y precisos.

—¿Por qué no adivina?

—Está bien. ¿Será una sicoanalista? Probablemente es un tanto joven para eso. ¿Una estudiante de sicología? ¿Con clases en Georgetown y tiempo para visitar las librerías? No. Usted transmite la sensación de alguien que es mucho más que una estudiante. Combina un extenso conocimiento con aptitud para el arte, y parece manejar información actualizada. Eso la haría una periodista, aunque creo que el periodismo sólo tiene un interés limitado para usted. Tal vez sea una escritora más seria, o una periodista que hace otras cosas. Por ejemplo, podría ser una espía.

—¡Ojalá lo fuera! La paga *tiene* que ser mayor. Pero acertó en la parte del periodismo.

—¿Trabaja para uno de los periódicos de la ciudad? ¿O se dedica a esperar en las librerías de Georgetown a que le lleguen las historias?

—Ambas cosas, en realidad. Hago trabajo *freelance* para varios periódicos. Incluso mando historias a mi viejo periódico de la universidad. Por diversión, por supuesto.

—¿A qué universidad asistió?

—Barnard.

—Qué impresionante. ¿Y escribe usted de política?

—Casi siempre. Cuando escribo de otras cosas tengo que salir de aquí.

—¿A dónde ha viajado?

—Voy mucho a Nueva York, pero eso no es viajar, es como ir al trabajo. También voy a París, pero eso tampoco es viajar, es más como ir a casa. En cuanto a viajes de verdad, déjeme ver: Hong Kong, Tokio, Berlín, Viena, Yugoslavia. ¡Eso sí es viajar! ¡Ah, sí! También he estado en Cuba.

¡Caramba! Esta mujer es una espía. Y no fue una coincidencia que me la encontrara en la librería. Mis "amigos" me la pusieron allí en lugar de Verónica. Ésta es la mujer que querían que yo conociera.

—¿Y qué opina de Cuba? —preguntó Rodrigo.

—¡Es divertida! Nunca me he divertido tanto en ningún otro lugar del mundo.

—Sí —dijo Rodrigo con melancolía—. Ésa es Cuba. Por cierto, me suena como que usted es una experta en la Guerra Fría.

—¿Por qué dice eso?

—Porque cada uno de los destinos de sus viajes es un punto estratégico entre el Este y el Oeste.

—Sí, supongo. ¿Puedo preguntarle algo?

—Por supuesto.

—¿Por qué admira a *Carmen*? A los hombres les gusta *Don Giovanni*, o Verdi, Wagner, Puccini, casi cualquier cosa menos *Carmen*. No les interesa una obra que muestra a una mujer fuerte. Incluso el más progresista de los ingleses, Bernard Shaw, se refirió a ella con revulsión.

Quiere cambiar el tema, claro.

—Estoy de acuerdo con Nietzsche en relación con *Carmen* —dijo Rodrigo—. Es clara y pura y hermosa y real. En una palabra, mediterránea. Y el poder de Carmen *es* el poder de la mujer. Yo no creo en ese cuento del "sexo débil". En todas las áreas fundamentales, las mujeres aventajan de manera decisiva a los hombres; a tal punto que los hombres han tomado el poder militar y político como una especie de compensación.

—¿De veras?

—Sí. Y hay otra cosa que me gusta de *Carmen*. Una vieja costumbre, que se ve en la mayoría de los melodramas, es que cuando un hombre descubre a su mujer con otro hombre, mata a éste. No creo que nadie deba matar por amor; pero si hay que matar, tiene que hacerse con justicia. El hombre que se acuesta con tu mujer no es el que te traiciona. ¡Es tu mujer la que te traiciona! En *Carmen*, un hombre mata a una mujer cuando ella lo traiciona. Este acto, lejos de ser un insulto para las mujeres, confirma la fuerza que tienen, y también le da al personaje de Don José un poder que ningún Don Juan podría soñar siquiera.

—¡Fascinante! Dígame, señor Núñez. ¿Está usted casado?

—Lo estoy.

—Discúlpeme por ser directa, pero está en mi naturaleza de periodista. ¿Si su esposa lo traicionara con otro hombre, la mataría usted?

—Claro que no. Como dije, no creo en la venganza.

—¿Y si usted la traicionara con otra mujer, le concedería el derecho de matarlo?

—No. Matar por amor, incluso por fidelidad, es un desperdicio de vida. Además, en algunos matrimonios la infidelidad puede ser una válvula de escape.

—¿En el suyo es así?

—¿Estamos hablando *for the record*?

—Sólo estamos teniendo una conversación agradable.

—En ese caso, ¿por qué no hablamos de las relaciones entre Francia y Argelia?

—¡*Touché!* Si lo prefiere, podemos regresar a su ópera favorita. Tengo un disco de *Carmen* grabado en la Opéra Comique. Curiosamente, restituye los diálogos originales que algunos editores sacaron de la obra después de la muerte de Bizet. Podríamos escucharlo porque vivo bastante cerca de aquí. Debe, sin embargo, prometerme algo.

Esta mujer tiene talento para la conversación. Se mueve de tema en tema como un compositor.

—¿Qué cosa?

—¡Debe prometerme que no me va a matar! —exclamó ella.

—A una mujer con sus encantos, ningún hombre puede prometerle eso.

La brillante joven no podía imaginarse lo sincero que era.

* * *

¿Cuál es la parte más formativa de un encuentro amoroso? Cada hombre y cada mujer tienen ideas definidas; y hablar de cada hombre o cada mujer ni siquiera basta. El hombre cubano y el letón van a diferir seguramente, del mismo modo que la mujer francesa y la inuita difieren. Para los franceses, que siempre han reclamado cierta experiencia en esta materia, el elemento del gusto es fundamental al menos en dos sentidos. Uno es el gusto como sentido de la proporción, como capacidad de sentir la belleza. Otro más común es el sentido de la sensación bucal, que se persigue tan ávidamente en el contacto personal como en el disfrute de la comida y el vino. *Le baiser* se convierte entonces en un gesto romántico relevante. *Le baiser* tiene muchas formas. La más conmovedora, tal vez, es la básica que los pueblos de habla inglesa, en un tributo a sus hermanos y hermanas galos, han llamado el beso francés, un primer intercambio íntimo entre amantes a los que transmite, más que placer en sí mismo, la sensación sublimemente feliz de que le sigue mucho más.

Los cubanos no besan exactamente a la manera francesa, del mismo modo que los cielos de La Habana no se vacían como los cielos franceses. Las lluvias que caen sobre Place Vendôme y Saint-Sulpice no son las mismas que inundan a Prado y al Malecón. Las lluvias cubanas son más pesadas, más tormentosas, más impetuosas; e igualmente lo son, a su manera, los besos cubanos. El beso que Nathalie le dio a Rodrigo fue un adelanto sensorial de los banquetes por venir, mientras que Rodrigo trajo un huracán, en un movimiento raudo, a los aposentos de Nathalie.

Comenzó a besarla en una región muy por debajo de la boca.

—¿Por qué haces eso? —preguntó ella—. ¿No quieres poseerme?

—¡Por supuesto! Pero primero me estoy presentando.

Rodrigo, al hacer el amor, no era uno de esos hombres que corren a toda velocidad hacia la satisfacción y luego se echan como tortugas gigantes en la arena. Cuando de mujeres se trataba, Rodrigo nadaba en todas las corrientes. El acto del amor lo era todo para él. Era carne y corazón, casual y significativo, urgente y bien planeado, momentáneo y eterno. Era al mismo tiempo vulgarmente egoísta y noblemente generoso. En esa paradoja central Rodrigo se deleitaba. Avanzaba hacia su placer encargándose primero del de la mujer. Llegar al suyo antes de proporcionarle el de ella a su compañera era impensable. Además de violar la etiqueta más básica, hubiera sido para él una renuncia a su prestigio y a su poder masculino. Un hombre que se lanzaba sobre una mujer y acababa enseguida en ella, como muchos lo hacían, se convertía en un apéndice de esa mujer, con poco más hombría que la de un niño. Era una bofetada a la vida y un insulto al acto del amor, que si bien lleva al hombre al contacto más profundo con una mujer también lo separa de ella de una manera enfática y triunfal. La base de la vida es la diferenciación, y el impulso de Rodrigo era actuar de manera diferente. De ese impulso provenían tanto su naturaleza libertaria como su refinamiento estético; y el centro de su arte existencial era dar placer a las mujeres.

Como *amante*, necesitaba a una mujer que pudiera recibir el placer que tenía para dar. Elena no se había acercado siquiera a ello. Cuando el tedio matrimonial se impuso, solía imaginar que si el hambre de libertad no lo hubiera lanzado a la política años antes, este anhelo creciente lo hubiera hecho entonces. Ahí estaba, otra vez, aquella melodía quejumbrosa de viola: *El hombre infeliz es un guerrero feliz*. La música lo llenaba como un hechizo, aliviando su mente, arreglándolo todo. ¿Qué oiría si escuchara aquella parte de él donde se originaba la música? ¿Qué era la política para él sino la extensión de un hondo deseo interno de seguir siendo libre? ¿Dónde había comenzado su camino hacia la libertad sino en la lucha primordial de sus primeras horas y días, la necesidad inefable de ser otro distinto al que una mujer quería que fuese? Si no de aquél, el más formativo de los lugares, ¿entonces de dónde había venido su hombría?

Al acariciar los labios inferiores de la mujer con su lengua, Rodrigo hizo un festín de la amplia capacidad para el placer de ella. Nathalie llegó a su clímax y le hizo una señal de que ya se había hartado del "beso rosado". En ese momento, el amante ordinario con cierta habilidad hubiera levantado la cabeza, hubiera buscado con sus labios el cuello o la mejilla o la boca de la mujer y hubiera juntado su pubis al de ella para penetrarla. Rodrigo prefirió buscar otra ruta, la que había imaginado desde que la mujer había hecho aquel primer comentario descarado en la librería. La cristalina luz arlesiana de la música de Bizet estaba ahora muy lejos de su mente; buscó un lugar mucho más oscuro y profundo. Era la especialidad que él y sus compatriotas habían aprendido metódicamente desde niños: un gusto voraz por los traseros de las mujeres.

Volteó a Nathalie sobre su estómago, le separó las piernas y, mientras ella soltaba una exclamación de sorpresa, buscó la discreta apertura que puede ser la puerta de entrada hacia el más intenso disfrute físico de un hombre. Algo, sin embargo, lo detuvo. ¿Una premonición? ¿Un pálpito?

Nathalie lo recibiría en cualquier apertura que él escogiera; pero él sabía que penetrarla por detrás la desorientaría, especialmente en una primera cita. Cuando un hombre toca a la puerta trasera de una mujer es como si le anunciara: "Estoy aquí en busca de mi placer solamente". Sí, *ahora le tocaba a él*, pero no quería que un exagerado egoísmo fuera su tarjeta de presentación. Rodrigo no tuvo que pensar en todo esto. Como un músico que ha absorbido una pieza musical hasta el tuétano, tocaba únicamente por concentración.

Con un delicado movimiento de sus índices, haló sus caderas

hacia atrás hasta que su entrada frontal se hizo visible y se hundió en ella. Su cuerpo se desvaneció; y cuando recorrió con la mirada la curva de su espalda, deleitándose con su inmensa belleza, no se lamentó de la elección que había hecho. Lo que sentía era *demasiado* placentero. Nathalie se movía fluidamente debajo de él y en sólo unos segundos lo había llevado hasta el mismo límite. Entre sus jadeos pudo escuchar las palabras: *Tu peux venir.* Esta invitación en francés era un fuerte estímulo. Aun así, el hombre en él prefirió acabar en sus términos y no en los de ella. Las exquisitas sensaciones de aquella posición trasera lo iban a hacer venirse mucho más rápido de lo que quería, de modo que le agarró el pie izquierdo y lo pasó por encima de su cabeza, haciendo que el cuerpo de ella girara en el aire al tiempo que le extraía un gemido de sorpresa al lograr mantenerse firmemente en ella. La sostuvo por la espalda mientras la sondeaba, manteniéndose en el borde de su propio placer, usando su mente para mezclar sensaciones de lujuria y desinterés, dulzura y malicia, para poder continuar, torturarla de un clímax a otro, hasta que ella le sacó la descarga en medio de un mugido de alegría e indignación.

—*C'était très bien!* —dijo Nathalie y encendió un cigarrillo.

* * *

En el camino de regreso al Madison, Rodrigo se detuvo a tomar un poco de vino tinto y un vaso de soda. Después de aquella fuerte comida, quería asentar el estómago. Al hacer efecto el vino y las burbujas, sintió que su apetito se despertaba otra vez, y se deleitó con la perspectiva de otro festín.

Nathalie Margalit. Nathalie Margalit. Rodrigo siguió su camino, entregándole el nombre de la mujer al delicioso aire de la noche de verano.

Una mujer con el intelecto de una académica, la percepción de una artista y el talento de una cortesana. El espía perfecto con una cobertura perfecta. Como Margot, pero diferente. Margot te entrega un producto honesto. Nathalie se te entrega ella misma, pero no lo pone todo en la mesa. Por supuesto, lo que pone en la mesa es muy bueno.

La CIA me sirvió una mulata. A los cubanos les encantan las mulatas. Esa gente lo sabe. Quieren que me ate a ella. Donde un hombre hace el amor, se amarra. Nathalie es una amante fabulosa y es una conversadora aún más fabulosa. Ése es su rasgo genial. Muchas personas pueden hacer el amor. Muy pocas pueden hablar.

Ellos quieren que Nathalie hable conmigo y que yo hable con ella. Creo que puedo seguirles la corriente. De hecho, debería escribirle una nota de agradecimiento a mi amigo de la CIA.

¡Pero ya basta, Núñez, de andar bromeando cuando deberías estar ocupándote de cosas serias! ¡Manos a la obra! Como dirían en Hollywood: La historia se hace de noche.

IX.

EN EL REFUGIO

—¡Cojones! ¡Si pudiera enviarle a Thor una nota desde esta jaula donde estoy!

Rodrigo estaba sentado en un apartamento de La Habana, sin poderse mover. Había partido hacia Cuba al día siguiente de su encuentro con Nathalie, tan pronto Thor le dio la temida noticia: Lázaro iba a ser enviado de nuevo a la acción.

—¡No! ¡Eso es un error! —había replicado Rodrigo—. Nuestra fuerza no está lista para la batalla. Si Lázaro va ahora, es hombre muerto. ¡Por favor, no lo maten!

—No lo haremos —había respondido el hombre de la CIA—. Tenemos un plan para reorganizar *y armar* su fuerza.

—¿Cuándo nos entregan las armas?

—Tan pronto como los hombres estén alzados.

—Ya hicimos esto una vez. ¿Por qué hacerlo de nuevo?

—Necesitamos a Lázaro allá. Te necesitamos a ti allá. Y no tenemos tiempo para discutirlo. Lázaro está de acuerdo. Ya está en camino. Tú tendrás que pasar por Miami y hacer arreglos para que tu gente allí reciba las armas.

—¿Por qué no lanzarlas en paracaídas en Cuba?

—Demasiado difícil.

—Ni siquiera hemos organizado la batalla. ¡No podemos perder tiempo contrabandeando armas!

—Si no pueden trasladar las armas ustedes mismos, contraten gente que lo haga. Tendrán el dinero para pagarles.

Ahí estaba otra vez el montón de dinero *yanqui*.

Ahora Rodrigo estaba encerrado en un apartamento de lujo en La Habana que la CIA empleaba como "refugio". Como había entrado al país con un pasaporte falso, los agentes americanos estaban asegurándose de que los funcionarios de Castro no habían detectado su entrada. Hasta que esas verificaciones estuvieran completas, Rodrigo tenía que seguir como prisionero de la CIA.

La puerta del apartamento se abrió y un hombre entró con comestibles. Era el subjefe de la estación de la CIA.

—Estarás en contacto con nuestro segundo al mando en La Habana —Thor le había dicho a Rodrigo en una revelación poco usual. El hombre le había parecido simpático y hábil a Rodrigo. Tanto por ironía como por admiración, le había puesto el apodo de "John Paul", por el comandante naval americano que había dicho "No he comenzado a combatir todavía".

—¡Oye, John Paul! ¿Cuándo voy a comenzar mi operación?

—Estamos trabajando tan rápido como podemos.

—¿Cuántas veces tengo que decírtelo? ¡No fui detectado! Mientras más tiempo me detengan aquí, es más probable que agarren a Lázaro cuando *él* comience a operar.

—Ya está operando —dijo John Paul.

—¿Qué? ¿Y ustedes todavía me están verificando?

—Lázaro no fue detectado.

—¿Cómo pueden estar tan seguros? ¿Qué está pasando aquí?

—¡No me llenes los cojones de tierra! —exclamó el americano.

Rodrigo tuvo que reírse al oír esta expresión usada por un yanqui que había aprendido a hablar, a caminar, a decir chistes y probablemente a hacer el amor como un cubano.

John Paul dejó los comestibles y se dirigió hacia la puerta.

—¿Ya te vas?

—Tengo que ir a la reunión clandestina.

—¡Oye! —exclamó Rodrigo—. ¿No recuerdas lo que te dije? Si te agarran, te echan quince años. ¿Por qué no envías a un subordinado?

—Esto tengo que hacerlo yo mismo.

—Me temía que ibas a decir eso, pero escucha. Éste es mi país, y tú estás aquí luchando por él. Por eso tengo que decirte que tengas cuidado.

—No te preocupes. Yo estoy aquí por los Estados Unidos.

—Eso no impide que aprecie lo que haces. Ni que valore tu vida.

A veces a Rodrigo le costaba trabajo creer que este hombre valiente y el manipulador de Washington estuvieran en el mismo bando; y sin embargo lo estaban. El valor y la dedicación de John Paul estaban presentes también en Thor, del mismo modo que la sinuosidad de éste formaba parte de lo que aquél hacía.

Rodrigo fue asaltado de nuevo por la más persistente de sus preocupaciones, la que sentía por su esposa y por sus hijos.

—Otra cosa —le había dicho a Thor—. Cuando entre esta vez tengo que hacerlo en la clandestinidad total. No puedo ocuparme de mi familia; y puesto que las decisiones *de ustedes* son las que pondrán *mi* vida en peligro, necesito que me den ayuda adicional.

—¿Qué necesitas?

—Mi padre trabaja actualmente como camarero en un hotel. Me gustaría que tuviera un trabajo más acorde con la vida que ha tenido.

—Tenemos una oficina en Miami donde se recoge información de todo el continente. Puede trabajar allí como analista.

—¿No hay problema en meterlo allí?

—Puedo hacerlo la semana que viene, si quieres.

—Eso quiero. Y también quiero que mi esposa reciba una ayuda igual al salario de un agente. Si algo me pasa, deben darle a mi familia la misma ayuda que les dan a sus propios agentes en esa situación.

—Estoy de acuerdo con todo eso.

—*Okey*, adelante.

¿Podía confiar Rodrigo en estas promesas? En cuanto a su padre, podía estar tranquilo, puesto que Thor había prometido cumplirle de inmediato. El caso de su esposa y de sus hijos era más dudoso. No podía asegurarse de que les cumplieran desde la tumba. *Mi único recurso es no dejarme matar*, se dijo.

* * *

El ruido de alguien que entraba en el refugio despertó a Rodrigo. Saltó de la cama, agarró su pistola calibre 32 y apuntó.

—¡John Paul! ¡Qué haces aquí a las dos de la mañana!

—¡Vine a contarte de la reunión! —el americano estaba fuera de sí de la emoción.

—*Okey* —dijo Rodrigo con cansancio—. ¿Cómo estuvo?

—¡Estuvo estupenda! ¡La clandestinidad realmente se está fortaleciendo!

—Ésa es la impresión que Castro está tratando de darnos —replicó Rodrigo fríamente.

—¿Por qué querría hacernos pensar *eso*?

—Quiere que nos sintamos excesivamente confiados. No le basta con consolidar sus fuerzas. Necesita que nosotros bajemos la guardia.

—¡Eres demasiado pesimista! —objetó el hombre de la CIA.

—¡Y tú demasiado optimista! Claro, estás actuando como un cubano.

—¡Muy gracioso! Pero estás equivocado. El país se está volteando. ¡Los días de Castro están contados!

—Claro que lo están. Sólo que no sabemos cuántos son.

John Paul se fue con una forzada sonrisa yanqui, muy diferente de la espontánea risa cubana que le quedaba tan bien.

¿Debió haber hablado Rodrigo de manera tan franca? Tal vez estaba perjudicando sus posibilidades. Si los americanos comprendían cuán débiles eran en Cuba, podían abandonar la pelea. Rodrigo y sus amigos necesitaban que los Estados Unidos mantuvieran el interés, porque no podían dar esta pelea sin ayuda de los americanos y, a diferencia de éstos, no podían darse el lujo de abandonarla. Sus espadas debían mantenerse afiladas; y esa imagen le recordó a Rodrigo la cara angular y atenta de su amigo Antonio Moreno detrás del timón del Thunderbird.

—¿Meter armas en Cuba? —había dicho Antonio mientras paseaban por Miami Beach con la capota levantada—. ¡No jodas, chico! ¡Tú sabes que yo no me meto en política!

—Es porque *no estás* metido en política que confío en ti.

—¡Vaya pa'l carajo! ¡Todo lo que quiero es ejercer mi profesión! Tengo un trabajo en una buena firma. Pronto pasaré el examen del Colegio de Abogados de la Florida. ¿Por qué meterme a hacer trabajos clandestinos?

—Estarás haciéndole un favor al pueblo de Cuba y tendrás el honor de trabajar con el gobierno de Estados Unidos.

—¡Qué honor, dejar que el gobierno de Estados Unidos me haga lo que le hace a medio mundo! ¿Cuándo entregan las armas?

—Tan pronto como tengamos los hombres.

—Cojonudo —Antonio había dicho—. En vez de enviar armas para proteger a tus hombres, te dicen que reúnas hombres para proteger sus armas.

—No me dieron elección.

—Dime. ¿Qué sacas tú de esto? ¿Dinero? ¿Un trabajo?

Al no obtener respuesta, Antonio le había dicho a su amigo:

—Estás comiendo mierda. Debiste haber pedido cien mil dólares y un trabajo. Bueno, vamos a ver. Mis jefes son buenos patriotas. Si me meto en esto y se corre la voz, no se ofenderán. ¿Hay dinero en esto?

—Y mucho.

—Está bien, entonces. Lo haré porque eres un tonto idealista y mi amigo, y porque puedo hacer dinero. Te advierto, sin embargo, que nunca he hecho algo como esto. Todo lo que puedo prometer es que trataré de hacerlo bien.

—¡Eso me basta! Una cosa más, y esto es personal.

—Dale.

—Necesito establecer a mi mujer en Miami, pero no puedo estar con ella. ¿Puedes ayudarla a comprar una casa y cuidar de ella?

—Lo de las armas lo haré por negocio. Ocuparme de tu familia será un placer.

* * *

Antes del alba, mientras Rodrigo se levantaba, John Paul volvió a aparecerse en el refugio.

—Puedes comenzar tus operaciones hoy mismo —dijo el hombre de la CIA.

—¡Magnífico! Necesito algunas cosas de ti.

—¿Qué?

—Disfraces nuevos. Los que tengo se echaron a perder con la humedad.

—*Okey*.

—¿Puedes conseguirme también una 45?

—No hay problema. ¿Y dinero qué? ¿Tienes suficiente?

—Salí de Estados Unidos con suficiente. Cuando necesite más te lo haré saber. Y llevo cuenta de mis gastos.

—No hay necesidad de eso.

—Insisto en ello —respondió Rodrigo.

—Thor no quiere registros de gastos —dijo John Paul tajantemente.

Esta afirmación enfureció a Rodrigo. Mientras llevara registros podía demostrar que era un socio frugal y responsable, manteniendo por tanto al mínimo el peso de su deuda. Si el dinero cambiaba de manos sin registros la CIA podía reclamar propiedad sobre su alma, y eventualmente lo haría.

—John Paul, vas a recibir una relación de mis gastos la quieras o no. ¿Quieres saber por qué?

—Realmente no.

—Te lo diré de todos modos. No quiero que tú y Thor se imaginen que uso el dinero de ustedes para ver putas. Esa idea podría deprimirlos.

John Paul se dirigió hacia la puerta con su sonrisa forzada.

X.

SERENIDAD

—¡Doctor! ¿Es usted? —exclamó el Moro.

—Sí, soy yo. Como ves, mis vacaciones me han asentado.

Para reunirse en una acera concurrida, el Moro se había puesto su uniforme de miliciano mientras que Rodrigo, además de un bigote y una peluca claros, se había colocado papel periódico en los zapatos para alterar su forma de andar, tal vez el más convincente de todos los disfraces.

—¿Cómo están sus amigos por allá? —preguntó el Moro.

—Bien. Lázaro estaba conmigo.

—Lo sé.

—¿Cómo está Peleón? —preguntó Rodrigo.

—Como siempre. Quiere verlo.

—¿Qué pasa?

—Su esposa ha estado tratando de contactarlo.

—¡Mi esposa!

—Sí. Está preocupada por usted.

—¡Pero si he enviado mensajes cada dos o tres días!

—¿Quién entiende a las mujeres? Probablemente le pareció que algo andaba mal y comenzó a llamar a sus amigos. Encontró a Benjamín en Miami.

—Moro, tengo que verla. Arréglalo, por favor.

* * *

Una cosa que Rodrigo no podía cambiar era su debilidad por vestir bien. Tras dieciocho meses de revolución castrista, La Habana aún se veía elegante. El uniforme verde olivo y la camisa manga corta de trabajo no habían exiliado aún al traje de lino almidonado o a la guayabera. Incluso en aquella atmósfera revolucionaria, un conspirador estaba más seguro vistiéndose como un banquero. Con su elección de sacos de lino y corbatas de diseños sutiles sobre camisas blancas, Rodrigo no desentonaba en las calles de una ciudad que se veía tan atractiva como un *set* para una película en blanco y negro.

Mientras se hacía el nudo de la corbata a las siete de la mañana, Rodrigo acudió a abrir la puerta del apartamento.

—Buenos días, doctor. Mi nombre es Carlos. Creo que me está esperando. Estoy aquí para trabajar como su chofer. He sido guagüero varios años. Me conozco bien el tráfico de toda La Habana. Usted nada más tiene que decirme dónde quiere ir y a qué hora y yo lo dejo allí exactamente a esa hora.

La CIA le había ofrecido un chofer, pero Rodrigo prefirió usar este hombre que era amigo del Moro. Carlos ostentaba la expresión falsamente impasible de un hombre criado en la calle. Sus ojos claros y serenos hubieran impresionado a cualquiera que se detuviera a mirarlos.

—Carlos, gracias por venir. Hoy necesito ir al Almendares.

Fueron en el carro hasta el río Almendares, que hacía de línea divisoria entre la vieja ciudad y los nuevos barrios más elegantes. Aquí y allá se veían yates y embarcaciones de recreo anclados en la estrecha corriente de agua.

Carlos señaló hacia un obrero que pedía botella en la calle.

—¿Ése es el hombre?

—¡Sí!

El carro se detuvo y el hombre subió.

—¡Lázaro!

—¡Viejo!

Los dos compañeros se abrazaron.

—Carlos, da unas vueltas. ¡Hermano! Dime, ¿te gusta tu vida de tripulante de yate?

—¡Es un vacilón! ¡Tan tranquila! Especialmente de noche. A sólo unos minutos del bullicio de la ciudad, puedes dormir bajo las estrellas. A no ser por...

—¿A no ser por qué? —Rodrigo saltó.

—Por los ruidos que vienen de una edificación al otro lado del río.

—¿La cooperativa de pescadores?

—Deben estar haciendo reuniones por las noches. Es extraño. Nunca veo a nadie entrar, ¡pero qué alboroto! Suena como el mismo Fidel arengando a las masas.

—¿Alguien ha hablado contigo más de una vez?

—Sólo el dueño del yate, un cirujano dental. No sabe nada de política. Créeme. Soy invisible —dijo Lázaro.

—¿Y cómo va la preparación de tu fuerza?

—Bien. ¿Y las armas qué?

—Nada hasta que tengas a los hombres alzados.

—¡Coño! ¡Tenemos doscientos hombres!

—Lázaro, perdóname, pero desconfío de los estimados tan altos. ¿Estás seguro de esa cifra?

—Fíjate. A nadie se le está yendo la mano en esto. La milicia está organizada en grupos de a diez. Uno de cada grupo me da cuenta a mí de los otros. ¿Quieres ver nombres y direcciones?

—Está bien. Tenía que preguntar. ¿Qué estás haciendo para evitar los infiltrados?

—Charo se encarga de eso. Ésa no deja pasar nada.

—Sí. Las mujeres son el sexo más débil, pero también el más duro. Yo no quisiera estar en el lugar de un infiltrado frente a Charo.

—La he visto entrevistar a los reclutados. De la forma en que mira a esos hombres, casi no tiene que decir una palabra. Algunos ni siquiera regresan. Charo dice que no hemos sido infiltrados. Yo le creo.

—Esperemos que tenga razón —Rodrigo hizo una pausa—. Tengo que pedirte un favor.

—Dalo por hecho —dijo Lázaro.

—¡Eso es un compañero! Está bien, déjame decirte a lo que acabas de comprometerte. Necesito diez o quince de tus mejores hombres para una acción en la ciudad. Hombres sin esposas ni mujeres fijas. No podemos correr el riesgo de indiscreciones.

—Tendrás los hombres.

—Es una tarea arriesgada —alertó Rodrigo.

—Los hombres estarán ahí.

—Gracias, Lázaro.

—Está bien. Ahora yo tengo un mensaje para ti. Estamos creando zonas de lanzamiento para las armas. Los americanos quieren que trabajes con el MRR.

—¡Qué carajo es esto! —explotó Rodrigo—. ¡Me dijeron que buscara una ruta para traer las armas! ¡Tengo un hombre en Miami trabajando en eso!

—Dile que lo deje. Tenemos nuevas órdenes.

—Déjame confirmarlas.

—Ya están confirmadas —dijo Lázaro con vivacidad militar—. Te reunirás con Francisco. Él está preparando las zonas de lanzamiento cerca del nuevo campamento.

—¡Ni cojones! ¡No voy a trabajar con Francisco!

—¡Pero si es el jefe del MRR!

—¡Me importa un carajo! ¡No voy a usar sus zonas de lanzamiento! ¡El MRR está lleno de infiltrados! Castro conoce todos sus movimientos. Los americanos no quieren creerlo. Ellos saben lo que yo pienso de esto y por eso este mensaje me llega a través tuyo y no directamente de ellos.

—Mi socio, lo siento —dijo Lázaro—. Cuando uno recibe órdenes sólo puede hacer una cosa.

—Ya sé —respondió Rodrigo—. Paciencia y salivita.

—¿Salivita?

—Es lo que usa el elefante para singarse a la hormiguita.

—¡Tremendo palo ése! —exclamó Lázaro.

—Especialmente para la hormiguita —dijo Rodrigo.

* * *

—Señora, discúlpeme, por favor. Regreso en una hora.

El Moro acompañó a la esposa de Rodrigo hasta el interior de un edificio en el barrio de El Vedado; luego la condujo hasta la puerta de un apartamento y desapareció enseguida. Ella tocó y le salió su esposo.

—¡Eres tú! ¡Gracias a Dios! Ese hombre me dijo que me traía a ver a un amigo tuyo. ¡Tenía la esperanza de que fueras tú! ¡Esa peluca es horrible! Y ese bigote, ¿es de verdad?

—¡No lo toques, por favor!

Se echaron a reír. Ella quedó desnuda y él entró y salió de ella como el Vals del Minuto. El encuentro fue profundamente satisfactorio para los dos.

—Mi amor, ¿qué está pasando? —dijo ella seriamente—. Me dices que estás buscando trabajo en Estados Unidos. Luego un hombre extraño me saca de nuestra casa. Te encuentro con una peluca y me saludas como a una mujer en una posada.

—Perdona la confusión. Las necesidades del país son más importantes que mis necesidades personales. Cuba tiene que deshacerse de este gobernante. En eso es en lo que estoy metido.

—¿Y tu familia qué?

—Escucha, mi amor —dijo él—. No muevo un solo dedo sin pensar en ti y en los niños. Esta situación no es culpa mía; pero mientras dure estarás más segura en Miami.

—¡Así que ahora tenemos que irnos del país!

Ella estaba llorando.

—Con un poco de suerte, estarás de regreso pronto. Tú conoces Miami. Es una ciudad cubana, y está lejos de la guerra.

—¡Guerra! ¡Odio toda esa habladuría de una guerra! Y si *de verdad* hay una guerra, ¿por qué *tú* tienes que pelear en ella?

—Míralo de esta manera. Estamos viviendo en una casa rodeada de fieras. Si no hacemos nada, un día van a invadir la casa. Tú me pides que me quede adentro contigo y con los niños, ¿pero no tiene más sentido que salga y trate de espantar a las fieras?

—Yo no quiero que salgas si eso te pone en mayor peligro. Yo quiero que te cuides —le dijo ella con ternura.

—Gracias por eso, pero ya estoy afuera y las fieras me han visto. Tú y los niños tienen que mudarse.

Hizo una pausa para que ella desahogara sus lágrimas y luego dijo:

—Cuando llegues a Miami recibirás un ingreso.

Recuperada, ella le preguntó:

—¿Estás trabajando para los americanos?

—Sí y no, pero es más bien un sí. Por favor, no le hables de esto a nadie. *A nadie*, ¿me oíste? Nos puede poner a todos en peligro. ¿Está bien?

—¡Nunca haría nada que te haga daño! —dijo ella dulcemente.

—Cuando llegues a Miami, llama a mi amigo Antonio Moreno. Estos son sus teléfonos. Te está esperando.

—¿Y *tú* dónde vas a ir? ¿Quién va a cuidar de *ti*?

—Tengo que estar moviéndome todo el tiempo. Cuando llegues a Miami te podré visitar. Trata de no preocuparte. Mis amigos son muy buenos en lo que hacen.

—¡Por favor, ten cuidado! —dijo ella.

Lo recibió de nuevo, esta vez más despacio.

Al final de la hora, el Moro apareció puntualmente para acompañarla hasta su casa. Mientras los veía partir, Rodrigo sintió la triste ironía que a menudo le llegaba a través de Elena. Esa mujer lo amaba plenamente. ¡Qué triste para ella!

Rodrigo apenas podía mirar a Elena, o verla en la retina de su mente, sin sentir el dolor de su situación; y como conocía el papel que él había jugado en ella, lo invadía la culpa, emoción que era una de las piedras angulares de su vida. Habiendo causado la muerte de su hermano, y viendo a su esposa perder sus amarras a causa de una lucha que él había escogido, era normal que se exigiera cuentas; y lo hacía profusamente. Con todo, no podía dejar de sentir que su remordimiento con Elena también le daba una sensación de serenidad.

¿Serenidad? ¿Cómo era posible? ¿Era acaso la canción del guerrero feliz? En realidad era algo más, el siguiente tramo de su jornada, un terreno que sólo había comenzado a vislumbrar: la certeza de que la pelea que se avecinaba era su manera de compensar los daños del pasado, daños que él mismo había causado.

El centro de su idea de sí mismo era la noción del guerrero justo: uno que sufre sin quejarse y que nunca deja de lamentar el daño que le causa a otros. ¿Cómo podía Rodrigo restañar las heridas que había infligido? A lo largo de una guerra de siete años, había matado a otros hombres. Había arrebatado padres a sus hijos y maridos a sus mujeres. ¿Y con qué fin? Un tirano había huido y otro más temible aún ahora ocupaba su lugar.

Rodrigo, tras creer que había terminado una guerra, se comprometió a comenzar otra. Para sellar el trato consigo mismo, impulsó a un hermano al suicidio. Ahora agregaba un segundo sello, obligando a Elena y a los niños a que se defendieran solos. El pacto del guerrero feliz estaba completo. Rodrigo no tenía más lugar adonde ir que la batalla, pues sólo en ella podía redimir el sentido de sí mismo que había perdido. Este deber ineludible levantaba su espíritu combativo mucho más alto que el de la mayoría de las personas que enfrentan los horrores de la guerra. Lo que a la mayoría le parecía insoportable, Rodrigo lo consideraba una virtud, incluso una alegría. La batalla era su maratón del alma. Mientras corría, se sentía a flote; y, sin saber muy bien por qué, francamente sereno.

La parte de la batalla más cercana al corazón de Rodrigo era también la más interna y resguardada.

Él y el Moro caminaban por el lado del Hotel Nacional que daba al mar. Aquella estructura monumental, el lugar de hospedaje más famoso de la isla, también albergaba los fantasmas de la lucha civil. En sus habitaciones, veintisiete años atrás, el sargento Batista y sus hombres habían resquebrajado el poder del cuerpo de ex oficiales de Machado en una famosa batalla a tiros. Hoy, gris y glacial, el hotel encaraba al mar en actitud majestuosa, mientras las olas coronadas de espuma rompían en las rocas del Malecón.

—El Nacional ofrece muchas oportunidades, pero también muchos peligros —dijo el Moro—. Fidel viene aquí a hablar con extranjeros y a hacerse publicidad, pero es un lugar difícil para dispararle a alguien. Hay demasiadas personas alrededor, y las vías de escape no son las mejores.

—¿Y si le ponemos algo en la comida o la bebida?

—Ya consideramos eso. Parece que otros tuvieron esa idea antes. No fueron muy cuidadosos. La gente de Castro recibió el pitazo de que se planeaba un atentado y llenó el personal del hotel de agentes.

—A lo mejor tenemos que renunciar a esa posibilidad. ¿Y el Potín qué?

—Parece ser uno de los restaurantes favoritos de Fidel. Podemos alquilar dos apartamentos que les darían a nuestros hombres un buen ángulo de tiro sobre las entradas del Potín. Las vías de escape son excelentes: Línea y Paseo, ambas avenidas muy transitadas. ¿Tiene los tiradores?

—Puedo conseguirlos con Lázaro.

—¿Cuándo pueden instalarse en los apartamentos?

—Tan pronto como tengamos los rifles telescópicos.

—¿Cuándo llegan las armas?

—Los americanos han prometido lanzar las armas en paracaídas tan pronto como Lázaro y sus hombres lleguen al campamento.

—Demasiadas condiciones —dijo el Moro—. ¿Usted no puede conseguir las armas para esta operación?

—No quiero que los americanos sepan de esto.

—¡Claro! Si llegan a saber que lo matamos, nos matan a nosotros.

—Tenemos que hacer esto nosotros mismos. Tenemos la gente. Tenemos un plan. Unos minutos después del atentado, Peleón vuela un cuartel de policía. Damos otros golpes por toda la ciudad. Eso mantiene a la gente de Fidel desorganizada. Escondemos a los tiradores en lugares seguros y nos mantenemos tranquilos hasta que cese la búsqueda. ¡Todo lo que necesitamos son esos rifles!

—Para cuando la fuerza de Lázaro reciba las armas, podríamos haber perdido nuestra oportunidad en el Potín —dijo el Moro, alicaído.

—Tenemos que encontrar otras. Una oportunidad incierta es peor que ninguna.

—Deberíamos conseguir una mujer para matarlo —espetó el Moro.

—¡Moro, es una idea fantástica! ¿De dónde la sacaste?

—No sé. Se me ocurrió.

—Has hablado como Zaratustra. ¡Pura sabiduría!

—Perdóneme, doctor. ¿Y ése quién es?

—Es un viejo persa amigo mío. Está bien entonces. Manos a la obra.

* * *

—Dime, Margot. ¿Cómo va el negocio? —preguntó Rodrigo.

Rodrigo y su procuradora se habían citado en un café de La Habana Vieja. Si alguna mujer en Cuba podía montarle una trampa a Fidel, Margot tenía que conocerla.

—¡El negocio anda de maravilla! —dijo Margot—. Cada vez que hay turbulencia política, mi gente trabaja como panaderas. ¿Y tú qué? ¿Puedo darte un caso o dos?

—¿Yo? No. Estoy extremadamente ocupado ahora. Sólo quería saber cómo estabas.

—¡Yo estoy bien!

—¿Las leyes de moralidad no te crean problemas? —preguntó Rodrigo.

La astuta *madame* bajó la voz.

—Estaba preocupada por el cierre de las posadas, pero parece que las nuevas leyes sólo se aplican para las masas. ¡Los que mandan no han dejado de disfrutar! Algunos de mis clientes son verdaderos pinchos.

—¡Cuidado! —dijo Rodrigo—. Podrían tratar de rehabilitarte.

—*Ellos* son los que tienen que tener cuidado, porque yo soy la que los está rehabilitando.

—¿De verdad? ¿Cómo es eso?

—¡Esa gente no son más que charlatanes! Su arrogancia los hace estúpidos. Piensan que nadie ha visto a gente como ellos. Es curioso. Mis viejos clientes solían venir de traje y actuar como ricos. Los nuevos vienen en ropa de campaña y actúan como Fidel. Créeme, ¡ni uno solo de estos guerreros heroicos podría administrar un puesto de maní! Y me necesitan, porque hay algunos negocios de los que ni siquiera las revoluciones pueden prescindir.

—¡Qué divertido! —dijo él en voz bastante alta—. Deberíamos vernos más a menudo.

—Cada vez que quieras, mi amigo —contestó ella.

—Una cosa más —dijo él en voz baja—. No le digas a nadie que me viste.

—Fíjate. Hasta los perros y los gatos saben que tú estás contra este gobierno. No te buscaré un problema, ni me lo buscaré yo.

—Cuídate, amiga.

* * *

—Doctor, le tengo noticias de su suegra —dijo el Moro.

—¿Se murió? —preguntó Rodrigo— ¡No, eso no puede ser!

Los dos hombres caminaban por la vieja ciudad, en uniformes de milicianos.

—La doctora llamó a su padre. Se quejó con él de que usted había abandonado a su hija para luchar contra Castro. Teme que se divorcien. Dijo que era mejor que su hija fuera una viuda que una divorciada. Su padre llamó a Benjamín y le pidió que se lo hiciera saber a usted —el Moro hizo una pausa y luego agregó en tono ominoso—: Doctor, esto no es bueno.

—Lo sé, Moro, pero no saquemos conclusiones apresuradas. La mujer no es estúpida. Probablemente la llamada a mi padre fue la única que hizo. Déjame eso a mí. ¿Tienes alguna otra noticia de mi familia?

—Su esposa y sus hijos están en Miami.

—¡Bien!

Elena había hecho lo que Rodrigo le dijo. Esto le causaba alegría, una alegría inmensa, y le despertaba respeto hacia ella. Pero se sentía vacío al saber que sus hijos ya no estaban cerca. La idea de que podía verlos de lejos mientras caminaban por ahí o cuando paseaban en carro con su madre, había animado hasta ahora su vida clandestina. Al recibir esta noticia, otra pieza de su pasado le había sido arrancada. Se sintió dolorosamente solo.

—¿Doctor, puedo ayudar?

La voz del Moro rompió aquel sentimiento. Rodrigo comprendió que tenía delante a un compañero que, llegado el momento, sería fiel al juramento, "Hasta que la muerte nos separe".

* * *

—Carlos, necesito que me entregues esta nota —le dijo Rodrigo a su chofer mientras atravesaban La Habana—. El hombre es un cirujano. Llama a su clínica y pide una consulta inmediata. Di que llamas de parte de la doctora Del Mónaco. Es la mujer del tipo. Cuando llegues, di que no quieres discutir tu problema con nadie que no sea el doctor. Tan pronto estés solo con él, dale la nota.

"Este mensaje está dirigido a *la señora*. Su yerno solicita una reunión con ella en la dirección y hora indicadas. No debe informar a nadie de esta reunión, y debe venir sola y ser puntual".

En un consultorio de su lujosa clínica, el padre de Elena miró la nota y se la metió rápidamente en el bolsillo.

—Quítese toda la ropa, menos los calzoncillos, y acuéstese en la camilla —le dijo a Carlos.

—¿Para qué?

—¡Tengo que examinarlo! —exclamó el doctor.

Carlos hizo lo que le indicó el médico.

A cada rato, una enfermera despampanante en un uniforme color melocotón se asomaba a la habitación y decía:

—¿Todo está bien, doctor?

Tras cumplir todo el ritual de examinar cuidadosamente a su paciente, el doctor dijo en voz alta:

—No creo que la cirugía sea indicada en este momento. Primero quiero probar con medicamentos. Llévele esta receta a su boticario. Llámeme en tres semanas si todavía siente dolor.

Cuando Rodrigo recibió la receta, la abrió y leyó: "Su mensaje ha sido recibido".

* * *

Una mujer elegante de mediana edad entró a un edificio de apartamentos del barrio del Vedado y comenzó a subir las escaleras. Un hombre rubio, con espejuelos de concha de carey, subió detrás de ella.

Una vez dentro del apartamento, la doctora le dijo a Rodrigo:

—Te reconocí de inmediato, pero casi nadie más lo hubiera hecho.

—Yo pedí esta reunión —dijo él— porque quería que usted supiera que me preocupa mi familia y estoy haciendo todo lo que puedo por protegerlos.

—Elena compró una casa en Miami —dijo la doctora. Se mostraba cordial, fría y dura—. Mi esposo y yo también estamos haciendo gestiones para irnos, pero tenemos dificultad con el dinero.

—¿Cómo es eso? —Rodrigo estaba sorprendido.

—El viejo cambio de un peso por un dólar ya se acabó, a causa de la incertidumbre por Castro y la economía cubana. En Miami nuestro dinero tiene poco valor ahora.

—¿Cuánto necesitan?

—Cinco mil dólares.

—Si me da cinco mil pesos, trataré de cambiárselos a la tasa de antes.

—Aquí tienes —dijo ella, sacando el dinero de su cartera. Obviamente, había venido preparada para el negocio.

—Ahora, doctora, debo pedirle algo.

—¿Qué cosa?

—Debo pedirle que evite hablar sobre mí y mi actual trabajo.

—¿Por qué? ¿Crees que estás por encima de toda crítica?

—No, y no me corresponde pedirle que piense bien de mí.

—¿Qué es lo que pides entonces? Tal vez te dignes decírmelo.

—¡Por favor! —suplicó Rodrigo—. Resolvamos esto sin resentimientos.

—¿*Tú* me hablas de resentimientos? —exclamó la mujer—. ¿Cómo crees que me siento yo luego de que me citan a una reunión y me reciben a punta de pistola?

—¿Yo le estoy apuntando con una pistola?

—No, pero tu gente allá afuera sí. ¿Crees que no los vi cuando entré al edificio?

—Le pido disculpas —dijo él—. Es una medida de precaución de rutina para protegernos de una captura.

En realidad, había temido que la doctora trajera a la policía.

—¿Qué clase de hombre eres tú? ¡Prometiste proteger a mi hija, y en vez de eso la abandonas!

—Lamento cualquier sufrimiento que haya causado. El país vive un momento duro que espero acabe pronto, por su bien, por el bien de mi familia y por todos los que se han ido de Cuba.

—Esa situación no es tu principal responsabilidad. Tu esposa y tus hijos lo son.

—Pongámonos de acuerdo al menos en una cosa —imploró Rodrigo—. No puedo servirle de nada a mi familia si me capturan. Mientras más hable usted sobre su yerno que está conspirando contra el gobierno, peor se hace la situación de su hija. Usted es una mujer inteligente. Sabe que los agentes de Castro tienen oídos en todas partes, y eso significa Washington y Miami lo mismo que Cuba. Aunque sólo sea por el bien de mi esposa y mis hijos, ¡por favor evite hablar de mí!

—Muy bien. Me morderé la lengua por mi hija y por mis nietos. Pero escúchame bien. ¡Si ellos llegan a sufrir más a causa de esto, cuídate, porque te voy a destruir!

XI.

EN EL MAR

Al llegar a la reunión clandestina del MRR, Rodrigo se encontró
con un grupo de hombres que no conocía, y cuyas caras, sin embargo, le resultaban familiares. ¿Dónde las había visto antes?

Enseguida comprendió: no eran las caras las que reconocía. Eran
las expresiones faciales de una época pasada: del comienzo de la
guerra contra el anterior señor feudal de Cuba. Eran las caras de
personas que acaban de ver por primera vez cómo un tirano se alza
con el poder y sienten con todo el ardor de la juventud que deben
tratar de derrocarlo.

Al campo de batalla, y al laberinto del espionaje, estos hombres
llegaban como novatos. No habían conocido la desilusión de saber
que el compañero de uno es un espía que se alimenta de dinero
manchado de sangre, que entrega a sus camaradas por una comida
en un restaurante de lujo o unas cuantas horas en un club nocturno.
No habían conocido la agonía de mirar a la cara de un compañero
cuyo arresto es inminente y que no puede ser alertado, porque
hacerlo significaría entregar una información atada a muchas vidas.

Las caras en la reunión estaban también vacías de la gratitud que se siente al haber enfrentado el peligro y, por la razón que sea —valor, astucia o simple suerte—, haber sobrevivido. El sentido de dedicación cruda de estos hombres era abrumador. Cualquiera de ellos hubiera podido decir, como Rodrigo le había dicho a Benjamín: Póngame en el lugar más peligroso. ¿Y dónde, para estos hombres, estaba el Benjamín que delicadamente le respondería que enfrentar uno mismo el peligro no necesariamente hace a los otros más seguros?

Estas crías no contaban con la guía de sus mayores. No contaban con la ayuda de hombres que antes habían sido jóvenes dispuestos a saltar al ruedo y que habían sobrevivido para aprender la diferencia entre valor y temeridad. La revolución de Castro había dispersado a sus mayores. De modo que los jóvenes patriotas terminaron recibiendo instrucciones de la CIA, estrategas extranjeros que estaban más que dispuestos a ser generosos con las vidas cubanas.

—Soy Tomás Guillén, médico. Mucho gusto.

—Rodrigo. El gusto es mío.

—Lo llevaré a ver a Francisco.

—Muy bien. Vamos.

Salieron del edificio. El hombre condujo a Rodrigo hasta un auto que estaba casi frente a la casa.

—Dígame, Doctor Guillén. Cuando viene a una reunión privada, ¿siempre deja su carro tan cerca del lugar de reunión?

—No tenemos problemas de seguridad. Por favor, no se preocupe.

Unos minutos después de haberse puesto en camino, el doctor Guillén dijo:

—Creo que nos siguen.

Rodrigo estaba que hervía.

—Dobla unas cuantas veces y veremos.

Después de doblar en tres o cuatro esquinas, el doctor Guillén dijo:

—Siguen detrás de nosotros.

—Escucha —exclamó Rodrigo—. Necesitamos un edificio con dos entradas. Nos bajamos del carro, entramos por una puerta y salimos por la otra.

—¡El hospital Calixto García! —dijo el otro hombre.

—¡Bien! Podemos perderlos allí. ¡Acelera!

Llegaron enseguida al hospital y se estacionaron en el parqueo. El auto que los seguía se detuvo a poca distancia. Rodrigo penetró a grandes zancadas por la entrada principal del hospital, con el doctor Guillén pisándole los talones.

—Sigue tú —le indicó Rodrigo—. Yo iré por aquí.

Mientras el doctor Guillén seguía derecho, Rodrigo se metió en un rincón, se arrancó el bigote y el peluquín, se quitó el saco deportivo y se arremangó la camisa. Se volvió caminando hacia la entrada principal y salió por la misma puerta por donde había entrado menos de treinta segundos antes. Los agentes pasaron corriendo a su lado sin reconocerlo. Afuera agarró un taxi y regresó al refugio.

* * *

—Fíjate, John Paul. Esto confirma lo que yo les he estado diciendo a tí y a Thor. ¡Todas las células del MRR están infiltradas!

Rodrigo y el hombre de la CIA caminaban por la inmensa Plaza Cívica, vestidos como guajiros en un peregrinaje al corazón del destino de Cuba.

—Fue mala suerte —dijo John Paul—. Aprendieron su lección. Tendrán más cuidado la próxima vez.

—¡No! Eso es un error. No tuvimos mala suerte. Fuimos extremadamente afortunados. En este momento deberíamos estar presos. Escapamos sólo por un pelo. Ese tipo de suerte sienta un mal precedente. Hace a la gente temeraria. Lázaro tiene doscientos hombres. Pronto estarán alzados, desarmados y a expensas de una emboscada. Necesitamos un compromiso de ustedes ahora mismo.

—¿Doscientos hombres? ¿Seguro?

—Puedo darte nombres y direcciones, pero no debería tener que hacerlo. Es una fuerza limpia, sin infiltrados. Hombres buenos, listos para luchar.

—Pongan a los hombres en las montañas y les lanzaremos las armas.

—¿En qué tiempo pueden hacerlo?

—Inmediatamente.

—¿Qué significa eso?

—Veinticuatro horas, tal vez menos.

—¿Es una promesa?

—Eso dije. Lo escuchaste tú.

* * *

El sol poniente y la luna ascendente se miraban a través de un extenso cielo azul oscuro que arropaba al río Almendares.

—¿Todo listo, Lázaro? —preguntó Rodrigo.

—Las líneas de comunicación y de suministro están establecidas. Los hombres ya están camino del Escambray. Mi carro sale en unas horas. Mañana al amanecer me encuentro con mi guía y salimos hacia el campamento.

Los dos camaradas se abrazaron.

—Escucha —dijo Rodrigo, lleno de emociones—. Si algo te pasa a ti y yo llego al poder, me ocuparé de tu familia. Si algo me pasa a mí y tú llegas al poder, te ocupas de la mía.

—¡Dejen de hablar así! ¡Ninguno de los dos tendrá que hacer nada de eso!

Era la voz imponente de la esposa de Lázaro, Charo. Cada vez que Rodrigo la veía, le sorprendía su estatura. Medía menos de cinco pies, pero el físico no significaba nada para una persona así. Como siempre, Rodrigo terminó haciéndole caso.

* * *

Según todas las apariencias, eran sólo otro par de hombres bien vestidos que paseaban en automóvil por La Habana en una apacible noche de invierno.

—¡Uf! Siempre que paso un tiempo sin cargar dinamita se me olvida lo pesada que es —dijo Rodrigo.

—Está hecha para un trabajo pesado —replicó Peleón —¡Es para hacer volar edificios enteros en el aire! Hoy por lo menos hace fresco.

—Sí. Si no, estaríamos empapados de sudor.

—No seríamos los únicos tampoco.

—¿Qué quieres decir?

—¿Nunca has visto la dinamita cuando hace calor?

—Creo que no.

—Si la hubieras visto, te acordarías. Durante la lucha contra Batista, tuve dinamita escondida en mi apartamento. Debajo de mi cama, de hecho.

—¿Y eso? ¿Querías volar a tu esposa en pedazos?

—¡Muy gracioso! Estaba trasladando las cajas cuando vi la humedad pegada a los cartuchos de dinamita. Entonces no sabía la causa. Tenía miedo que aquello fuera a explotar solo. Cogí un ventilador y lo puse delante de la dinamita hasta que la humedad desapareció.

—¡Caramba! —exclamó Rodrigo. Ambos hombres se echaron a reír.

—Discúlpeme, doctor.

—¿Qué pasa, Carlos?

—Nos están indicando que nos paremos.

Rodrigo miró hacia su derecha. Un hombre le hacía señas al carro para que se detuviera. Su aire de autoridad lo identificaba como un policía en ropa de civil.

Sin perder su buen humor, Rodrigo se inclinó hacia adelante y dijo soltando una risa, como si se tratara de un chiste:

—¡Entonces sácanos de aquí!

El carro dio un acelerón.

Un patrullero salió enseguida detrás de ellos, soltando ráfagas de ametralladoras por dos ventanillas. Rodrigo y Peleón respondieron al fuego con sus pistolas. El patrullero se encaramó en una acera y se estrelló contra un árbol.

—Sigue unos minutos más y parquéate —Rodrigo le dijo al chofer.

Carlos manejó dos o tres kilómetros en medio de un tráfico ligero y se detuvo en un espacio de estacionamiento junto a una acera. Todos se bajaron.

—Ninguno de nosotros regresa a esta máquina —dijo Rodrigo—. Y hacemos cambios en nuestra apariencia física. Carlos, por favor, aféitate el bigote tan pronto llegues a tu casa.

—Mi esposa va a pensar que un extraño se le está metiendo en la cama —dijo el chofer—. ¿Pero quién sabe? Eso podría tener sus ventajas.

* * *

—Bien, John Paul, eso fue lo que pasó. ¿Puedes conseguirnos una máquina?

Rodrigo y su contacto de la CIA caminaban por el Malecón. Era otro día gris; grandes olas batían el diente de perro de la costa.

—A nosotros nos es difícil conseguirte una, pero sabemos de un hombre que sí puede. Déjame hablar con él primero. Estoy seguro que tendrás tu máquina.

—Eso sería fantástico.

—Parece que la seguridad les tiene echado el ojo —dijo John Paul.

—No lo creo. Eran policías corrientes. Era un chequeo de rutina. No podíamos dejar que nos pararan, pero estoy seguro que no sabían quiénes éramos. Un simple caso de mala suerte.

—El hombre que iba con ustedes era Peleón Fernández, ¿verdad?

Rodrigo se puso en guardia.

—¿Por qué mencionas a un operativo por su nombre?

—Las acciones que estás planeando con él no deben lanzarse prematuramente. Todavía no tienen las fuerzas dispuestas para que resulten.

—¡Claro que no las tenemos! ¿Y quieres saber cómo lo sé?

—¿Cómo?

—¡Porque si las fuerzas estuvieran listas, ya hubiéramos atacado!

* * *

—¿Por qué usted cree que el americano le dio ese consejo? —preguntó el Moro.

—No era un consejo. Era una advertencia: Sabemos quiénes son tu gente. Sabemos lo que están planeando. Sabemos todo lo que ustedes hacen. Ni siquiera pueden pensar sin que nosotros los escuchemos.

Rodrigo hablaba con su compañero en el baño de una tienda por departamentos con espacio sólo para un par de hombres en un cubículo con inodoro y un urinal contiguo. El baño quedaba separado de la tienda por una antecámara y dos puertas con seguro. Cualquiera que hubiera querido llegar hasta ellos hubiera tenido que derribar ambas puertas o estar escondido en el tanque del inodoro.

—¿Y nuestros planes para el atentado qué? —preguntó el Moro—. ¿Usted cree que los americanos están al tanto?

—Eso me lo he reservado. Ni siquiera se lo he dicho a Lázaro.

—Yo se lo he dicho a uno solo de mis hombres. Si los americanos saben quién es mi agente, me dejo cortar los cojones.

—¡Cuidado! Esos son sagrados. Y no subestimemos a los americanos. ¿Sabes algo de Lázaro?

—Me tiene nervioso —dijo el Moro.

—¿Cómo es eso?

—Castro está reforzando su ejército en el Escambray. La gente en las montañas está atacando puestos del gobierno. Los funcionarios están asustados. Todo lo están haciendo en el mayor secreto, pero en los últimos días me han llegado noticias de movimientos de tropas. Se supone que sean bien masivos. Me temo que Lázaro pueda haberse metido en una trampa.

—¿Cuándo debía él contactarte?

—Hace dos días.

—Puede haber una explicación simple —dijo Rodrigo—. Hemos hecho todo lo que podemos para que las cosas salgan bien. Esperemos noticias positivas.

—Doctor, yo no soy muy bueno para eso de esperar.

—Tampoco yo, Moro. Tampoco yo.

Se separaron con una pesadez desacostumbrada.

* * *

Rodrigo recibió un mensaje de John Paul, diciéndole que fuera a visitar al hombre que le daría el carro.

—Bienvenido. Llámeme Ernesto, por favor.

—Yo soy Rodrigo. Mucho gusto.

Estaban en un apartamento en un piso alto del Focsa, un edificio nuevo que pronto se había convertido en una de las direcciones más envidiadas de la ciudad. El hombre invitó a Rodrigo a sentarse en una amplia habitación elegantemente amueblada, con una espléndida vista de La Habana y su litoral.

Ernesto era el tipo de cubano "español", desenvuelto y opaco al mismo tiempo. Era un hombre cuarentón, delgado y con aplomo.

—Nuestros amigos me han contado de su necesidad —dijo Ernesto—. Creo que tengo justamente el vehículo para usted. Aquí están las llaves. El hombre que está abajo le enseñará el carro. Por favor, quédese con él el tiempo que quiera.

—Muchas gracias, don Ernesto. Su carro será tratado con el máximo de cuidado y se lo devolveré tan pronto como pueda.

—Póngase cómodo. ¿Tiene tiempo para un trago?

—Claro.

—Tengo curiosidad por usted y su grupo; cuáles son sus ideas y exactamente qué están tratando de hacer.

Era un terreno peligroso. Ernesto parecía ser una de esas personas que querían el regreso de Batista.

—¿Tiene alguna pregunta específica para mí? —inquirió Rodrigo.

—Sí. ¿Cuál es la posición de su gente con relación a la reforma agraria?

—La popularidad de Castro se debe en gran medida a la reforma agraria. Creo que cualquier gobierno futuro tendrá que tener en cuenta ese hecho.

—Dígame —dijo Ernesto—. ¿Qué tipo de base legal cree usted que tiene el gobierno?

—Soy abogado. Diría que la base legal del gobierno es cuestionable.

—En ese caso, ¿no tendría sentido que un gobierno futuro reinstaure la propiedad de la tierra tal como existía el 31 de diciembre de 1958?

—Podría tener sentido legalmente. No estoy seguro de que tenga sentido políticamente.

—Yo creo que tiene sentido desde cualquier punto de vista, y conozco a mucha gente que comparte mi opinión.

—Usted y sus socios podrían estar viendo este asunto desde la perspectiva comercial o económica —respondió Rodrigo—. Mis colegas y yo lo vemos como un asunto político. Lo importante es lo que su gente y la mía tienen en común: todos compartimos el mismo deseo de un nuevo liderazgo. Y espero que nuestros grupos aprendan mucho uno del otro.

—Buena suerte con el carro —dijo Ernesto—. Y por favor, venga a verme de nuevo si puedo servirle en algo.

* * *

—... Entonces el hombre dijo que debíamos restaurar la situación de las tierras a como era el 31 de diciembre de 1958.

—Un batistiano y un tonto —dijo el Moro con énfasis.

—¡Todo el que no esté de acuerdo con Fidel es un tonto!

La observación venía de un payaso que pasó junto a ellos. Rodrigo y su camarada caminaban por los terrenos de un circo. El Moro clavó al payaso con una mirada y el hombre pintado se alejó intimidado.

—¡Qué desgracia! —dijo Rodrigo—. ¡Ni siquiera aquí podemos escaparnos de eso!

—Por favor, siga, doctor. Lamento la interrupción.

—¡Ése es el tipo de cubanos con que los americanos se relacionan! —exclamó Rodrigo—. Te lo digo, ¡están comiendo mierda!

—¿Entonces se quedó sin máquina?

—¡No! Me la dio. Un Oldsmobile vino tinto.

—Es una lástima que tenga que deberle a un hombre así.

—Realmente no me dio la máquina a mí. Se la dio a los americanos. Son ellos los que están en deuda con él y yo con ellos.

El Moro dejó escapar un gruñido de disgusto.

* * *

Los temores invadieron a Rodrigo al recibir otra cita para el baño de la tienda por departamentos.

—¿Lázaro? —preguntó tan pronto el Moro se le acercó.

—Sí.

—¿Estás seguro?

—Todo el mundo está hablando de eso en la prisión. Es una de las mayores capturas que han hecho. La gente de Castro está que baila de alegría.

—¿Qué escuchaste decir?

—Cuando Lázaro llegó al campamento, ya había sido ocupado y los hombres habían sido detenidos o dispersados. Los americanos hicieron un lanzamiento tardío en paracaídas que el ejército capturó. Lázaro y el guía salieron en busca de otros hombres que hubieran podido escapar. Al no encontrar a nadie, regresaron caminando a Cienfuegos. Cuando cruzaban una cooperativa, unos milicianos los vieron y les dispararon. Lograron escapar, pero los agarraron en Cumanayagua.

Rodrigo se cubrió la cara con las manos.

—Tenía la esperanza de que estuvieras equivocado, ¡pero con todos esos detalles!

—Primero la policía no sabía quiénes eran. En la estación, alguien entró y les dijo: "¡Oigan! ¿Ustedes saben a quiénes tienen ahí?"

—¡Me cago en diez cabrón! —a Rodrigo casi se le salían las lágrimas.

—No perdieron tiempo en llevarlo a juicio —dijo el Moro—. Aparentemente el juez y el fiscal hablaron tanta mierda política que Lázaro se quedó dormido, ¡en el medio de su propio juicio! Debe de haber estado muy cansado.

—¡No! —exclamó Rodrigo—. Frente a la muerte no puedes estar cansado. Pero sí puedes comportarte con extrema frialdad —hizo una pausa—. ¿Y Charo qué?

—Está haciendo gestiones para salir del país.

—Bien. Ya es tiempo de que saque a sus muchachos. La gente de Castro no tiene razón alguna para retenerla y todas las razones del mundo para dejarla ir. Las viudas son problemáticas.

—¡Especialmente ésa! —dijo el Moro con orgullo.

Alguien tocó en la puerta exterior del baño.

—¡Ocupado! —gritó Rodrigo.

El Moro sacó su pistola.

—Olvídalo, Moro. Es sólo un cliente apurado.

—¿Y ahora qué? —preguntó el Moro.

—Comenzamos de nuevo. Lo repensamos todo. La fuerza de Lázaro era el centro de nuestra operación. Necesitamos un nuevo plan. No puedo planear esto en La Habana. Tengo que regresar a Washington.

—¿Cómo va a salir del país?

—Me las arreglaré.

—Déjeme saber si puedo ayudar en algo.

—Cuídate, Moro. A lo mejor no nos vemos por un buen tiempo.

* * *

—¡Rodrigo! ¡Qué sorpresa! Cuando me puse a su disposición, no pensé que acudiría a mí tan pronto.

—A veces, Don Ernesto, los hilos del destino disponen así las cosas.

Fue contra su intuición que Rodrigo había regresado al Focsa y a este hombre, que se puso en guardia al verlo.

—¿Cuál es el problema? —preguntó Ernesto.

—Hemos tenido un cambio de planes. Le estoy devolviendo el carro. Gracias otra vez por dejarnos usarlo. Espero que lo encuentre todo en orden.

—¿Les sirvió?

—Extremadamente bien. Pero no lo voy a necesitar más. Debo pedirle otro favor.

El otro hombre guardó silencio y su expresión se hizo aún más preocupada. Sólo la extrema necesidad empujó a Rodrigo a seguir.

—Debo viajar a Estados Unidos por mis medios. ¿Puede ayudarme a hacer el viaje?

—Rodrigo, me encuentro en una posición incómoda con usted. El hecho es que no estoy seguro de quién es.

—No comprendo.

—A pesar de que usted llegó con las más altas recomendaciones, después de nuestra última reunión decidí verificar que usted es realmente quien dice ser. Y parece que podría no serlo.

—¿De veras? ¿Y qué descubrió?

—He investigado sus asociaciones políticas. Varios de sus amigos más cercanos han sido funcionarios de este gobierno. Tengo razones para pensar que usted es un agente del gobierno.

—¡Esa aseveración no tiene ninguna base! —dijo Rodrigo, perdiendo la paciencia.

—Escuche, Rodrigo. Yo sólo dije que tengo razones para pensarlo. Si estuviera seguro, ni siquiera me tomaría la molestia de acusarlo. ¡Lo mataría ahora mismo!

—¿Y usted se da cuenta, don Ernesto, de que si yo fuera un agente del gobierno usted acabaría de condenarse con esas palabras? ¡Por favor! No hablemos a la ligera de matar y morir. ¡Ya tenemos suficiente con la realidad! Fíjese, señor. Puede estar seguro de que nuestros amigos mutuos me verificaron de muchas maneras antes de aceptarme en su operación. ¿Por qué no congela mi pedido hasta que obtenga una explicación de ellos?

Ernesto mantuvo una expresión impasible y dijo simplemente:

—Está bien.

Rodrigo salió del apartamento del hombre como quien sale de un manicomio.

* * *

—Yo hablaré con Ernesto —dijo John Paul—. Realmente es un tipo muy bueno y nos ha ayudado mucho.

El hombre de la CIA había venido al refugio a solicitud de Rodrigo.

—No puedo opinar sobre cómo ha actuado en sus otras operaciones. Sólo puedo observar su conducta en ésta —respondió Rodrigo—. De todos modos, ¿cómo pudo saber mi identidad? Parece que ustedes confían demasiado en ese hombre. Tal vez tú y tus colegas asumen que la gente que tiene éxito financiero son buenos en la política. Mi experiencia me dice lo contrario.

—No me gusta tu tono, Rodrigo.

—Entonces dejemos esto y hablemos de cómo sacarme del país.

—¿Por qué no usas el pasaporte que te dimos? La visa todavía debe de estar vigente.

—¡Ni loco! —saltó Rodrigo—. ¡Pasar por el control de pasaportes es demasiado peligroso! Ustedes, que me tuvieron cautivo mientras verificaban mi entrada, deberían saberlo mejor que nadie. Ernesto no es mi compañero de lucha ideal, pero para esto debe servir perfectamente. ¿No tiene un yate o un avión?

—Las dos cosas.

—Un avión es más rápido, pero un yate es más seguro. Haré un plan y después te doy los detalles. Hazle saber a Ernesto que tiene

119

que seguirlo al pie de la letra. Su parte será mucho más fácil que la mía, puedes estar seguro.

—De acuerdo.

—Una cosa más. Aquí tienes cinco mil pesos. Necesito que me los cambies a la tasa de uno por uno.

—¿Cómo es eso? —dijo el hombre de la CIA.

—Tú fuiste el que insistió en que no me preocupara por llevar control de los gastos y esto ni siquiera es un gasto. Es un intercambio.

—En realidad es un regalo.

—Cierto —dijo Rodrigo—. Pero es para otra persona. Para mí, es la solución de un problema inesperado, ni más ni menos.

* * *

Enero de 1961. Antes de las seis de una mañana de invierno, la playa de Santa María del Mar estaba exquisita. La arena estaba desierta. El viento soplaba con fuerza y el mar estaba picado. Una luz de un gris intenso enmarcaba aquel duro paisaje marino, que anidaba en el interior de Rodrigo desde su infancia.

Esa mañana, la belleza estaba preñada de peligro. Ahora que Estados Unidos y Cuba estaban en el umbral de la guerra, las patrullas navales y costeras de Castro peinaban el área. Tratar de salir por allí era una locura total; y por esa misma razón le atraía a Rodrigo, quien creía que a veces la mejor manera de eludir a un monstruo era pasando bajo sus narices. Las patrullas estarían al acecho de personas en botes inflables o pequeñas lanchas. No estarían buscando a nadadores, porque nadie sería lo suficientemente loco como para tratar de escapar a nado por el mar invernal picado.

Rodrigo le había dado instrucciones estrictas a Ernesto: "Se encontrará conmigo a dos kilómetros de la playa. No me espere más de un par de minutos. Si tiene que seguir adelante, no se vuelva". A lo que había agregado su sugerencia favorita para las acciones clandestinas: "Una mujer es su mejor cobertura. Lleve una con usted. Mientras más joven y bonita sea, mejor. Lo ideal es una mujer joven, bella y embarazada". La evocación de esa última frase —y con ella el amor que sentía por las mujeres y los niños— espoleó a Rodrigo mientras se ponía las patas de rana, saltaba al agua y comenzaba a nadar.

El avance era difícil. Rodrigo tenía que verificar continuamente su orientación y sumergirse cada vez que se acercaba una lancha patrullera. Las pesadas aguas y las inmersiones constantes lo atrasaron peligrosamente. Al acercarse el minuto de su cita, vio el yate de Ernesto moviéndose paralelo a la costa, justo delante de él pero aún lejos. Sus extremidades pesaban cada vez más con la fatiga. Tragaba agua. No podría alcanzar el yate e incluso si lograba evadir a las lanchas patrulleras probablemente no podría regresar a la costa tampoco.

¿Cuántas veces puede un hombre meter la pata? Mi compañero de lucha destruido, mis hijos sin hogar, su madre abandonada, la madre de ella que pide mi cabeza, y mi hermano, siempre mi hermano, a quien le he dado vida eterna como fantasma de mis remordimientos. Todos ellos, los monstruos que creé, me halan para hundirme. Llegaré al fondo y cuando salga a flote mi carne servirá de alimento a las aves.

Darle de comer a las gaviotas. La última vez que fui a Miami con los niños los llevé a un muelle. Compramos mendrugos de pan para que se los lanzaran a las aves. Las gaviotas se lanzaron en picada sobre nosotros, volando fuera de sí, chocando unas con otras, enloquecidas por la comida. Los niños aullaban de la risa. Una de las gaviotas le picó la mano a Yrene, le rasgó la piel, le sacó sangre. Su hermano mayor se echó a llorar. Ella gritó. ¡Pájaro malo, no me vas a hacer llorar! Ella tan valiente y él tan tierno, preocupado por su hermana.

¡No, no! No acepto este destino. No acepto morir. No es por mí. Es por mis hijos. ¡No voy a condenarlos a defenderse por sí mismos!

Rodrigo recuperó la energía. Nadó hacia el yate, braceando con una voluntad feroz, impulsado por el vigor de su propio cansancio, avanzando hacia un vasto vacío.

Lo próximo de lo que tuvo conciencia fue que Ernesto lo halaba a bordo.

—Desobedeció mis instrucciones —dijo Rodrigo, jadeando—. Regresó hacia la costa.

—¿Está molesto por eso? —preguntó Ernesto.

—En lo absoluto.

—¿Quiere un cognac?

—¡No!

Rodrigo vio a una mujer que lo examinaba. Era joven, hermosa y estaba a punto de parir.

—¿Es su esposa? —le preguntó a Ernesto.

—No. Sólo una amiga —dijo el otro hombre.

—Veo que nos entendemos.

—Creo que sí —dijo Ernesto con modestia—. Y ahora trate de dormir.

Rodrigo bajó lentamente la escalera que conducía bajo cubierta y se tiró en una litera. Cuando despertó, el yate estaba anclado en Cayo Hueso.

XII.

UNA PUTA DE LA CIA

El día después de escabullirse de Cuba, Rodrigo estaba sentado en una habitación del Hotel Madison engullendo su almuerzo e inhalando los aromas del martini doble de Thor.

—¿Aparte de lo que le pasó a Lázaro, cuál es tu evaluación de la situación como un todo? —preguntó el hombre de la CIA.

—Como están las cosas hasta ahora, creo que nos dirigimos al fracaso —replicó el cubano.

—No perdamos la perspectiva, Rodrigo.

—No la he perdido. Aun después de lo que pasó, mi gente tiene suficiente moral para la lucha. *Pero...* la suerte de Lázaro debe ser una señal de alarma para todos nosotros. Si no somos más cuidadosos, acabaremos en el matadero.

—La fuerza que estamos preparando ciertamente podrá derrotar a Castro —dijo Thor por encima de su trago.

—¿Cuántos hombres tienen entrenándose en Centroamérica?

—Cerca de mil.

—¿Y usted espera que una fuerza como ésa derroque al gobierno de Castro?

—Digamos que hemos aprendido a lograr mucho con relativamente poco.

—Ya veo. Después de sus victorias de inteligencia en Guatemala e Irán, creen que sacar a Castro del poder será igual de fácil. No estoy de acuerdo. Cuba será un caso mucho más difícil que los otros.

—Nosotros no damos nada por seguro y estamos bien conscientes de las dificultades. Tenemos otros componentes en esta operación que no estoy en libertad de discutir.

—¿Puede al menos darme a probar algo?

—¿A probar? ¿Qué quieres decir?

—El pastel en el cielo, quiero decir. ¿Qué sabor tiene? ¿Manzana? ¿Mora? ¿Cereza?

—¡Esto no es un pastel en el cielo!

—Para *mí* lo es, si no puedo hacerme una idea de los ingredientes.

—Está bien —dijo Thor con energía—, hablemos de algo concreto: la ayuda que recibiremos de ustedes y de otros dentro de Cuba.

—Estoy de acuerdo en que la clandestinidad puede jugar un papel importante, pero en este momento está desorganizada. Los distintos grupos no están trabajando juntos. La mayoría de sus líderes son ignorantes y optimistas al mismo tiempo. Ésa es una combinación peligrosa. La mayoría nunca ha estado en una pelea como ésta. Ni siquiera se imaginan lo que hace falta para tumbar a Castro. Dependen de su gobierno para que les resuelva ese problema. En lugar de dedicarle atención a las tareas más arduas, ya están maniobrando para conseguir posiciones en un gobierno post—Castro. Discúlpeme que lo diga, pero sus agentes en Cuba sólo alimentan esta mentalidad. Muchos líderes de la clandestinidad creen que Estados Unidos los apoya personalmente. Creen que van derecho al Palacio Presidencial, cuando lo más probable es que se encaminen al paredón de fusilamiento.

—¡No compares a esas personas con Lázaro! —dejó escapar Thor.

—¡Claro que no lo hago! ¿Por qué lo menciona?

—Lázaro murió porque no fue cuidadoso —dijo Thor, despiadado.

—He sido muy franco con usted acerca de nuestros problemas de seguridad. ¿Por qué criticar a un hombre que acaba de perder su vida?

—¡Poco antes de que Lázaro subiera al Escambray, lo escuchamos hablando sobre su relación con nosotros *en un bar*! —el hombre de la CIA habló con una amargura sorpresiva.

Rodrigo puso en orden sus pensamientos.

—Claro que Lázaro no debió haber hablado de ustedes, ¿pero por qué cuestionar el lugar donde lo hizo? Un bar es un lugar para desahogarse. ¿Adónde va usted para desahogarse?

—Me reúno con agentes extranjeros en un hotel. ¡Y cuando me reúno con ellos, bebo! —Thor habló con un humor igualmente sorpresivo y repentino.

—Escuche, Thor. Si usted y sus colegas tuvieran que liberar a Estados Unidos de un tirano, y su única elección fuera trabajar para la policía secreta de Japón o de Alemania, ¿qué haría usted? —preguntó Rodrigo.

—Creo que trabajaría con ellos —respondió Thor.

—¡Claro que lo haría! Y en sus horas libres se sentaría en un bar con Lázaro.

—Pero estaría *tomando*, no *hablando*. Perdóname que te lo diga, Rodrigo, pero me parece que muy pocos de tus compatriotas pueden mantener la boca cerrada.

—¿Qué les he estado diciendo yo a usted y a John Paul durante meses? ¡Usted fustiga las indiscreciones de mi compañero muerto, pero es indulgente con el MRR! ¿Por qué?

Thor frunció el ceño.

—Yo soy el que te está interrogando, Rodrigo. No tú a mí.

—Está bien. Entonces usaré una oración enunciativa. Ustedes están favoreciendo a los cubanos que les dicen lo que quieren oír.

—¡No! Favorecemos a los cubanos que pueden hacer el trabajo bien.

—Con todo respeto, el MRR no será el grupo que derrote a Castro. ¡No mientras los agentes de Castro reciban invitaciones impresas para las reuniones clandestinas del MRR!

—En realidad, preferiríamos no tener que contar con la clandestinidad en lo absoluto —dijo Thor en tono amenazador—. Si tú llamas a nuestras actividades un pastel en el cielo, tal vez yo debería llamarle a los esfuerzos clandestinos un fuego fatuo.

—¡Eso no es cierto! Estoy de acuerdo con que si la invasión se lanza ahora, no podemos ayudarles de una manera significativa; pero si nos dan una oportunidad de hacer lo que sabemos hacer, tal vez podríamos servirles más de lo que ustedes se imaginan.

—¿Y cómo harían eso?

—Creando el caos. Unos cuantos ataques bien dirigidos le harían ver a la gente que Castro no puede protegerlos. De hecho, algunas personas en el gobierno ya están descontentas con Castro. Nuestro desorden les daría una razón para actuar.

—¿Cuán numerosas son esas personas? —preguntó Thor.

—No muchas, pero están ahí, y están esperando un pretexto. Cuando creemos nuestro caos, podrían ponerse en movimiento; ¡y en *ese momento* ustedes invaden!

—Nuestro plan es bastante similar —dijo Thor—. Comenzamos enviando una pequeña fuerza. Castro se moviliza para aplastarla. En ese momento pueden ocurrir varias cosas. Escucha cuidadosamente, porque ahora estoy hablando con la misma sinceridad que tú lo haces. El peor resultado es que nuestra invasión fracase de plano. Incluso ese resultado nos sirve, porque este gobierno no tolerará una derrota. Si una primera invasión fracasa, Estados Unidos enviará una fuerza mayor. Sabemos muy bien que una pequeña invasión no puede triunfar por sí sola; pero si golpeamos con sorpresa, y les damos a los soldados la cobertura adecuada, pueden llegar al Escambray y asegurar un territorio. Tan pronto como levanten una bandera, recibimos un llamado de ayuda, y la enviamos. Así que, lo mismo si triunfa que si fracasa la invasión, le seguirá otra.

Thor le hablaba con una sinceridad que Rodrigo no tenía ningún derecho, ni razón, para esperar. Por el motivo que fuera —o acaso por el efecto del martini— Thor había soltado algo más que una declaración oficial. Sus palabras sonaban a pura verdad.

A juzgar por lo que acababa de oír, la CIA estaba enfrascada en un juego de influencias. Los líderes de la agencia entendían que sus métodos encubiertos —los que les habían traído gloria en Irán y Guatemala— no funcionarían en Cuba. Cualquier operación que acabara con Castro tenía que ser grande y visible, en tanto que la CIA tenía que mantenerse encubierta, o perdería su propia razón de ser. Al mismo tiempo, la agencia quería dirigir la operación y mantener su posición en la vanguardia de la política yanqui. La jugada de la CIA en este caso era meter su pie hábilmente en la puerta, para abrir un juego que otros tendrían que terminar. ¿Quiénes serían esos otros?

—¿Esa segunda fuerza será multilateral? —preguntó Rodrigo.

—Tal vez —respondió Thor.

—Cuando un diplomático dice "tal vez", quiere decir "no". Si me va a escuchar una sola cosa, Thor, quiero que sea ésta: ¡Dejar fuera de esto a otras naciones latinoamericanas sería un gran error! Sé que organizar un esfuerzo multilateral no es fácil, pero en este momento los gobiernos latinoamericanos, incluso los más hostiles al Tío Sam, están dispuestos a trabajar con ustedes, porque están aterrorizados por la amistad de Castro con Moscú. Si otros países latinoamericanos se meten en esto con ustedes, entonces tendrán una cobertura diplomática y una mayor fuerza militar. Mientras que si tratan de actuar solos, corren el riesgo de un fracaso político y militar.

—No vamos a fracasar. Nuestro frente de batalla en el Escambray ya está operando. Le damos apoyo a una unidad guerrillera de cuatrocientos hombres. Varios grupos diferentes, con un total de unos mil hombres, están activos. Necesitamos que tú y tu grupo los ayuden. Regresa a Cuba, reunifica tu fuerza, y nosotros te enviaremos lo que necesites.

—Ustedes siguen aguantando las armas hasta que organicemos a los hombres. Las armas deben ir primero. Cualquier otra cosa es una pérdida de tiempo, *y de vidas*.

—¡No! —objetó Thor—. Esta vez tú llegarás por aire con tus propios oficiales. Estos hombres pueden preparar los lanzamientos de armas y ayudarte a organizar una fuerza. Ya tenemos gente entrenándose para esta misión. Ve a la base de Guatemala. Reúnete con los hombres y escoge a los que quieras. ¿Puedes saltar en paracaídas?

—Nunca lo he hecho, pero lo haría sin vacilar.

—Eso pensé —dijo Thor con una sonrisa.

—Mis vacilaciones tienen que ver con el plan en general —dijo Rodrigo, devolviendo la sonrisa—. Tengo mucha experiencia en esto. Si me mandan sin armas tendré que dedicar todo mi tiempo a organizar los lanzamientos. Y no podré reclutar hombres hasta que tenga las armas. Otra cosa: si la gente de Castro todavía no me ha detectado, lo hará pronto. En uno o dos meses, a lo sumo. Tal vez pueda alargar un poco ese lapso entrando y saliendo de La Habana, pero sin armas estoy atado de pies y manos.

—Incluso si estuviéramos de acuerdo en que lo correcto es mandar las armas primero, no tenemos tiempo para eso. La fuerza invasora tiene que movilizarse pronto. Podríamos no estar hablando de meses, sino de semanas. Tenemos que entrenarte para el salto, instalarte en el campamento, ponerte en contacto con tus hombres y lanzarte desde un avión en una noche sin luna.

—¿Puedo hablar con franqueza? —preguntó Rodrigo.

—¡Me parece que ya lo has hecho! —exclamó Thor.

—Entonces seré más franco aún. Usted responde ante mucha gente y esa gente obviamente espera que usted les cumpla pronto. Esa es una posición difícil, y me despierta simpatía, pero no puedo apresurar mi operación porque a usted lo estén presionando. Mi gente y yo no podemos pensar, como usted, que un segundo intento tendrá éxito si el primero no lo tuvo. Su razonamiento es el de una gran nación. Nuestra situación es como la de cualquier especie del reino animal. No podemos contar con segundas oportunidades. Y mi instinto animal me dice que aún no tenemos dispuesto lo que necesitamos para triunfar.

—¿Qué harías si dejamos de trabajar juntos? —preguntó Thor.

En aquella pregunta inesperada, Rodrigo percibió una amenaza de sacarlo de la operación, y se estremeció hasta el tuétano.

—No lo sé —respondió Rodrigo en el tono menos desafiante posible—. Podría quedarme en este país siete días o siete años.

Thor se tomó la respuesta con calma.

—Mira, Rodrigo, hemos recorrido un gran trecho y te vendría bien un descanso. Tómate unos días para ti y seguiremos con esto la semana que viene.

* * *

Rodrigo adivinó que Nathalie estaría esperando su llamada después de la entrevista con Thor. No se equivocó; y cuando ella entró por la puerta de su habitación de hotel, simplemente la desvistió y bebió de ella hasta saciarse.

Fue Nathalie la que abrió la parte formal de aquel encuentro.

—Debo decir que tu país me ha tenido muy ocupada últimamente.

—¿Cómo es eso? —preguntó Rodrigo evitando demostrar mucho interés.

—¿No has seguido las noticias? —dijo ella—. Los americanos están preparando algo grande para Cuba.

El humo del cigarrillo *post-coitum* de Nathalie se mezclaba con sus perfumes. Las mujeres cubanas tenían olores más naturales; pero estas nuevas fragancias podían resultar excitantes.

—Ah, te refieres al contingente secreto de exiliados cubanos que la CIA está preparando para una invasión. ¡Curioso fenómeno americano, estos secretos compartidos con decenas de millones de personas!

—¿Y tú qué piensas entonces?

—¿Sobre qué?

—¡Sobre Cuba, por supuesto!

—Creo que los americanos le sacarán el cuerpo a esto.

—¿Por qué dices eso?

—Porque Castro es muy fuerte y el gobierno de Estados Unidos no se va a embarcar en una aventura dirigida al fracaso.

—Pero a ti te gustaría que los americanos hagan una demostración de fuerza en Cuba, ¿no es así? —preguntó ella, visiblemente ansiosa por lograr una reacción de él.

—No lo sé —dijo Rodrigo—. Si los americanos invaden, volvemos al viejo patrón de Estados Unidos interviniendo para resolver los problemas de Cuba. En esas situaciones a los americanos no los mueve la caridad y Cuba termina pagando una pesada hipoteca al Tío Sam.

—Entonces le tienes resentimiento a los Estados Unidos.

—Todo lo contrario. Respeto y admiro a los Estados Unidos.

—Pero quieres que se mantengan fuera de Cuba.

—No más de lo que quiero a Cuba fuera de Estados Unidos. Somos parte uno del otro. Cortar nuestros lazos sería como cortarnos un brazo o un pie. Es cierto que no hemos encontrado un equilibrio ideal en nuestra relación. Pero la mayoría de las familias no están bien equilibradas tampoco. Y esto no les impide ser familias.

—¿Puede Castro enfrentar una fuerza invasora? —preguntó Nathalie.

—Tal vez Castro *quiera* una invasión —dijo Rodrigo.

—¡No estás hablando en serio! —exclamó ella.

—¿Por qué no? ¿Qué puede unificar más a un país? ¿Y qué podría ser mejor para Fidel que enfrentar a Estados Unidos en una batalla *y ganar*? Cada vez que los americanos amenazan a Cuba, meten al pueblo cubano en el bolsillo de Fidel. Y si realmente rechaza una invasión, podría mantenerse en el poder un siglo.

—¿Tú crees que Castro ha pensado en eso?

—Puedes estar segura que sí.

—Pero entonces los americanos deben saberlo también.

—Tienen una desvantaja.

—¿Cuál?

—Su propio poder. Están mimados por el éxito. Fidel es más duro y más astuto. Sabe que en cualquier momento puede perderlo todo. Esa convicción es una parte importante de su fuerza.

—Fidel es todo un personaje —dijo ella—. ¿No lo crees?

—Toda mujer ama a Don Juan —contestó Rodrigo con desdén.

—Bueno, pero ni los encantos de Don Juan pueden imponerse a una fuerza de veinticinco mil hombres —dijo Nathalie con naturalidad.

—¿De dónde sacaste esa cifra?

—Soy periodista. No revelo mis fuentes.

—No me importa lo que te digan tus fuentes. El número de cubanos dispuestos a luchar ni siquiera se acerca a eso.

—No estoy hablando de cubanos, sino de americanos.

—¡No puede ser! —dijo Rodrigo con brusquedad, visiblemente sorprendido y emocional.

—¿Por qué no?

—¡Porque no! Los americanos podrían enviar asesores y barcos de guerra o aviones. Podrían ayudar a coordinar la participación de tropas de otros países latinoamericanos, lo que sería una jugada magistral porque los cubanos lo aceptarían, aunque no les guste. ¿Pero soldados americanos, y en un número tan grande? ¡No! El pueblo cubano odiaría al gobierno de Estados Unidos como nunca odió a Batista. ¡No podríamos permitir eso! ¡Los hombres cubanos nunca se quedarían sentados en Miami viendo a un montón de muchachos rubios de Wisconsin morir en una guerra en Cuba!

—¡Vaya, vaya! —dijo Nathalie, triunfal—. ¡Así que ustedes, brotados del fragante suelo español, cuna de los caballeros, no pueden soportar la idea de que los soldados yanquis los ayuden en su propio país!

La palabra *yanqui* en los labios de esta mujer francesa fue una provocación para Rodrigo. Tomó a Nathalie por los codos y se los separó, cayó sobre su pecho, entró y salió de ella durante varios minutos y no pudo llegar a un clímax.

—*Pourquoi tu viens pas?* —preguntó ella cuando él desaceleró.

—Es mi semen —dijo él.

—¿Qué le pasa?

—¡Debe haberse regresado a España!

* * *

"Lo difícil no es llegar. Lo difícil es mantenerse".

La mirada del padre de Rodrigo se perdía en el tibio aire blanco de Miami Beach. Desde el modesto apartamento de sus padres no se podía ver el océano, pero se podía sentir la brisa.

Incluso un sábado por la mañana, el viejo vestía con una oscura elegancia, en saco deportivo y corbata. Algo en él permanecía inmóvil, con la inercia de un aldeano sentado día tras día bajo el sol andaluz. ¡Qué diferente era este hombre del que Rodrigo había conocido toda su vida! Aquel hombre parecía movido por electricidad. Apenas plantaba el pie en un sitio y ya estaba saltando para otro. Su máxima preferida, sobre lo fácil que era llegar a algún lugar y lo difícil que era mantenerse, había adquirido un sentido nuevo y retorcido en esta vida a medias que el viejo llevaba actualmente. No tenía nada que hacer, excepto permanecer donde estaba, y esto le resultaba más difícil que nunca.

—¿Por qué no llamas a Benjamín? —dijo el viejo—. Está esperando que lo vayas a ver.

—Tengo poco tiempo y se lo quiero dedicar todo a la familia. Además, me sentiría mal. Benjamín me preguntaría sobre cosas que no puedo discutir y no quiero ser evasivo con él. Así que prefiero no verlo.

—Lástima. Sabe mucho, y te quiere ayudar.

—¡Espero que tengas cuidado en lo que estás haciendo! —exclamó la vieja desde la cocina, mientras colaba café.

La vieja se veía vivaz y rejuvenecida. A diferencia de su esposo, que había perdido su foco en la vida, ella había visto el suyo intensificarse. Su foco era el viejo. El desaliento cada vez mayor de éste exigía esfuerzos cada vez mayores de ella. El suyo era el trabajo crítico e irremplazable de una mujer, lo que la hacía más fuerte y femenina.

—¡Me estoy cuidando tanto como puedo! —dijo su hijo con una sonrisa— Y ahora tengo que irme.

—Dile a Elena que nos encantaría ver a los niños —dijo el viejo.

Mientras manejaba por uno de los viejos puentes de la bahía hacia su próxima cita en la pujante ciudad cubana, Rodrigo pensó en el pedido del viejo. Desde que habían llegado a Miami los viejos no habían podido visitar a los niños. La doctora, en un arranque de rabia por la desdicha de su hija, simplemente le había instruido a Elena que no invitara a los padres de Rodrigo. Normalmente Rodrigo hubiera resuelto el problema, pero estos tiempos y el lugar que él ocupaba en ellos habían borrado todo sentido de normalidad. De modo que el abismo se ensanchó. Si Rodrigo caía en la batalla, podía ocurrir que un día sus hijos pasaran junto a sus abuelos en la calle sin reconocerse.

¡Qué tirante se había vuelto el matrimonio de Rodrigo! Apenas un año atrás, Elena lo veía como a un dios. Ahora lo trataba con el último vestigio de cortesía. En la cama lo recibía con una falta de entusiasmo tal que Rodrigo estaba a punto de renunciar a tocarla. Y cuando la tomaba, terminaba pensando en Nathalie.

¿Por qué Nathalie? Nathalie no es real. Es una ilusión. Bueno, así es el amor. El amor es una ilusión, un sueño para románticos. Los hombres son románticos. Se enamoran con los ojos: se enamoran de ilusiones. Ninguna mujer hubiera escrito la "Oda a una urna griega", porque las mujeres no se enamoran con los ojos. Las mujeres esperan y piensan y escuchan y cuando se enamoran, lo hacen con los oídos. Las mujeres no son románticas. Son la parte práctica de la especie. Quieren hombres fuertes y confiables, que cuiden de sus hijos y no se vayan. Las mujeres nos usan para sus fines, mientras que nosotros las usamos para nuestros sueños. Mi pobre esposa no me puede seguir amando porque ya no le soy de utilidad, y la razón está de su parte. ¿Amo a Nathalie? No tiene sentido que la ame, pero eso es irrelevante. La amo de todas maneras. ¿Me ama Nathalie?

Probablemente no, pero eso no importa tampoco. Cuando los sexos se encuentran, el hombre es el que dice "yo amo", mientras que la mujer dice "él ama".

* * *

Al entrar al restaurante —un oasis fresco y sombreado, con tejas y fuentes al estilo español— a Rodrigo le sorprendió encontrar a su amigo Antonio Moreno mirándolo sombrío a través del salón.

—Lo siento —dijo Antonio tan pronto Rodrigo se sentó—. Te tengo noticias desagradables.

—Sea lo que sea es mi problema y no el tuyo. Dímelo, por favor.

—Parece que tu esposa ha estado viendo a alguien.

Rodrigo mantuvo la compostura.

—¿Qué has averiguado?

—Al principio pensé que algún batistiano podía tratar de fastidiarte molestando a tu esposa; así que puse a un hombre a echarle un vistazo a la casa de vez en cuando para asegurarme de que nadie la estaba vigilando. Una noche mi hombre vio algo raro. Tu esposa salía con sus dos criadas, y las tres iban vestidas para una ocasión social.

—Extraño, sin duda.

—El hombre las siguió hasta un centro nocturno y tomó una foto. Como ves, tu esposa está sentada en una mesa sin su anillo de compromiso.

—En efecto.

—No me gusta meterme en las vidas de las personas, pero en vista de esto pensé que sería un paso razonable vigilar su correo.

—¿Y?

—Encontramos esto —Antonio sacó una hoja de papel.

Rodrigo tomó la nota escrita a mano y leyó en un murmullo: "Amada mía. Las últimas semanas contigo han sido las más felices de mi vida. He disfrutado de tus juegos, he disfrutado de tus besos y ahora quiero que estemos juntos en cuerpo y alma. Pronto ofreceré mi vida por Cuba. Soy, como tu esposo y mi amigo solía decir, un yanqui rubio de Connecticut; pero tal vez sea mi destino morir por el país que todos amamos tanto. Antes de entrar en la batalla, compartamos unas horas para compensar lo que tú has perdido y lo que yo podría perder para siempre. Tu amado, William".

—Entonces conoces al hombre —dijo Antonio.

—Sí lo conozco. Es un patriota americano.

—¡Esa nota es descabellada! —exclamó Antonio.

—Bueno, por lo menos logró que fuera más corta que el Discurso de Gettysburg.

—Lo siento, mi socio. Así es la vida.

—Y el espionaje también.

—¿Estás hablando en serio?

—No dudo de que el hombre la desee, pero también es un agente.

—¿Estás seguro?

—Sí. Ahora tengo que averiguar quién o qué más puede estar involucrado en esto. Investigaré en Washington y no haré nada hasta que tenga *todos* los hechos. Dime una sola cosa, y no te preocupes de que me puedas ofender. ¿Ha pasado algo entre ellos?

—Nada que nosotros hayamos visto. Y la ofensa sería no decírtelo.

—Moreno, eres el mejor amigo que un hombre puede tener. ¡Brindemos por eso!

* * *

Miércoles por la noche, 18 de enero de 1961. Pasado mañana, John F. Kennedy será presidente. Bajo el peso de la nieve, hasta las aceras de Washington parecían estar hablando de eso.

En el elegante vestíbulo del Hotel Madison, la gente tomaba sorbos de sus tragos, sentados, conversando en parejas o en pequeños grupos. Delataban una actitud de no querer ser escuchados. También lanzaban miradas para ver quién podía estarse fijando *en ellos*.

Entre estos individuos, el único invisible era Rodrigo. Si alguien lo hubiera notado, habría parecido venir de otra época y otro lugar: el mundo melancólico y de ensoñación de los idealistas, extraños en la sociedad moderna.

Una mujer exóticamente bella entró dando pasitos cortos en el amplio salón. Vestía una estola de visón y un largo vestido negro de noche rematado por una sola cuenta de perlas. Rodrigo avanzó rápidamente hacia ella.

—¡Acabo de conocer a Kennedy! —dijo Nathalie con una explosión de energía y whisky escocés en el aliento. Más de una cabeza se volteó en el vestíbulo.

Probablemente se lo singó, pensó Rodrigo involuntariamente mientras la conducía hacia el elevador.

—¿Cómo ocurrió? —le preguntó al oído.

—Él llegó de la Florida y tenía una reunión con un pequeño grupo de periodistas antes de la toma de posesión. Alguien me consiguió una invitación.

—¿Quién más estaba allí?

—Algunas eminencias grises.

Y tú, la chica de la CIA, vestida de noche.

—¿Escuchaste algo sobre Cuba? —preguntó, mientras abría la puerta de su habitación.

—Sí, y no estoy segura qué pensar al respecto. Por una parte, está decidido a sacar a Castro del poder. Por otra, cree que la victoria no será posible sin la participación abierta de Estados Unidos; y eso es algo que definitivamente no quiere.

—¿Y qué pasó con la fuerza de veinticinco mil hombres?

—La fuerza está ahí, lista para actuar. La pregunta es si la usará.

—¿Lo hará?

—¡Acabo de decirte que no quiere hacerlo! —dijo Nathalie casi a la defensiva.

—Querer no es lo mismo que hacer. ¿Lo *hará*?

—No lo sé. Está lleno de dudas. O tal vez le falte convicción.

—Quizás es algo mejor: un cálculo sereno. Si no puedes hacer una cosa bien, entonces no la hagas.

—¿Y cómo lo harías *tú*? —dijo ella riendo, y cambiando de tema—. ¿Acaso *tu fuerza invasora* daría la talla?

Casi ningún hombre hubiera resistido *ese* cambio de tema.

—¿Por qué no te volteas y lo averiguas? —respondió él.

Nathalie apoyó las manos en un sofá cercano. Rodrigo le subió el vestido por encima de las caderas. Tal como él había adivinado, no llevaba puesto nada abajo. Sin tocar el saco de su traje, se bajó el cierre de sus pantalones y la penetró. De pronto, el mundo adquirió una perspectiva vasta y exaltada. En cuanto a Nathalie, perdió contacto con los otros estímulos de su noche y se disolvió en convulsiones mientras Rodrigo lanzaba su ataque.

—¡Espera! ¡No te vengas! —exclamó ella.

—¿Por qué no?

—No estoy protegida.

Él se salió de ella con un potente movimiento mientras ella gemía de excitación. Se sentó en el sofá y dijo:

—¡Hazme acabar!

Ella lo hizo con un hábil juego de manos, atrapando su fluido en un pañuelo que sacó, como un mago, de ninguna parte.

—¿Puedo ayudarte con el chal? —preguntó él. El visón aún colgaba de sus hombros.

—¿Por qué más bien no te cierras la portañuela y nos tomamos un trago abajo?

* * *

—¿Qué más escuchaste sobre Cuba? —preguntó él cuando se sentaron en el bar.

—Algo curioso. Agentes en La Habana le están diciendo a la CIA que si se lanza una operación en el futuro inmediato, ésta terminará en un desastre.

—¿Agentes americanos? —preguntó Rodrigo en tono casual.

—No. Cubanos.

—¿De verdad? Los cubanos suelen ser optimistas.

—Esta vez no —dijo Nathalie.

—¿Y les están haciendo caso? —preguntó Rodrigo.

—Sí.

—Qué bueno. Tal vez eso signifique que no habrá ninguna acción apresurada.

—¿Cuándo te vas de Washington? —preguntó Nathalie.

—Pronto.

—Tengo curiosidad por la situación en La Habana. Estoy tratando de convencer a uno de mis periódicos de que me mande allá.

—¡Cuidado! Podría ser peligroso.

—¡Pero ésas son las mejores situaciones para los periodistas! Y tal vez nuestros caminos se crucen.

—Eso va a ser difícil.

—¡Por supuesto! La señora de Don José podría tener que matarme, o a ti, o a alguien.

—Dejémosla a ella tranquila. Está en Miami. Además, en esta situación *yo* soy Don José y *tú* eres Carmen.

—¡Vaya! Entonces mejor me voy.

—Pensé que te gustaba el peligro.

—¡Prefiero seguir viva!

Se puso de pie, se echó el visón sobre el hombro y salió disparada hacia la salida del hotel. Rodrigo la alcanzó en el frío cortante, más allá de la puerta giratoria.

—¡No tienes nada que temer de Don José, porque ya lo has asesinado! —declaró él.

Mientras el portero le abría la puerta de un taxi, ella arrojó los brazos sobre Rodrigo y lo besó, ante la envidia de los curiosos.

* * *

Rodrigo se echó a caminar por las heladas calles de Washigton. El frío y la nieve no lo molestaban. En realidad los disfrutaba; y necesitaba caminar para sacudirse los residuos de sus dos encuentros con Nathalie. No era tanto el sexo lo que lo había tocado sino las historias que ella contaba. Una imagen, en particular, no se le salía de la cabeza: la imagen de aquel montón de americanos esperando para combatir en suelo cubano.

Evidentemente, el próximo presidente veía una intervención en Cuba con vacilación. Eso podía ser una mala noticia para la clandestinidad cubana. O podía ser buena. Si significaba falta de resolución, era mala. Si significaba la decisión de "actuar bien o no actuar", podía ser una salvación disfrazada. Abortar la misión simplemente, dejarle Cuba a Castro y a los soviéticos, sería una ofensa para el pueblo cubano. Mucho peor, sin embargo, era un "intento fracasado". Una operación con apoyo de Estados Unidos que Castro derrotara. Tal acontecimiento sería una desgracia para Estados Unidos, le daría una conformación retorcida a la política mundial y colocaría a Castro en un trono.

En esta mano de posibilidades, el "comodín" era la historia de los veinticinco mil soldados yanquis. Si los americanos desembarcaban sus soldados en Cuba, Castro estaba liquidado. También significaría revivir el infortunado doble paso de la historia cubanoamericana: paso uno, los americanos "protegían" a Cuba; paso dos, los americanos dominaban a Cuba con el consentimiento de cubanos dispuestos a tomar el dinero yanqui y a aceptar su influencia.

En la actual circunstancia, pensó Rodrigo, había que deshacerse de Castro a cualquier precio. *Si el diablo me ofrece una manera de lograrlo*, se dijo, *aceptaría la oferta y me las vería luego con el diablo*. Y si los americanos enviaban su propia fuerza —por poco atractivo que esto le resultara en muchos sentidos— Rodrigo tenía que unirse a ella. Mientras más lo pensaba, más abandonaba sus reservas y se entregaba a la poderosa corriente que lo lanzaba, con los pies por delante, a ese mar de entuertos hacia donde el guerrero feliz es inevitablemente arrastrado.

¿Podía confiar en aquella información de los veinticinco mil hombres?

Nathalie, como Rodrigo sabía bien, hablaba por Thor. Tal vez al decirle a Rodrigo lo de la fuerza invasora, Nathalie estaba divulgando lo que no podía divulgar el hombre "oficial" de la CIA. O tal vez era la misma Nathalie la que le había pasado la historia a Thor. Después de todo, Nathalie estaba ahora en contacto con niveles oficiales más altos que Thor. De hecho parecía estar en contacto íntimo con el más alto de todos los niveles.

La CIA, determinada a llevar la voz cantante en relación con Cuba, había puesto a Nathalie al lado del presidente electo para presentar la versión de la agencia de una manera que ningún asesor oficial podía hacerlo. Llegado el momento, su misión crucial sería convencer a Kennedy, una vez lanzada la operación de la CIA, de que debía apoyarla con más fuerzas. Ahora, sin embargo, la misma Nathalie era un "comodín" que escapaba al control de la CIA.

Nathalie es una puta de la CIA, pensó Rodrigo. *Como la mayoría de las mujeres que ejercen ese tipo de trabajo, será subestimada por los hombres que traten con ella. Yo no puedo cometer ese error. Sea cual sea su juego, va a tener una mano fuerte; y yo debo analizarla bien.*

* * *

A veinticinco horas de la toma de posesión, Rodrigo estaba de nuevo con su principal contacto americano en el Hotel Madison.

—Thor, parece que nuestra situación requiere que le cuente acerca de una circunstancia importante en mi vida personal. ¿Puedo hacerlo?

—Por supuesto.

—Espero que esto no lo ponga en una situación embarazosa, pero parece que mi esposa está siendo enamorada por un hombre que forma parte de la operación de ustedes en Cuba.

—¡De veras! —exclamó Thor con interés— ¿Qué es lo que sabes?

—El nombre del tipo es Whitmore. Puede leerlo usted mismo. Tome.

Thor tomó la carta y le echó un vistazo.

—Déjame ver lo que puedo averiguar. ¿Puedo quedarme con

esto?

—Como guste.

—Hablemos del tema de las armas —dijo Thor apresuradamente—. Hemos pensado en tu solicitud. Lo que podemos hacer es lanzar las armas contigo y tu equipo.

Rodrigo hizo una breve pausa.

—Puede funcionar si las armas están empacadas para soportar la humedad.

—Aunque la caja se pasara un mes en un pantano, las armas todavía servirían.

—Está bien —dijo Rodrigo—. Parece que estamos progresando.

—¿Tienes cualquier otra pregunta?

—Una cosa más. Es algo menor, pero merece ser mencionado. En los días que he estado aquí, he hecho amistad con una periodista que tiene muchos contactos. En lo que a ella respecta, soy un abogado que está buscando trabajo. Ha estado tratando de sacarme información sobre Cuba. Por sus preguntas, deduzco que es una especialista en asuntos de inteligencia.

—¿La mujer se llama Nathalie?

—Me imaginé que la conocía. En todo caso, ella me ha dicho que existe un plan de mandar a Cuba un ejército de veinticinco mil hombres, incluyendo soldados de Estados Unidos. Esto suena muy parecido a las "fuerzas de reserva" que usted mencionó la semana pasada; y puesto que su gobierno debe ser cuidadoso con esta información, no puedo imaginarme por qué una historia como ésa está circulando por la calle.

—¡Rodrigo, éste es Washington! —dijo Thor con una mezcla de exasperación y buen humor—. ¡En esta ciudad, se supone que los secretos circulen por la calle!

—¿Puede comentarme algo sobre la historia en sí?

—Me temo que no.

—Bien, ¿entonces me puede dar alguna pista?

—¿Qué dirías si te digo que uno de nuestros planes de contingencia incluye el uso de treinta lanchas artilladas con la fuerza de invasión?

—Antes de hacer ningún comentario, le preguntaría si su plan de contingencia realmente incluye esa previsión.

—Y yo te respondería que sí —dijo Thor.

—En ese caso yo diría: ¡Cojones! Treinta lanchas artilladas significarían forzosamente que la fuerza incluye decenas de miles de hombres, con cobertura naval y aérea.

El hombre de la CIA miró su reloj.

—Siento tener que dejarte. ¡La toma de posesión parece haber triplicado mi trabajo esta semana! ¿Entonces estamos de acuerdo en tu misión?

¿Vas a regresar a Cuba? Con una considerable fuerza estadounidense lista para actuar, la pregunta se respondía por sí sola; y Rodrigo sintió la rauda corriente del destino bramar en sus oídos.

—Estamos de acuerdo —afirmó.

XIII.

EL SALTO

—¡Oye! ¡Tengo los huevos congelados! —dijo Vladimiro.

—¡Yo también! —intervino Alejandro.

—Es la altura —explicó Rodrigo. Había estado notando aquel efecto mordiente desde que el C-47 bimotor comenzó a ganar en altitud sobre el centro de Guatemala rumbo a Cuba. Sus testículos, en efecto, estaban tan helados como los de cualquier otro, pero como líder del grupo su misión era liderar, no quejarse.

—¡Singaos! ¿Por qué no nos advirtieron de esto en el campamento? —preguntó Alejandro, un ex teniente del Ejército Rebelde.

—¿Y el oficial a cargo qué? —preguntó Vladimiro, el operador de radio—. ¿No lo sabía?

—Claro que sí —dijo Rodrigo en el tono de un maestro de escuela amistoso—. Por el clima, y por disposición, los americanos están bien familiarizados con este problema. En las latitudes de su país llega a hacer tanto frío que a veces el órgano masculino simplemente se duerme.

—¿Quieres decir que hiberna? —preguntó Vladimiro.

—No. El órgano americano duerme. El soviético hiberna. ¿Tu padre no te explicó eso cuando te habló de las realidades de la vida?

Vladimiro era hijo de comunistas cubanos que lo habían bautizado en honor del padre de la URSS. Durante un tiempo Vladimiro había sido miembro de la Juventud Socialista Cubana, pero luego se había ido alejando de esas lealtades.

—¿Qué te gustaría lograr en Cuba? —le había preguntado Rodrigo a Vladimiro en la primera entrevista.

—Me gustaría enjuiciar a Castro y a sus amigos como contrarrevolucionarios —había contestado Vladimiro.

—¡Bienvenido a esta misión! —Rodrigo había dicho sin más.

La noche sobre el Caribe era clara, el mar vagamente iluminado por una tajada de luna. Faltaban dos horas para que saltaran sobre suelo cubano. Rodrigo pensó en su entrenamiento de paracaidismo cerca de Washington. Cosa sencilla. Lo extraordinario fue que Thor acudiera a verlo.

¿Por qué este funcionario había dejado de lado su apretada agenda para observar un ejercicio? Ese día el hombre de la CIA se había mostrado casi *demasiado* personal. El instructor de salto había comenzado por recitarle a Rodrigo las distintas maneras en que podía lesionarse.

—¡Olvídalo! —interrumpió Thor, dirigiéndose al instructor—. Este hombre es un experto en judo. Ha roto caídas miles de veces. ¡Va a saltar muy bien!

Rodrigo no sabía cómo interpretar este comportamiento. El hombre de la CIA proyectaba una profunda confianza en la misión. Pero Rodrigo había visto que, en una guerra, los hombres muestran sus sentimientos de manera paradójica.

Una clave indirecta para descifrar los sentimientos de Thor se la proporcionó "Max", el oficial a cargo de la CIA en el campo de entrenamiento de Guatemala. Una vez que Rodrigo escogió a los dos que quería, Max le había dicho:

—Tú serás el último en saltar del avión.

—¡No! —objetó Rodrigo—. Yo dirijo a esos hombres y deben verme entrar en acción. Saltaré primero.

—Es justo —respondió Max—, pero ellos también van a lanzarse del avión, pase lo que pase.

A Rodrigo aquello le pareció notable. ¿Por qué hablar de empujar a los hombres de un avión? Después de todo, no eran reclutas, sino voluntarios. ¿Acaso la gente de la CIA creía que los cubanos eran cobardes? Tal vez los americanos estaban confundiendo la forma con el contenido. Los soldados cubanos enfrentaban la muerte con jocosidad. No con las sonrisas forzadas o las actitudes galantes que se ven en las películas americanas de guerra en blanco y negro, sino con chistes y risas sonoras en medio de las balas y las bombas. La actitud del cubano ante la batalla era simplemente demasiado despreocupada para que los serios anglosajones le encontraran sentido. De modo que la misma medida del orgullo de un cubano —el humor bullicioso con que desdeñaba su miedo— lo marcaba como poco confiable a los ojos de un yanqui. ¡Y qué lamentable que esto fuera así!

Poco después, Max le dijo a Rodrigo:

—En caso de que te atrapen, necesitamos un código.

—¿Para qué?

—Si te capturan te van a hacer hablar.

—Escuche —dijo Rodrigo bruscamente—. Si me capturan no voy a hablar.

—Eso no es lo que ocurre generalmente.

¡De modo que ahora lo estaban empujando *a él* del avión! Las palabras de Max eran lo más cercano a un ataque de pánico yanqui que Rodrigo había escuchado. Thor no las hubiera dicho jamás, pero su reticencia hubiera sido sólo por buenos modales. Max sólo había sido un mensajero en ese diálogo. Thor era el que estaba preocupado. Obviamente le preocupaba que Rodrigo se rajara en cautiverio.

Unos días antes del salto, Max se acercó a Rodrigo y le dijo:

—Tenemos un tercer hombre para tu misión. Está listo para ser tu asistente. Llévalo y úsalo como mejor te parezca.

Rodrigo leyó el nombre y luego lo releyó. Era Bill Whitmore.

Una vez más, Max era el portador de un mensaje cuya fuente y significados estaban claros. Thor le estaba diciendo a Rodrigo: La vida del hombre que trató de ponerte los cuernos está en tus manos. Puedes matarlo cuando quieras.

La oferta le dio a Rodrigo una sensación de regocijo. Un segundo reflejo, sin embargo, le dijo que no la aceptara de inmediato.

—Deme tiempo para pensarlo, por favor —le contestó a Max.

—Está bien —dijo Max—. Pero si lo vas a llevar necesita tiempo para prepararse.

¿Por qué le estaba haciendo Thor un regalo de esa clase? Bill no era un cubano prescindible. ¿Por qué la gente de Bill iba a entregar a un hombre que había sido su vecino, había asistido a sus escuelas e iglesias, había sido miembro de sus clubes sociales y era ahora un miembro de su sociedad secreta? Más aún, ¿por qué le iban a dar este pedazo de ellos mismos a un cubano?

Estaba claro que el avance de Bill con Elena no formaba parte de un plan de la CIA. Había sido un acto díscolo que demostraba una pérdida del autocontrol. Si los compañeros de Bill simplemente "lo ponían a pastar", podía encontrar otras maneras de embarazar a la agencia y hacerle daño al país. Esta sola preocupación hubiera bastado para que su gente se olvidara de que también era americano y se deshicieran de él a la manera siciliana.

Rodrigo había sido escogido como ejecutor. ¿Por qué? Llegó a la conclusión de que Thor, al darle el trabajo de exterminador a la parte ofendida, había actuado de acuerdo con viejos códigos de honor. Todo el asunto estaba teñido de una graciosa ironía que Rodrigo disfrutaba profundamente.

Con todo, mientras más pensaba en ello, más le parecía que algo no cuajaba. La afirmación de Max de que Bill necesitaba "tiempo para prepararse" había dejado a Rodrigo con una sensación de repugnancia que no podía identificar. Era algo viejo y familiar, un reflejo de su más remoto pasado.

¿De dónde exactamente?

En la secundaria, Rodrigo había visto cómo las muchachas evitaban insinuársele directamente a un muchacho. Que los *varones* lo hicieran era permitido y esperado. Después de todo, *el hombre dice, "yo amo". La mujer dice, "él ama".*

Las hembras tenían que hacer su parte con más cuidado. Las muchachas del Instituto del Vedado estaban muy a la altura de esta tarea. Inteligentes y bien educadas, sabían cómo atraerse la atención de un muchacho sin alertar sus defensas. Pocos muchachos podían resistir sus asaltos sutiles y bien planeados. A veces, sin embargo, una palabra o un gesto de más —incluso algo tan leve como una respiración agitada— podían advertirle a un muchacho que estaba siendo cazado; y cuando advertía esto, el muchacho salía volando como un pájaro asustado.

Con aquella observación sobre darle a Bill tiempo para prepararse, Max se había sobrepasado como no lo hubiera hecho ninguna muchacha inteligente, y Rodrigo vio que Thor le estaba montando una trampa.

Esta trampa era la misma que los gángsters empleaban con los nuevos reclutas. En un sindicato del crimen, cuando tus jefes te escogían para formar parte de la sociedad, te daban una charla motivadora sobre el significado de entrar en la familia. Luego te daban tu primer trabajo importante, que era matar a alguien. Tan pronto matabas por ellos, te tenían en su poder. Harías cualquier cosa que te pidieran; nunca los delatarías; y mantendrían ese poder sobre ti para siempre.

Los capos de la CIA no eran diferentes. Querían estar seguros de los miembros de su familia. Bill era un miembro de la familia que se había descarrilado peligrosamente. La familia tenía que deshacerse de él. Rodrigo, en cambio, era un recluta que sólo prometía independencia; demasiada independencia para el gusto de ellos. ¿Cómo podían romper la columna vertebral de su actitud? Obligándolo a matar. ¿Y cómo empujarlo a hacer algo tan repulsivo? Utilizando el principio del "guerrero feliz": despertándole la rabia, invocando su honor herido, revolviendo su dolor más profundo.

Era una jugada magistral y hubiera tenido éxito con cualquier hombre, pero Rodrigo no era cualquier hombre.

Soy un guerrero, reflexionó. *Mi negocio es la guerra. Este lío con Bill no es una guerra. Es una pocilga. Una pocilga que debe limpiar esta gente, no yo. Si caigo, caeré como soldado, no en un latón de basura yanqui.*

—Gracias por la sugerencia del tercer hombre —le dijo Rodrigo a Max—, pero creo que la misión saldrá mejor si sólo llevo a los dos que tengo.

El tener que ocuparse del problema de Bill le hizo recordar a Rodrigo la infelicidad entre su esposa y él.

No tenía corazón para castigarla por su flirteo. La había hecho pasar por demasiadas cosas y no quería agregar una más. Nunca le iba a mencionar esto, pero había otras cosas que debía decirle sin falta.

Si moría en la batalla, ella debía volver a casarse rápidamente. Si caía preso, una perspectiva mucho más dolorosa de considerar, debía divorciarse de él. Antes de salir de Guatemala le había mandado una carta diciéndole esto.

"Entiendo perfectamente que no he sido el esposo que tú querías", había escrito. "Lo lamento profundamente. Espero que comprendas que te he amado y que traté de ser lo mejor que pude como hombre. En cuanto a los niños, a los que he amado más que a nada en este mundo, sé que los criarás bien y sólo espero que, cuando crezcan, no piensen demasiado mal de mí".

Recordar todo esto a una altura de varios miles de metros entristeció hondamente a Rodrigo.

—¡Estamos descendiendo! —gritó uno de los hombres.

El avión iba en picada, atravesando a toda prisa los radares de Castro.

—¡Tres minutos para el Escambray! —gritó el piloto cubano desde la cabina—. ¡Prepárense para buscar la señal de tierra!

Nivelaron el vuelo a baja altura y buscaron la fogata que les daría el "¡Adelante!". Incluso en una oscuridad casi total podían distinguir las siluetas de los árboles sobre las colinas y sentir el terreno vacío debajo de ellos.

¿Dónde estaba la fogata? La buscaron ansiosamente, pues si no veían la señal tendrían que regresar a Guatemala, planear otro salto y repetir el vuelo.

—¡Exacto! —gritó el piloto—. ¡Señal a las once en punto!

Rodrigo abrió de un tirón la puerta lateral. La fogata era claramente visible.

—¡Prepárense para saltar! —dijo con vigor. Los hombres estaban de pie detrás de él.

—¡Vamos! ¡Vamos! ¡Vamos! —exclamó con autoridad el piloto de rostro tierno, y con un movimiento felino Rodrigo saltó hacia la noche.

* * *

Mientras caía, Rodrigo miró hacia arriba y vio al avión escurrise por el cielo. ¿Dónde estaban los otros paracaídas? *Max tenía razón. Los hombres no quisieron saltar.* Tan pronto pensó esto, se abrieron de golpe otros dos paracaídas y luego un tercero: la caja con armas y municiones.

Rodrigo aterrizó sobre un exuberante tapete de hierbas que amortiguó su caída. Un golpe de brisa llenó la lona y comenzó a tirar de él. Rodrigo recogió el paracaídas, hizo un bulto con él, se quitó el casco y emitió el sonido de un animal. Los otros hombres respondieron y se reunieron con él.

—¿Todos están bien? —preguntó Rodrigo calmadamente. Aunque exaltado por el salto, Rodrigo reprimió esa sensación para mantenerse en control.

—¡Estupendo! —dijeron los otros emocionados.

—¡Buen trabajo, caballeros! Ahora tengo que encontrar a nuestros anfitriones. No se muevan hasta que escuchen mi señal.

—¡Dale! —le dijeron ellos.

Rodrigo sacó su Colt 45. Había perdido la orientación al saltar, así que se movió en un amplio círculo para tener mayor posibilidad de tropezarse con sus contactos. Si habían visto caer los paracaídas, irían en busca de los hombres y él los encontraría al desandar el círculo.

A lo lejos vio un bulto que fue tomando la forma de un par de hombres y tres caballos. Rodrigo apretó su pistola.

—¿Ernesto? —dijo. Era el nombre del hombre que lo había llevado a la Florida.

—Ernesto nos envió. Yo soy Gregorio —respondió uno de los hombres, al tiempo que le entregaba a Rodrigo un fósforo y un palillo de dientes.

Rodrigo guardó su pistola y profirió el sonido que le indicaba a sus compañeros que podían acercarse.

—¿Vieron dónde cayó la caja con las armas? —preguntó Rodrigo.

—Sí. Vamos a recogerla —replicó Gregorio.

En unos minutos la caja y los paracaídas estaban asegurados sobre los caballos.

—Supongo que tendrán un escondite para estas cosas —dijo Rodrigo.

—Por supuesto —replicó Gregorio—. Ahora vengan. Vamos a mostrarles dónde van a dormir.

Tras una corta caminata llegaron a un cañaveral. Gregorio, abriéndose paso entre las cañas, los condujo hasta un claro apenas lo suficientemente amplio para que tres hombres pudieran echarse uno al lado del otro.

—Descansen —dijo Gregorio—. Por la mañana les traeremos comida.

Se acomodaron con cautela sobre la tierra, pusieron sus pistolas al alcance de sus manos y se durmieron rápidamente.

—¡Despiértese, doctor! —decía uno de los hombres.

Rodrigo ya estaba despierto.

—Yo también escucho los ruidos —dijo—. Son animales del campo, probablemente más hambrientos que nosotros.

—¿Cómo puede saberlo?

—Conozco los ruidos. No te preocupes; pero no vaciles en despertarme si tienes dudas.

A cada rato volvían a despertarse, desconfiados como ratas.

El desayuno llegó con los primeros rayos del alba y devoraron la comida.

—¿Cuándo vemos a Ernesto? —preguntó Rodrigo.

—Mañana —dijo Gregorio—. Todavía está ocupado arreglando el viaje suyo a La Habana. Aprovechen el día para descansar. Va a hacer mucho calor. Tal vez quieran ir al arroyo. Es por allí.

Gregorio tenía razón. A media mañana el calor en el cañaveral era tan intenso que Rodrigo y sus camaradas escaparon hacia el arroyo.

Cuando comenzaron a hablar de estrategias, los hombres más jóvenes sorprendieron a Rodrigo con sus conocimientos detallados de la guerra irregular. Vladimiro tenía un conocimiento minucioso de los asuntos cubanos. Alejandro, un hombre militar un tanto mojigato, se parecía mucho a Lázaro. También él, durante la guerra anterior, se había destacado en la crucial campaña de Las Villas.

—Alejandro, tu trabajo es bien difícil —Rodrigo le dijo—. Después de la pérdida de Lázaro tenemos que depender de Ernesto y de su gente. No es una situación que me guste porque Ernesto no tiene experiencia de combate y sus juicios pueden estar mal basados.

—Al menos Gregorio y los otros son eficientes —dijo Alejandro.

—Sí, pero es una eficiencia tipo empresarial, no una aptitud para la guerra.

—Veo lo que quiere decir.

—Entre ahora y el momento de la batalla, surgirán mil tareas que ellos ni siquiera reconocerán como tales. Tu trabajo es asegurarte de que vean esas tareas y las lleven a cabo.

—Comprendo —replicó Alejandro.

—¡Y hagas lo que hagas, no le quites el ojo a esas armas!

—¡Cuente con eso, señor!

Al caer la noche Ernesto vino con sus hombres y le dio a Rodrigo un fuerte abrazo. Derrochaba esa desenvoltura española que hace

151

una fuerte impresión antes de disolverse en una falta de especificidad.

—Esta noche lo llevo a La Habana —dijo, señalando hacia un jeep.

—¿Dónde están las armas? —preguntó Rodrigo.

—Las tenemos en un lugar seguro —dijo Ernesto—. No se preocupe.

Al embarcarse en el largo viaje por carretera hacia la capital, Rodrigo pensó: *¿Por qué la gente te dice que no te preocupes? Te lo dicen para marcar el preciso momento en que debes comenzar a preocuparte.*

XIV.

¡VENCEREMOS!

La Habana era una ciudad en pie de guerra. Las avenidas eran un hervidero de hombres y mujeres jóvenes en pantalones verde olivo y camisas azules de milicia. Casi todos iban armados. Un número respetable llevaba subametralladoras colgadas en el pecho.

—¿De dónde salieron esas armas? —dijo Rodrigo, deslumbrado. Le partía el corazón haberse pasado meses rogándole a los americanos para que le dieran una simple caja de municiones mientras Castro conseguía todo esto.

—Forman parte de un cargamento de Checoslovaquia —dijo Vladimiro— Todo el mundo les dice "checas" a las ametralladoras.

—¡Ja! —Rodrigo dejó escapar una sonora carcajada, y enseguida bajó la voz—. ¿Y los americanos creen que van a derrotar *esto* con mil hombres? ¡No! La batalla no se debe dar hasta que la gente de Castro se confíe demasiado y baje la guardia.

—No sería una mala idea averiguar lo que está pensando la gente de Fidel —reflexionó Vladimiro.

—¡Claro que no! —exclamó Rodrigo; y por primera vez

experimentó, con un acceso de nostalgia, el empuje de la gente más joven que escalaba las filas detrás de él.

* * *

La imponente estatua de Carlos III recorría con la mirada la popular avenida del mismo nombre y parecía —si se le miraba a la cara desde cierto ángulo— que fruncía el ceño ante la idea de un nuevo monarca en Cuba cuya gloria incluso sobrepasaba la suya.

En la base de la estatua Rodrigo tomó una pesada bolsa de manos del más confiable y equilibrado de sus camaradas, el Moro.

—¿Está todo lo que pedí? —preguntó Rodrigo.

—Un T-23, un T-25, una metralleta checa y uniformes de milicia.

—Bien.

—¿Cuándo recibimos las armas del Escambray, doctor?

—Cuando queramos —dijo Rodrigo—. ¿Tenemos un blanco?

—Creo que sí.

—¡Ya era hora! ¿Cuándo podemos estar seguros?

—Deme un poco más de tiempo. Luego le toca a usted.

—¿Y qué sabes de Peleón?

—Me preocupa —dijo el Moro.

—¿Por qué?

—Se ha dejado dominar por sus pasiones. Corre demasiados riesgos.

—Nunca he encontrado la manera de calmarlo —confesó Rodrigo.

—Déjeme intentarlo a mí —dijo el Moro—. Usted tiene bastante que hacer.

—Gracias. Sé que puedes manejarlo.

* * *

—¡Oye! —le susurró Vladimiro a Rodrigo—. No mires ahora, pero esos tres tipos que están entrando por la puerta son editores del *Mella*. Son tipos importantes. ¡Seguro que tienen contactos con gente de arriba!

Rodrigo y su colega más joven, vestidos de milicianos, estaban apretujados en el último rincón de un café. Vladimiro los había llevado allí para intentar escuchar las conversaciones de los cuadros de la Juventud Rebelde, grupo sucesor de la Juventud Socialista, de la cual Vladimiro había sido miembro. Comenzaron a llegar bastante tarde. Eran jóvenes tremendamente poseídos, inflamados por la emoción de sus trabajos y por los candentes temas del momento. Ignorando al cantinero, que era como parte del mobiliario para ellos, y aparentemente sin notar los uniformes de milicianos en el fondo, hablaban con suma libertad.

—¡Bájate de esa nube, Velázquez! La invasión viene. ¡Es un hecho establecido! E incluso si no fuera así, nuestro trabajo es exagerar el peligro para fortalecer el espíritu militante de nuestros lectores —el que hablaba era un hombre joven de buena apariencia, con una barba rala y una sonrisa fácil.

—Escucha, Bartolo, no me interesa ese tipo de periodismo —respondió Velázquez. Era enjuto e intenso, la viva imagen de un cuadro revolucionario. Su falta de higiene personal era visible en su ropa, que recordaba la de un vagabundo—. Prefiero ser lógico, y la lógica me dice que Estados Unidos nunca invadirá. La revolución es demasiado popular para desafiarla, incluso para los americanos, y hasta ellos tienen que saberlo. Probablemente sólo están lanzando amenazas.

—Lamento no estar de acuerdo, Alejandro, pero en este caso estás totalmente equivocado —un hombre de espejuelos, vestido con tan poco gusto como un turista, se dirigía a Velázquez—. ¡Los americanos tienen que invadir, independientemente de la conclusión a la que lleguen, porque no pueden aceptar un régimen socialista en un país al que han tratado durante más de un siglo como una reserva privada!

—¡Oye, Gálvez! —Bartolo se dirigió con cansancio al hombre de los espejuelos—. ¿Cuándo te vas a graduar de esa universidad de ustedes? Me sorprende que ustedes, los académicos socialistas, sigan debatiendo cosas tan preciosistas cuando nuestra tarea ya está definida. Nuestro trabajo está decidido: tenemos que hablarles a las masas y advertirles de que viene una invasión. ¡Si ustedes proponen cualquier otra cosa, sólo buscan llamar la atención sobre ustedes mismos!

—¡No te acepto eso, Bartolo! —dijo Gálvez con brusquedad—. ¡Estás fuera de lugar! Yo estoy a cargo de *Mella*. ¡Eso significa que yo te digo a ti lo que tienes que hacer, no al revés! No hay nada mejor que comprender la situación en la que estamos; y la única forma de lograrlo es a través de una discusión abierta y sincera entre compañeros. ¡Si mi camarada Alejandro Velázquez y yo te invitamos a hablar con nosotros, lo hacemos en el espíritu de dejarte desarrollar tus puntos de vista, no para permitirte que suprimas los nuestros!

—¡Coñó, se encabronó! —susurró Vladimiro—. Un verdadero cisma en las filas: ideología contra oportunismo.

—¡Sí! —dijo Rodrigo—. ¡Es fascinante!

—¡La revolución ya está siendo atacada! —Gálvez hablaba aún con más acaloramiento—. Fíjate, Alejandro. ¿Qué me dices de los constantes sabotajes en La Habana? ¡Hay explosiones en la ciudad casi todas las noches! ¡Este terrorismo puede ser precisamente lo que desate la invasión!

—¡De ningún modo! —replicó Velázquez con sarcasmo—. ¡El terrorismo demuestra la debilidad de nuestros enemigos, no su fuerza! Los americanos y sus amigos mercenarios no tienen nada que esperar en Cuba. ¡Unas cuantas bombas puestas al azar sólo revelan ese hecho!

—La mayoría de las personas no ven las bombas igual que tú —replicó Gálvez con firmeza—. Y esas bombas ni siquiera son el mayor problema que enfrentamos. Mira la lucha en el Escambray. Nuestra publicación la llama "la guerra contra bandidos", pero todos sabemos que es mucho más que eso. Durante la lucha de liberación es cierto que algunos soldados que decían estar de nuestro bando abusaron de la gente en esa región, mataron sus vacas, violaron a sus mujeres, lo que fuera. Ahora esa gente nos está pasando la cuenta y nosotros tenemos que pagarla. Todo esto sólo puede alentar a los americanos.

—¡Escucha! —susurró Vladimiro— ¡Nos estamos haciendo sentir!

—¡Puedes jugártela a que sí! —dijo Rodrigo.

—Casi todo lo que los americanos lanzan en el Escambray lo capturamos —decía Velázquez—. Cada vez que la gente ve paracaídas, corre a decírselo a la policía o a la milicia—. Y volviéndose hacia Gálvez agregó—: ¡Félix, no te desanimes! Recuerda lo que Barbarroja nos dijo. La revolución es tan fuerte que incluso nuestros problemas son una ventaja.

—¿Qué carajo significa eso? —preguntó Bartolo.

—¡Deja eso, Alejandro! —ordenó Gálvez.

—¡Barbarroja es el comandante Piñeiro, el jefe de la contrainteligencia! —murmuró Vladimiro.

—¡Ya lo sé! —dijo Rodrigo. Le tenía una especial aversión a Piñeiro, que había sido el juez en el juicio a los oficiales de la aviación de Batista.

Velázquez había bajado la voz.

—Significa que podemos infiltrar a los grupos enemigos con espías que dicen estar desertando de la revolución.

—Es hora de cambiar de tema— insistió Gálvez.

—¡Siempre podemos hablar de la campaña de alfabetización! —bromeó Velázquez.

—¡Oye, Gálvez! —dijo Bartolo—. ¿Dónde está ese editorial que prometiste sobre la política de Nikita en el Congo?

—Volvamos a la oficina —dijo Gálvez.

Los cuadros se pararon y se fueron.

—Muchísimas gracias, caballeros —dijo Vladimiro al verlos partir.

* * *

—¡Rodrigo! ¡Este uniforme de miliciano que me mandaste me

157

aprieta por todas partes!

—Lo siento, John Paul. Estos uniformes son nuestra mejor cobertura para reunirnos en el centro de La Habana. ¿Por qué tu gente no manda a hacer unos cuantos?

—Podríamos delatarnos tratando de conseguir los materiales. Después que se cancelaron las relaciones a nivel de embajada, estamos caminando sobre hielo.

—Comprendo. De todas maneras, me alegra que hayas pedido esta reunión porque estaba a punto de contactarte.

—¿Por qué razón?

—Estamos espiando a funcionarios de Castro. No es una fuente estable, y la gente cuyas conversaciones escuchamos no están en los niveles más altos, pero dicen lo suficiente para que podamos hacernos una idea de lo que piensan los líderes.

—¿Has escuchado algo bueno?

—El jefe de la contrainteligencia de Castro le ha dicho a algunos cuadros que sus espías han tenido éxito en infiltrar a la oposicion. Esto confirma claramente lo que te he estado diciendo desde hace tiempo.

—Sí, eso es interesante —dijo el hombre de la CIA—. Lo reportaré.

—¿*Reportarlo*? ¿Por qué no *usarlo*?

—No estoy seguro cómo. De todos modos, estamos lidiando con otros problemas.

—¿Como qué?

—El gobierno de Castro está planeando lanzar un falso anuncio de que ha ocurrido una invasión. Dirá que ha habido un ataque en la costa sur de Cuba. El objetivo es engañar a la clandestinidad para que lance acciones prematuras y crear un pretexto para hacer arrestos masivos. Si oyes un anuncio de ese tipo, debes quedarte tranquilo y no hacer nada.

—John Paul, hay algo en esto que no entiendo.

—¿Qué?

—No veo por qué el gobierno va a hacer afirmaciones falsas que pueden hacer que la gente tema por sus vidas. La gente se encabronará si ven que les han provocado pánico por gusto. Y en cuanto a la invasión, tengo la impresión de que el plan sí consiste en atacar por la costa sur, ¿no es así?

—No sabría decir.

—Mira, John Paul, no tenemos mucho tiempo, así que quitémonos las caretas, ¿okey? Tú sabes tan bien como yo que el plan es que los invasores se abran paso hasta el Escambray. No pueden lograr eso fácilmente sin dar el golpe por la costa sur, ¿no es así?

—Okey, probablemente atacarán por la costa sur.

—¡Gracias! Así que este falso anuncio está basado en una situación que puede ser verdad.

—Podría ser.

—¿Entonces qué está pasando? ¡Si la invasión se produce realmente y la clandestinidad sigue tus instrucciones de no moverse, estaremos haciendo *exactamente* lo que Castro quiere que hagamos! Esto podría ser una jugada de la contrainteligencia de Castro. ¿Te molesta si verifico la historia con mis propias fuentes?

—Verifica lo que quieras, pero averigües lo que averigües, asegúrate de hacer lo que te digo.

El hombre de la CIA se dio vuelta sobre sus talones y desapareció en la masa de uniformes.

Rodrigo se dijo: *Incluso a la hora chiquita, los americanos no tienen idea de cómo juega Fidel. Ellos le juegan a las damas, mientras que él juega ajedrez.*

* * *

—Lo siento, doctor. Peleón fue capturado.

Mirando al Moro, que caminaba por la concurrida avenida en su uniforme de miliciano de una medida perfecta, Rodrigo tuvo una premonición que no quiso poner en palabras.

—¿Qué ocurrió?

—La última vez que lo vi me dijo que iba a una reunión de los jefes de sección.

—¿Qué? —exclamó Rodrigo— ¿Toda esa gente junta en un solo lugar?

—A mí no me gustó tampoco pero él no quiso escuchar. Lo próximo que supe fue por el chofer de Peleón. Vio a Peleón y a unos cuantos más salir de la reunión con unos hombres vestidos de civil. Peleón, antes de entrar en el carro policial, miró hacia el chofer y le hizo así —el hombrote se pasó el dedo por su propia garganta.

—Sí —dijo Rodrigo con la voz quebrada—. Está listo.

—¿Y ahora qué?

—Nos reagrupamos. Trazamos planes para nuevos ataques. Y necesitamos nuestras armas.

—¿Cómo las traemos?

—Unos camioneros de Camagüey las traerán en su próximo viaje. ¡Tenemos que movernos, Moro! Los americanos están tratando de morderse su propia cola. La clandestinidad es un desastre. Golpear a Fidel es nuestro único chance. ¡Tenemos que hacerlo caer en nuestra trampa!

—Estoy de acuerdo —dijo el Moro solemnemente.

* * *

—Ernesto, mi gente está lista para hacerse cargo de las armas que están en tu finca. Haremos el transporte hasta La Habana en unos días.

Rodrigo había citado a su contacto en un café céntrico.

—Hay un problema —dijo Ernesto—. Las armas no sirven.

—¿Qué?

—Un aguacero empapó la tierra donde estaban enterradas. Las armas se oxidaron. No se pueden usar.

—¿Todas?

—Todas.

—Con todo respeto, Ernesto, pero la gente que empacó esas armas me aseguró que aunque la caja cayera en el agua, el contenido se mantendría seco. Y si las armas llegaron a mojarse, ya deben haberse secado. ¿Tú viste las armas personalmente?

—¡Yo no acepto acusaciones! —gritó Ernesto, con las orejas rojas—. ¡Si no crees mi historia, entonces ven a ver las armas tú mismo!

—Ernesto, no tenemos necesidad de hablar así —dijo Rodrigo, pero el otro hombre ya se alejaba a grandes zancadas.

* * *

—¡Ese hombre se robó sus armas! —exclamó el Moro—. Debemos eliminarlo.

—¡No! —replicó Rodrigo—. Estoy de acuerdo en que mintió, pero lo hizo porque le entró pánico.

Los dos vestían uniformes de milicia y caminaban por un portal cerca del Palacio Presidencial.

—¿Qué quiere decir? —preguntó el Moro.

—Quiero decir que la gente como Ernesto no está acostumbrada a los líos políticos. Nunca ha conocido nada parecido a la tensión que enfrentamos ahora. Debe de estar aterrorizado. Teme que si alguien mueve las armas de su finca, la policía lo va a agarrar y va a terminar en la cárcel. Necesita un poco de tiempo para refrescarse. En unos días nos dará las armas.

—No estoy de acuerdo —dijo el Moro—. Creo que se agarró las armas y las vendió. El tipo es un peligro para nosotros.

—Démosle el beneficio de la duda. Sé que puede ser un tonto, pero también es el hombre que me sacó del mar —Rodrigo hizo una pausa—. Hablemos ahora de lo más importante. ¿Cómo va tu gestión?

—Muy sólida. Es hora de que conozca a mi hombre.

—¿Cuándo?

—Mañana. Regrese aquí antes del mediodía. Tiene un traje color pistacho, ¿no es así?

—Así es.

—Póngaselo con un sombrero de Panamá. Alguien se reunirá con usted.

* * *

La Habana, cerca del Palacio Presidencial. Sábado, 1ro de abril de 1961.
—Parecen estar perdidas. ¿Puedo ayudarlas en algo? —le dijo Rodrigo a un par de mujeres jóvenes, de una estatura imponente, que obviamente no eran cubanas.
—¡Gracias, señor! ¿Nos puede decir cómo llegar al Malecón?
—¡Con gusto! Y perdonen mi curiosidad, ¿pero puedo saber de dónde son?
—Somos de Alemania.
—¡Excelente! Saben, hasta ahora pensaba que las walkirias eran un mito.
Mientras las jóvenes se reían, Rodrigo logró controlarse. *¡Aquí estás, a punto de tener la reunión más importante de tu vida, y te pones a coquetear!*
Rápidamente les dio las instrucciones para llegar al Malecón y siguió andando. Al hacerlo, una mujer de una belleza asombrosa, vestida al estilo de una heroína del cine, se le acercó.
Si esto fuera una película, pensó, esa mujer se voltearía hacia mí y me diría: "Discúlpeme, señor. ¿Busca a alguien?"
No había terminado el pensamiento cuando la mujer se volteó y dijo:
—Discúlpeme, señor. ¿Busca a alguien?
—La verdad es que sí —contestó Rodrigo como si fuera la cosa más natural del mundo.
—¿Tiene la bondad de acompañarme?
—Con gusto.
La mujer lo condujo hasta un elegante Checker, con cristales ahumados, estacionado junto a la acera. El chofer les abrió la puerta de atrás. Rodrigo entró detrás de la mujer y se topó con otra persona.

—Hola, Margot —dijo, como si hubiera estado esperando verla.

—Hola, Núñez. ¿Tienes unos minuticos? Tengo que dejar a Norma en el Hilton. ¡Perdón! Quise decir en el *Habana Libre*.

—Por supuesto —dijo Rodrigo.

Debía habérselo imaginado. Era natural que el Moro y él hicieran uso del mismo "hombre", puesto que nadie era más fuerte ni más sabia que Margot. Ahora comprendía el sentido de ponerse aquel traje para la reunión. Incluso en medio del nuevo orden de Castro, no había un alma en La Habana que se fijara demasiado en un *dandy* entrando en un carro con una puta.

—Bien, hablemos de negocios —dijo Margot después que la belleza se bajó del auto—. Te tengo a tu hombre.

—¿Quieres decir...?

—Sí. *El mismo.*

—¿Cómo?

—Ve a algunas mujeres a través de mí.

—No lo comprendo. Puede tener a cualquier mujer en Cuba.

—Él *no quiere* a cualquier mujer en Cuba. Claro que todas lo quieren a él, y estoy segura que él sabe cómo complacerlas, pero lo que le interesa realmente es información, influencia, poder. Prefiere a mujeres de los Estados Unidos y de Europa que lo pueden ayudar en eso. Su gente sabe que yo puedo conseguir algunas de esas mujeres, así que tenemos un arreglo.

—¿Por qué me lo dices a mí?

—Porque me caes bien y me cae bien tu socio. Cuando lo conocí se me ocurrió que ustedes dos podían trabajar juntos.

—Eso me honra, pero mi pregunta es: ¿por qué me lo entregas?

—No me gusta lo que está pasando con el país. Eso me obliga a seguir mis propios intereses. Creo que me iría muy bien contigo.

—¡Bien! El interés personal es un motivo en el que confío.

—Quiero que estés claro, Núñez. No hago esto por caridad. Si tienes éxito en esto, espero un pedazo de tu éxito. Un buen pedazo.

—No te arrepentirás.

—Y sé que si tú lo dices, cumplirás tu palabra.

—Bien. ¿Entonces cómo lo hacemos?

Mientras ella hacía una pausa para tomar aliento, Rodrigo se preparó para recibir el secreto que le permitiría derrotar a la historia.

* * *

—Junto al río Almendares hay un pequeño edificio que alberga las oficinas de una cooperativa de pescadores —dijo Margot.

Rodrigo lo conocía. Estaba cerca de donde trabajaba Lázaro como tripulante de un yate. Recordó enseguida la conversación en la que Lázaro le contó los extraños ruidos que salían de aquel lugar por la noche. *Suena como el mismo Fidel arengando a las masas.*

—¡Sí, he visto el lugar! —replicó Rodrigo—. ¿Lo usa para citas amorosas?

—No siempre —dijo Margot—. A veces va a visitar a los dirigentes de la cooperativa. Otras veces tiene encuentros privados. En cualquier caso su escolta nunca pasa de veinte o treinta hombres. Puedes posicionarte en el otro lado del río, en una de las cabañitas que usan los pescadores.

—¡Sé cuáles son esas cabañas!

—Puedes alquilar cualquiera de ellas por unos días. Desde allí, sólo hay unos cincuenta metros de distancia hasta el edificio, sin nada en el medio. Muchas veces sus hombres ni siquiera se molestan en registrar el otro lado del río.

—Así que hay chance de que no nos detecten.

—Un buen chance.

—De todos modos, estaremos listos para encargarnos de ellos.

—En el peor caso podrás escapar.

—Y las rutas de escape son perfectas.

—Totalmente despejadas.

—Suena como un trabajo para mí y un hombre más.

—Probablemente tienes razón —dijo Margot.

—¿Quieres hacerlo conmigo?

—Mira, Núñez. ¡Pelea tú a tu manera, que yo pelearé a la mía!

—Era una broma, mi socia. ¡Contigo de nuestro lado no podemos fallar!

* * *

Margot era tan experta en conspirar como en procurar mujeres. Cuando Rodrigo fue a revisar el lugar, comprobó que las cabañas de los pescadores ofrecían en efecto un tiro fácil hacia la cooperativa. La corta distancia hacía innecesarias las mirillas telescópicas. Rodrigo y otro francotirador podían hacer el trabajo con rifles comunes y corrientes. Sólo tenían que echarse a esperar hasta que apareciera el blanco. Si se vestían como pescadores y alquilaban una cabaña, nadie se fijaría en ellos. Por la noche podrían dormir en la cabaña turnándose para montar guardia. Y las rutas de escape eran confiables.

Al repasar la escena, Rodrigo no dejaba de escuchar un pensamiento que se repetía en sus oídos como el sonido de las olas en un caracol. "¡Vamos a ganar!", murmuraban una y otra vez sus entrañas, y esto lo llenaba de una alegría casi intolerable.

X V.

LA TRAMPA

Cálmate. No vayas a perderte prestándole atención a demasiadas cosas. Lo único que te importa es el sonido del pelo de crin de caballo al romperse.

Mientras estaba sentado en la cabaña de pescador, esperando por Fidel, Rodrigo se esforzaba por evitar que sus pensamientos lo agobiaran.

De cuando en cuando, a la manera de alguien que evita rascarse una picazón, apartaba su mente de la noticia perturbadora que Alejandro había traído. La afirmación de Ernesto de que las armas se habían oxidado era mucho más ruin que la mentira por miedo que Rodrigo había imaginado.

Tal como el Moro adivinara correctamente, Ernesto había aprovechado la oportunidad de deshacerse de las armas por un montón de dinero. Alejandro había sido testigo de la venta desde un lugar oculto.

Rodrigo estaba furioso. Ernesto no sólo se había cogido sus armas, sino que podía traicionar operaciones clandestinas y a las personas involucradas en ellas. En cualquier otro momento Rodrigo lo hubiera matado. Ahora, sin embargo, meterle una bala a Ernesto en la cabeza lo hubiera apartado de su misión de meterle una a Castro.

En ocasiones la picazón, el impulso de dejar su mente rumiar, era demasiado fuerte. Sólo podía aguantarla pensando en otra cosa: la historia de la espada y el pelo de crin de caballo.

En el examen final de una escuela de esgrima japonesa, cada estudiante tenía que acostarse debajo de una espada que colgaba de un pelo de crin de caballo a veinte metros de altura. El estudiante no podía moverse hasta que el pelo se rompía. Entonces tenía uno o dos segundos para apartarse de un brinco antes de que la espada cayera.

Este examen se impartía en una época anterior a la uniformidad industrial. El pelo que sostenía la espada podía ser de treinta minutos, de tres horas o de tres días. Como nadie podía predecir cuándo se partiría un determinado pelo, el escape de cada cual tenía que ser una ingeniosa improvisación.

Muchos estudiantes sometidos al examen miraban al pelo y a la espada para ver cuando comenzaban a moverse. Después de unas horas, este esfuerzo les desgastaba las facultades mentales. Cuando el pelo se rompía, el delicado sonido que producía era difícil de escuchar por alguien que tenía los sentidos embotados, y el estudiante perecía.

Otros estudiantes comprendían que debían evitar mirar a la espada y en su lugar entrar en un estado de profundo relajamiento. De esa manera los sentidos se mantenían sutiles y receptivos de modo que cuando se escuchara el "ping" del pelo al romperse, los instintos lo registraran y sacaran al cuerpo rápidamente de la trayectoria de la espada.

Si me permito pensar en este asunto de Ernesto o cualquier otra cosa, voy a parecerme a esos estudiantes que trataban de pasar el examen de esgrima pensando. Cuando comience a transitar ese camino, debo ver en mi mente un pelo de crin de caballo y luego nada más, sólo una mancha borrosa más allá de los párpados...

Un chorro de voces brotó del otro lado del agua. Rodrigo vio a muchos hombres trajinando de un lado para otro con aire de importancia. Sus movimientos le hicieron recordar a los guardias presidenciales que había visto de niño.

—¡Alejandro!

El otro hombre brincó como un estudiante en el examen de esgrima.

—¡Mira! —dijo Rodrigo—. Están preparando una habitación.

Del otro lado del río, los hombres se movían entre un grupo de vehículos y el edificio como una fila de hormigas, cargando cajas y otros objetos. No estaban trabajando en el sentido habitual, ni siquiera como lo hacía una guardia presidencial. Podían ser asalariados, pero no actuaban con humildad; todo lo contrario. Se movían con rapidez y orgullo, llenos de sí mismos y felices de hacer lo que hacían. En su excesivo entusiasmo, dejaban de ser hombres completos, trabajando al servicio de alguien que tenía el misterioso poder de disminuirlos y hacerlos sentir felices por ello al mismo tiempo. Podían haber pasado por sirvientes del Rey de España, ¿pero cuánto más respetable era este nuevo líder cuyos hombres de a pie se comportaban como individuos ricamente engalanados, aunque vistiesen simples uniformes militares? Era el servilismo de aquellos hombres, su sentido de la importancia del amo, lo que hacía tan deslumbrante el espectáculo. Alejandro miraba con los ojos llenos de asombro de un niño y hasta Rodrigo, a pesar de sí mismo, se sintió impresionado.

—¡Ahí está! —exclamó Alejandro.

—¡Espera!— dijo enseguida Rodrigo.

Fidel había emergido de uno de los vehículos y avanzaba en el centro de una escolta cerrada. Varios de sus guardaespaldas llevaban barba, como él mismo, y eran también bastante altos, aunque ninguno tanto como Castro. Los hombres en la cabaña alzaron sus rifles y siguieron a la comitiva con las miras de sus cañones.

—No hasta que tengamos un tiro claro —dijo Rodrigo.

Ni siquiera Castro era lo suficientemente alto, con todas aquellas cabezas moviéndose a su alrededor, para presentar un buen blanco.

Dentro del edificio, tenía lugar una especie de mitin. Fidel nunca bajaba la guardia. Incluso en este lugar escondido, acompañado sólo por su escolta, se esforzaba por impresionar a un público. Atravesó el salón a grandes pasos, haciéndose visible por fracciones de segundos antes de que el marco de la ventana cortara su imagen. Si su forma era evasiva, su voz era todo lo contrario. El distintivo timbre que todo cubano había llegado a conocer por fuerza —subido de tono, jactancioso, extrañamente femenino— se derramaba como un torrente por las suaves corrientes de la noche.

Fidel daba una perorata sobre el tema de los alimentos. Algunas de sus palabras se perdían, pero la mayoría llegaban claramente. Se lamentaba por el costo de ciertos frijoles y granos, y comenzó a citar precios de memoria.

El líder guardó silencio, y luego preguntó abruptamente:

—¡A ver! ¿Quién sabe el precio de la libra de lentejas en el mercado internacional?

Aparentemente había sufrido un lapso de memoria, algo extremadamente raro en él.

Enseguida Fidel retomó el discurso.

—Si lo comparamos con los frijoles negros o los colorados, veremos que...

La mayor parte de aquella oración desapareció en la brisa.

—¡Las preferencias dietéticas del pueblo cubano son erróneas! Hemos heredado de España los hábitos alimenticios de un clima frío, mientras que lo que necesitamos aquí son muchos vegetales, mucha fruta, mucho pescado...

—¿Qué descarga es ésa? —dejó escapar Alejandro.

—Fidel está alimentando al pueblo —respondió Rodrigo.

—Eso está bien —concedió Alejandro.

—No, no lo está. El pueblo debe escoger lo que quiere comer. ¡Es un farsante!

—El arroz, por ejemplo —sentenció Fidel—, tiene todo el valor nutricional en la cáscara, y se la quitamos para comer el grano. Sería bueno ahorrarnos el dinero que nos gastamos en importar arroz y comprar harina de maíz, que es mucho más barata y tiene más valor nutricional.

—¿Un farsante en qué sentido? —preguntó Alejandro.

—Come en restaurantes españoles.

—¿Cómo lo sabes?

—¡Hace un año que le estamos siguiendo los pasos! ¡Espera, algo pasa!

Varios hombres salieron corriendo para tomar posiciones de seguridad en el perímetro, mientras que alguien en un atuendo gris con capucha era conducido a toda prisa al interior.

—Es la mujer —dijo Rodrigo.

Desde el interior de la habitación la voz del líder se había hecho bastante más suave, con muchas palabras ahogadas. En lugar de una voz confiada, Rodrigo escuchó la voz de un joven tímido que hablaba con la mujer que desea. Ambos estaban fuera de la vista en el fondo de la habitación, mientras Fidel hacía preguntas. Lo que también era notable.

—¿Estás segura de que vienen? —preguntaba el líder.

—Segura —dijo ella.

—¿No hay dudas?

—Ninguna.

—¿Y qué es lo que están pensando?

—Están convencidos de que pueden derrotarte con una pequeña fuerza.

¡Estaban hablando de la invasión! Y la mujer era una espía.

—¿Cuándo vienen? —preguntó Fidel.

—Muy pronto. Recibirás una advertencia.

—¿Qué tipo de advertencia?

—Probablemente un bombardeo.

—¿Realmente son tan estúpidos? —Rodrigo se preguntó, al tiempo que las mismas palabras salían de la boca de Fidel.

—Los *yanquis* creen que será fácil —dijo la mujer.

El sonido de la palabra *yanquis* estremeció a Rodrigo.

—Tal vez cambien de planes —dijo Fidel.

¡Eso es!, pensó Rodrigo. *¡A Fidel le preocupa que los americanos no vengan!*

—Vendrán, pero con menos hombres —dijo la mujer—. Y cuando lo hagan, tú los destruirás.

—¡No! ¡Yo solo no! ¡Será el pueblo de Cuba el que los destruirá!

Fidel y la mujer avanzaban hacia la ventana.

—¡Prepárate para disparar! —dijo Rodrigo.

Estaban a plena vista. La mujer no se había quitado la capucha. Estaba parada con las manos apoyadas sobre el marco de la ventana y Fidel estaba de pie detrás de ella, moviéndose agitado. Estaban copulando y sus movimientos hacían de él un blanco incierto.

—¡Coño! —dijo Alejandro—. ¡No se quedan quietos!

—¿Por qué habrían de hacerlo? Espera a que terminen. Entonces le podremos disparar.

La mujer no emitía palabras, sólo gemidos, mientras el líder la penetraba. Sus movimientos no eran sexuales. Eran declamatorios. Estaba dando uno de sus discursos.

—Los yanquis son débiles. Ellos tienen sus ejércitos. Nosotros tenemos al pueblo. ¿Qué ejército es más poderoso... que el pueblo? Los ejércitos no ganan las guerras. El pueblo... gana las guerras. Ningún ejército liberó a Cuba. Ningún hombre liberó a Cuba... ni siquiera yo. Fue el pueblo... ¡el pueblo armado!

—¡Nunca se calla la boca! —murmuró Rodrigo.

—¡Sí! ¡Que invadan los yanquis! —gritó Fidel—. ¡El pueblo los destruirá! Piensan que somos débiles. Piensan que pueden destruirnos. Les dijimos... ¡Sus mercenarios pueden conquistar a Cuba! ¡Y ellos se lo creyeron! Los mercenarios vendrán... y el pueblo... los aplastará. ¡El mundo verá... todo el mundo sabrá... lo poderosos que somos!

Los movimientos del líder eran cada vez más rápidos. Caía a toda velocidad hacia el clímax, esa corriente deliciosa que ningún hombre, grande o pequeño, puede resistir. Le quitó la capucha a la mujer para poder acariciar su cabello en el momento de su éxtasis.

Rodrigo se quedó helado. Era Nathalie.

—¡Dispara bajo! —ordenó Rodrigo—. ¡No le apuntes a la mujer! ¡A ella no!

Alejandro, como buen soldado, obedeció.

Sus disparos dieron en el alféizar de la ventana. No separaron a los amantes, como había esperado Rodrigo, pues Fidel la agarró y la mantuvo frente a él como un escudo, protegiendo instintivamente su vida soberana. En una fracción de segundo había sacado su pistola y se había apartado, junto con Nathalie, del marco de la ventana.

Algunos de los hombres de Castro entraron corriendo al edificio, mientras otros, en cuclillas, formaban una línea junto a la ribera del río.

—¡Tírale a los guardias! —exclamó Rodrigo.

Él y Alejandro dispararon sus subametralladoras hacia la línea de hombres junto al río. Estos no estaban protegidos y el efecto fue devastador. Cinco o seis de los guardias cayeron. Los otros se retiraron hacia la estructura, sin dejar de disparar. Dos o tres más cayeron en la maniobra.

—¡Vamos echando! —gritó Rodrigo.

Saltaron al carro y Rodrigo apretó el acelerador. Mientras se alejaban a toda velocidad, los hombres de Castro les hicieron algunos disparos más y Alejandro les respondió. Rodrigo podía sentir las balas silbando detrás de su nuca.

—¿Qué pasó? —preguntó Alejandro cuando estuvieron lejos.

—¡Pinga! ¡Cojones! ¡Pinga! —gritó Rodrigo, furioso.

—¿Quién es esa mujer?

—¡Una espía! —Rodrigo casi lloraba—. Trabaja para los americanos. La conocí en Washington. ¡Y ahora nos la encontramos en La Habana!

—¿Una espía doble?

—Por lo menos. Tal vez triple. Pero no cabe duda quién es el amo.

—Castro.

—¡Por supuesto! Y le han montado una trampa a los americanos.

—¿Cómo? —preguntó Alejandro.

Mientras Rodrigo farfullaba sus palabras, aceleró el carro a una velocidad espantosa.

—¡Han convencido a los americanos de que el gobierno de Castro está a punto de derrumbarse! Ahora creen que pueden ganar con una invasión pequeña. Si viene la invasión, va a fracasar. Es una trampa terrible. ¡Debemos evitar que los americanos caigan en ella!

—Está bien. ¡Lo haremos!

—No será fácil —hizo una pausa—. ¡Esta noche pudimos haberlo resuelto todo, y fui débil!

—Dejar de matar no es debilidad —dijo Alejandro con entereza.

—¡Lo es si significa cortarte tus propios brazos! —gritó Rodrigo con una energía desesperada—. ¡Pinga! ¡Pinga! ¡Debimos haberlos matado a los dos!

XVI.

ENCONTRAR A FIDEL

La Habana, amanecer del sábado 15 de abril de 1961.

—¡Levántate! ¡Está pasando algo! —Rodrigo oyó exclamar a Delia, la dueña de la casa.

Fuertes explosiones sacudían al edificio de apartamentos y todo a su alrededor.

—¿De dónde puede venir esto? —preguntó Delia.

—¡Debe ser la invasión! —exclamó Rodrigo, levantándose de un salto—. ¿Pero cómo pudo haber comenzado sin que lo supiéramos nosotros? ¡Se supone que la invasión estuviera sincronizada con nuestras acciones!

—Tal vez la invasión es tan grande que no necesita apoyo.

—¡No, no lo es! —dijo Rodrigo, fuera de sí—. ¡Cómo pueden hacer esto los americanos sin avisarnos! ¡Con esos aviones le están diciendo a Castro que se apure en hacer sus arrestos! Ahora mismo la policía nos está buscando. Y no tenemos manera de protegernos.

* * *

Vladimiro, el compañero de Rodrigo, se sintió en medio de una tormenta. No tenía idea de dónde venía la lluvia ni de dónde estaba exactamente.

Una puerta se abrió abruptamente y dio contra una pared.

—¡Despiértate! —alguien gritó—. ¡Están bombardeando La Habana!

Vladimiro se restregó los ojos y se bajó con torpeza de la hamaca en la que se había quedado dormido después de un día y una noche agitados en las oficinas de *Mella*. Ante él se erguía la figura con lentes de Félix Gálvez, el "responsable" del órgano oficial de la Juventud Rebelde cubana. Después de la primera vez que estuvo escuchando su conversación en el café, Vladimiro se había acercado a Gálvez para pedirle el privilegio de hacer el trabajo que nadie quería en la revista. Gálvez recordaba a Vladimiro de la vieja Juventud Socialista y le dio el trabajo.

—¡Ahora sí que llegaron, Félix! —gritó otro joven desde el pasillo.

—¡Ya tú lo dijiste, mi socio! Dale, Vladimiro. ¡Vamos echando! ¡Los marines probablemente ya están en las calles! Agarra esto.

Era una pistola. La voz de Félix cimbraba de gozo y de terror.

Bajaron corriendo hasta la calle y saltaron a un Ford convertible. Félix agarró el volante y aceleró hacia la Avenida Carlos III.

—¡Oye! —dijo Vladimiro—. ¿De dónde sacaste esta belleza de máquina?

—Mi padre me la dio —respondió Gálvez un tanto avergonzado.

Las explosiones habían cesado. En lugar de la ciudad bombardeada y llena de cráteres que esperaban encontrar, todo parecía normal.

—¿Adónde vamos? —dijo Vladimiro.

—A la ORI. Allí nos pueden decir lo que está pasando.

Las oficinas de las "Organizaciones Revolucionarias Integradas", el comando central cubano, estaban extrañamente desiertas tras el bombardeo. Se tropezaron con Joaquín Ordoqui, un viejo líder comunista y miembro del Comité Central de las ORI. Vestía el habitual uniforme verde olivo y estaba de un pésimo humor.

—¡Bombardearon el Cuartel General de las Fuerzas Armadas! Y también los aeropuertos de San Antonio y Santiago de Cuba —gruñó Ordoqui.

—Así que las explosiones... —comenzó a decir Félix.

—... no eran bombas sino depósitos de municiones que explotaron —lo interrumpió Ordoqui.

—¿Nada más? ¿No hubo desembarcos?

—No hubo desembarcos.

—Tal vez no es la guerra después de todo —dijo Félix, decepcionado.

—O tal vez los americanos están preparando algo grande —sugirió Vladimiro.

—¡La *revolución* es grande! —exclamó Ordoqui—. ¡El imperialismo es una plasta de mierda!

—¿Usted cree que habrá invasión? —le preguntó Félix al hombre mayor.

—¿Cómo coño voy a saberlo? ¡Todavía no he podido hablar con Kennedy!

—¿Qué debemos hacer?

—Mantenernos alertas —dijo Ordoqui, y salió dando brincos como un gorila.

—Hay que ser pacientes con estas personas mayores —observó Félix con alegre dignidad, mientras caminaban hacia el carro.

—Ajá —dijo Vladimiro. Estaba decepcionado, porque después de haber logrado entrar al comando de las ORI con un cuadro como Félix, no había logrado ver ni escuchar nada importante.

Vladimiro y Félix regresaron a las oficinas de *Mella* por avenidas ahora abarrotadas de camiones del ejército, perseguidoras y pelotones de milicianos. Resonaban fotutos y sirenas. Los anuncios oficiales mantenían viva la alarma, repitiendo las últimas noticias y advirtiendo que eran inminentes otros ataques. Todo el mundo parecía ir armado.

—Me pregunto qué va a pasar —murmuró Vladimiro, con los sentidos suspendidos en una nube de pavor.

—De una cosa estoy seguro —dijo Félix, con el tono de un hombre inspirado.

—¿De qué cosa?

—Los americanos han perdido a Cuba, hagan lo que hagan. Si invaden, la pierden; y si no invaden la pierden también.

* * *

Rodrigo se acercó a la garita de la cárcel de La Cabaña vestido de harapos, desgreñado y con la cara sucia. Para más seguridad, se había rociado con orine. Pensó que su mejor disfraz sería el de lunático, porque en aquella noche de espanto sólo los locos y los soldados se atreverían a salir.

El Moro apareció y se llevó a Rodrigo a toda prisa a una habitación lateral.

—Moro, lamento haber venido. Tenía que verte y no pude encontrar a nadie que te trajera el mensaje.

—No se preocupe, doctor. Todos aquí ya tienen una imagen de mí. Creerán que uno de mis extraños amigos necesita ayuda.

—¿Has sabido de tu gente?

—Logré hablar con algunos de ellos antes de que empezara la locura. Nadie sabía nada del ataque.

—Así que nuestros amigos simplemente se guardaron el secreto —dijo Rodrigo, aún sin poder creerlo.

—¿Qué supone que estaban pensando? —preguntó el Moro—. ¿Está usted en contacto con ellos?

—Llevo dos días llamando por onda corta. Nadie responde.

—¿Qué podemos hacer?

—Para cuando la fuerza invasora desembarque, podríamos estar todos en la cárcel. Sólo veo dos maneras de que podamos ganar. Una, que envíen una fuerza enorme. Y esto es casi imposible. La otra...

—... que alguien muera.

—Lo que ya debería haber ocurrido —Rodrigo ya había logrado

informarle a su compañero sobre el atentado fallido.

—No sea tan duro con usted mismo —dijo el hombrote—. Yo nunca le he podido hacer daño a una mujer.

—Gracias por eso, Moro.

Rodrigo se sintió mucho más ligero al recibir la absolución de este campeón entre los matones.

* * *

Siete cubanos murieron a causa de los bombardeos en toda la isla. Fidel organizó una ceremonia en honor de los muertos y decretó que todos acudieran.

Respondiendo al llamado, miles de personas convergieron en El Vedado al día siguiente, domingo 16 de abril. Algunos de los principales cuadros jóvenes de Fidel se reunieron en la oficina de Joel Iglesias, director de la Juventud Rebelde, para ver la ceremonia por televisión.

Iglesias, un amistoso guajiro de diecinueve años, que cojeaba a causa de sus heridas de guerra, recibió con tabacos a los miembros de aquel grupo. Vladimiro, a quien Félix había traído, enseguida notó una diferencia entre los cuadros. En una esquina, Félix, Alejandro Velázquez y otros se sumergieron en una conversación. Otro grupo, incluyendo a Federico Bartolo, disfrutaba de sus tabacos y de la emotividad del momento. En un terreno intermedio estaba Iglesias, que parecía caerle bien a todos.

Al comenzar a hablar Fidel, se hizo enseguida transparente la corriente extremadamente cálida que había entre las masas y él. Su retórica era una alfombra mágica que elevaba a los cubanos por encima de los avatares cotidianos. Félix y sus amigos, sin embargo, eran difíciles de impresionar.

Ante la multitud, Fidel había invocado a los Estados Unidos y exclamaba: "Lo que no nos perdonan..."

—Va a decir algo insípido, como "es que estemos del lado de los humildes" —predijo Alejandro Velázquez.

—¡Oigan! —reclamó Bartolo con brusquedad—. ¿Por qué no se están quietos?

La voz de Fidel estaba a punto de hacer estallar el tubo de pantalla del televisor. Gritó: "¡Lo que no nos perdonan es que hayamos hecho una revolución socialista en sus propias narices!"

Los cuadros de la Juventud se miraron unos a otros, electrizados. En la concentración, se armó el pandemonio cuando miles de personas agitaron en alto sus rifles. Ante esta imagen los cuadros saltaron de sus asientos y, dejando a un lado sus hostilidades, se abrazaron con emoción.

—¡Lo hizo! ¡De verdad lo hizo! —exclamó Velázquez.

—¡Declaró a Cuba un país socialista! —se maravilló Bartolo.

—¡Y en el momento preciso! —afirmó Félix—. ¡Cuando se trata de calcular el momento preciso en política, este hombre tiene el genio de Lenin!

—¡Por supuesto! —dijo Bartolo—. Cualquiera que se oponga al socialismo ahora se verá como un cobarde en medio de una guerra.

—¡Es más que eso! —exclamó Félix—. ¡Cuba ha entrado en las grandes ligas de la historia! Por fin tenemos un líder que se compara con los más grandes: Roosevelt, Churchill, Stalin, De Gaulle. ¡Y en los anales del socialismo, nadie ha hecho nunca algo como esto!

—¿Quieres decir que Fidel es tan grande como Lenin y Mao? —preguntó Joel Iglesias.

—¡Más grande, muchacho, mucho más grande! —dijo Félix en un trance beatífico—. Esa gente hicieron revoluciones en Rusia y en China, pero Fidel ha hecho una revolución contra el mayor país capitalista que haya existido. ¡Ha hecho una revolución *dentro de los Estados Unidos*!

—¡Imagínate! ¡Cuba en la vanguardia! —Joel estaba a punto de echarse a cantar.

—¡Y todos los contrarrevolucionarios a la cárcel! —dijo Bartolo en tono de despedida de duelo.

* * *

La orden general de Fidel era: arrestar a cualquier sospechoso de tener simpatías contrarrevolucionarias. En otras palabras: arrestar a cualquiera. El populacho cubano se lanzó a cumplir la orden. Calle por calle, casa por casa, la gente fue apresada. Al abarrotarse rápidamente las cárceles, comenzaron a usarse otras edificaciones para confinar a miles de personas más.

—Estamos con la mierda hasta el cuello —dijo Vladimiro.

—No te preocupes —dijo Rodrigo con su extraño sentido del humor—, ¡que las cosas siempre pueden empeorar!

—¿Qué puede ser peor que esto? —preguntó su compañero más joven. Los dos se habían sentado en un portal como vagabundos.

—Cuando la batalla comience otra vez, tenemos que estar presentes.

—¿Cuáles son tus órdenes? —preguntó Vladimiro como un soldado.

—Gracias —dijo Rodrigo—. Así me gusta. Cuando comience la invasión, tus amigos saldrán volando para el frente. Encuentra la manera de que vayamos con ellos. Nos pueden llevar justamente adonde necesitamos estar.

—¿Cuál es la misión?

—Encontrar a Fidel y matarlo.

—¡Bárbaro! —dijo Vladimiro con decisión.

—Sabía que te iba a gustar —replicó Rodrigo.

* * *

Después de la medianoche del lunes 17 de abril. La voz se corrió por todas partes: ¡Invasión! ¡Desembarco de mercenarios en Playa Girón y Playa Larga, en la Bahía de Cochinos!

La Bahía de Cochinos. ¿Por qué la Bahía de Cochinos?, se preguntaba Rodrigo sentado en la esquina de Infanta y San Lázaro, cerca del Caballero de París. El vagabundo más famoso de La Habana era aparentemente el único hombre en Cuba que la policía de Castro no se atrevería a tocar, y Rodrigo se sentía seguro junto a él.

La Bahía de Cochinos se encuentra a ciento cuarenta kilómetros del Escambray. ¿Pueden los invasores abrirse paso a través de ciento cuarenta kilómetros de fuerzas de Castro hasta el Escambray? No. Desde la Bahía de Cochinos no pueden llegar al Escambray. ¿Por qué no desembarcaron cerca de Cienfuegos? Eso los hubiera colocado a unos pocos kilómetros de su objetivo. ¿Qué está pasando aquí? ¿Es que los americanos no quieren dar la cara? ¿Pensaron acaso que si dirigían la fuerza a un lugar remoto, podían hacer la invasión sin que nadie lo notara? ¿Quién sabe? Tal vez los que planearon esto son tipos que, cuando llegan a sus casas, les gusta entrar sigilosamente y hacerle el amor a sus esposas sin que éstas se den cuenta.

* * *

En el cuartel general de la Juventud Rebelde, convertido en un hervidero de agitación, los cuadros se peleaban unos con otros para acudir a la batalla.

—¡Tranquilos! Los necesitamos a todos en La Habana —anunció Joel Iglesias, para desaliento general—. Sólo Félix irá al frente.

—¿Por qué *él*? —preguntó alguien.

—Porque es el corresponsal de guerra de *Mella* —dijo Joel simplemente.

Félix le pidió a Vladimiro que le trajera un salvoconducto de las oficinas de la ORI.

—¿Puedo acompañarte en el viaje? —Vladimiro le preguntó a Félix.

—¿Qué tal eres con un yipi?

—¡Muy bueno! He manejado mucho por el monte.

—En la zona de combate tendré que moverme en yipi. Puedes ser mi chofer.

—Una cosa más —dijo Vladimiro, tratando de mantener a raya su nerviosismo.

—¿Qué cosa?

—Tengo un amigo que quiere pelear. Es del Directorio. Estuvo en el asalto al Palacio Presidencial. Es un buen hombre, aunque no sea socialista —agregó Vladimiro en actitud partidista.

—¿Y eso qué importa, Vladimiro? En este momento todos somos cubanos y necesitamos a cada hombre dispuesto a empuñar un fusil. Dile a tu amigo que venga.

* * *

En la ruta hacia las playas donde se había producido la invasión, el suyo era el único vehículo civil en un gigantesco enjambre de caravanas militares. Los milicianos que dirigían el tráfico miraban con recelo el convertible de Félix, pero cuando veían sus órdenes escritas le daban paso inmediatamente.

El pueblo de Jovellanos bullía por los arrestos masivos. Por todas las calles, camiones, guaguas, carros y hasta carretas tiradas por bueyes trasladaban presos a centros de confinamiento.

Pararon frente al comando de la Juventud Rebelde.

—Vladimiro, entra conmigo —dijo Félix—. Núñez, tú te quedas en la máquina. Esto atañe a la Juventud Rebelde solamente.

Aunque Félix dijo aquello con cierta cordialidad, Rodrigo temió que el hombre hubiera notado su malestar por los arrestos y por la victoria que comenzaba a fraguarse para el gobierno de Castro.

Después de la reunión se fueron a dormir a un hotel y salieron para el frente antes del alba.

Aguada de Pasajeros, el pueblo más cercano al lugar de la invasión, se había convertido en un campamento militar gigante. Todo se estremecía con el constante rugir de los camiones pesados.

—Parquéate —Félix le dijo a Vladimiro—. Tengo que averiguar lo que ocurre y conseguir un yipi. Ustedes dos quédense aquí.

Rodrigo y Vladimiro compartieron un momento de silenciosa aprehensión. Sentados en el convertible abierto, se sentían como blancos fáciles en medio de todos aquellos soldados enemigos.

Félix regresó con un jeep mucho antes de lo que se atrevieron a imaginar.

—Fidel montó su comando en el central Australia, pero el camino para allá está intransitable. Así que vamos a San Blas y la zona de combate. ¡Vladimiro, agarra el timón!

La carretera a San Blas era un rocoso terraplén que cruzaba una ciénaga desolada. Arbustos de marabú se extendían por todo el horizonte. Vladimiro tuvo que ir despacio para evitar las rocas y pronto el feroz sol del mediodía comenzó a tostarlos.

En San Blas, un contingente de milicianos se alistaba para marchar a la batalla. Al bajarse Félix del jeep se les acercó un guajiro joven y flaco.

—¡Pijirigua! —gritó Félix con júbilo—. Conocí a este tipo en la Juventud Socialista —le explicó a sus compañeros—. ¿Qué estás haciendo aquí?

—¡Con la milicia, a las órdenes del comandante Drake!

Félix levantó la vista y vio a un comandante del Ejército Rebelde con una boina verde, un hombre de baja estatura cubierto de polvo, que hablaba con oficiales de la milicia.

—Ese es Duque. ¿No es así? —preguntó Félix.

—Sí.

Félix fue al encuentro del comandante y Rodrigo lo siguió.

Cuando Duque vio a Félix, exclamó:

—¡Estos soldados milicianos son tremendos! No pensé que los políticos podían pelear, pero nunca he visto nada mejor.

—Los políticos estábamos peleando esta guerra mucho antes de que los soldados llegaran —dijo Félix, cortante—. Sabe, vienen un montón de armas hacia la ciénaga.

—Las estoy esperando —dijo Duque—. ¡Cuando lleguen, haremos polvo al enemigo!

Los milicianos formaron pelotones y comenzaron a avanzar.

—¿Qué vas a hacer? —Pijirigua le preguntó a Félix.

—¡Ir contigo! —respondió Félix. Luego se volteó hacia Rodrigo y le dijo como un oficial—: Núñez, ven conmigo. Vladimiro, espera aquí.

Pijirigua se unió a Duque al frente de las tropas. Félix agarró una subametralladora checa y se confundió con los soldados. Rodrigo caminaba detrás de él. Los hombres avanzaban en dos columnas, una a cada lado de la carretera, para poder ponerse a cubierto rápidamente.

La columna que avanzaba frente a Rodrigo comenzó a serpentear alrededor de algo. Era un cadáver con el uniforme de los invasores. El muerto yacía sobre un costado, tan cubierto de polvo que sus rasgos apenas eran visibles. Los hombres simplemente seguían de largo; sus botas hacían un ruido monótono sobre la carretera.

Una ráfaga de ametralladora salió de la nada.

Todos se lanzaron al piso para cubrirse. Félix se volteó boca arriba, le quitó el seguro a su checa, volvió a ponerse boca abajo y disparó hacia los arbustos de marabú como lo hacían los otros. Rodrigo apuntó su pistola por encima de los arbustos.

Nadie respondió a sus disparos.

—¡Alto el fuego! —dijo un capitán barbudo de la milicia que se les había acercado—. ¡Levántense, mariquitas! ¡No hay enemigo a la vista! ¡A formar! ¡Seguimos la marcha!

Félix fulminó al capitán con una mirada de desdén al obedecer como los demás.

Un jeep llegó volando hasta ellos envuelto en una nube de polvo.

—¿Dónde está Aragonés? —preguntó el chofer.

—Más adelante —dijo el capitán.

Al escuchar el nombre de aquel oficial clave —director de las Organizaciones Revolucionarias Integradas— Félix se acercó de un par de zancadas al chofer del jeep y le preguntó:

—¿Cómo es que Aragonés está delante de nosotros? Pensé que estas tropas eran la avanzada.

—Aragonés está en la primera fila —respondió el hombre.

Félix puso sus papeles en las manos del chofer.

—Si vas donde está Aragonés, tengo que verlo.

El chofer miró los papeles y dijo:

—Sube.

—Este hombre viene también —Félix le hizo una seña a Rodrigo para que subiera al jeep.

Manejaron hasta un amplio claro con un tanque en el medio. En la torreta, un soldado estaba recostado contra una ametralladora de 12.7 mm. Aragonés estaba de pie junto al tanque, con unos binoculares de campaña colgados del cuello.

—¿Qué estás haciendo aquí? —le preguntó Aragonés a Félix—. ¿Dónde está Joel? ¿Y quién es este caballero?

—Joel está en La Habana. Este es Núñez, del Directorio. ¿Qué está pasando aquí? Acabamos de ver a Duque cerca de San Blas. Los mercenarios nos emboscaron en la carretera.

—Todavía están por ahí, pero los tenemos acorralados —respondió Aragonés. Señaló hacia un par de enormes ristras de municiones tiradas en el piso y les dijo a los dos—: Súbanlas en el tanque.

Levantaron las pesadas municiones. No menos pesada para Rodrigo era la idea de que aquellas balas pronto causarían sufrimiento a sus compañeros de lucha.

Se estaba haciendo de noche.

—Puedo llevarte a San Blas —le dijo Aragonés a Félix—. Fidel está en el central Australia. Deberías estar allí, pero te ves cansado. Duerme un poco y sal temprano.

El jeep arrancó a toda velocidad y pasó junto a la columna de Drake sin detenerse.

En San Blas, Aragonés los llevó al lugar donde habían dejado a Vladimiro. Este los estaba esperando allí mismo. Félix lo saludó efusivamente. Mientras caminaban los tres hacia una casa donde pasarían la noche, Félix le hizo el cuento de la emboscada a Vladimiro. Rodrigo se alegró de ver que el líder de la Juventud Rebelde le había tomado cariño a su compañero.

Cuando se tiraron en sus camas, Rodrigo se dijo: *Mañana mato a Castro muera quien muera.* Pensó en la espada colgando de un cabello y se dejó vencer por el sueño.

—¡Vamos! —exclamaba Félix. Sólo parecían haber transcurrido un par de minutos, pero ya era el amanecer del miércoles 19 de abril.

—¿Adónde vamos, caballero? —le dijo Vladimiro a Félix mientras arrancaba el jeep.

—A Aguada. Y al Australia.

"Australia" quería decir Fidel. Rodrigo se puso tenso.

Volvieron a tomar el terraplén rocoso que atravesaba la ciénaga. El viaje pareció más largo que la vez anterior pero al menos hacía más fresco, porque el sol no había salido aún.

Aguada era un hervidero de actividad. Vladimiro manejó hasta el improvisado comando central. Félix saltó del jeep y Rodrigo lo siguió.

—Tú te quedas aquí —le dijo Félix con brusquedad a Rodrigo, que se paralizó.

Para entonces Rodrigo estaba seguro de que le caía mal a Félix, lo que en sí mismo no era difícil de tragar. Lo difícil era el evidente desdén de Félix por los que no eran "uno de nosotros".

El sol salía cuando Félix regresó al jeep.

—Fidel ya no está en el Australia —dijo.

—¿Dónde está? —preguntó Rodrigo.

—Nadie sabe con certeza.

—¡Pero él es el comandante del ejército! —exclamó Rodrigo.

—Sí —dijo Félix en una extraña reflexión—. Pero también es Fidel. A veces sus compañeros más cercanos se pasan días enteros buscándolo. Y pierden su tiempo por gusto, porque la idea misma de encontrar a Fidel es un error. Uno no encuentra a Fidel. Fidel lo encuentra a uno —Félix hizo una pausa—. El frente se ha movido hacia adelante. Los mercenarios están acorralados contra la playa. Esto se acabará pronto. Debemos estar allí.

Pasaron otra vez por San Blas y siguieron hacia Playa Girón bajo un sol abrasador.

Unos minutos después de salir del pueblo vieron un campo lleno de milicianos. Los soldados recogían algunos artículos que habían abandonado los invasores. Pijirigua se acercó con unas latas vacías y unas tabletas oscuras que parecían jabón.

—Esas son raciones K. Lo aprendí durante el entrenamiento —dijo con orgullo el guajiro.

—¡Oye! —exclamó uno de los hombres—. ¡Una Colt 45!

—¡No toques eso! —gritó un oficial—. ¡Puede ser una trampa!

—Sigamos —dijo Félix—. No somos combatientes. No tenemos derecho a agarrar recuerdos.

Eso que dijo fue decente, pensó Rodrigo. *Es un hombre con ciertos principios.*

Pijirigua saltó al jeep en movimiento. Félix le dio la bienvenida.

Al acercarse a Playa Girón, Pijirigua dijo:

—¡Mira eso!

Dos hombres, vestidos en los uniformes camuflados de los invasores, caminaban hacia la carretera con los brazos en alto, seguidos por los rifles alzados de unos milicianos. Uno de los prisioneros era delgado y alto, el otro bajito y robusto, con la cabeza pelada al rape. A la vista de aquellos cautivos Rodrigo sintió un pesar en el pecho.

—¡Los americanos nos embarcaron! ¡Esto ha sido una cagada! —dijo el hombre pelado al rape.

Por supuesto, pensó Rodrigo. *Los cielos han estado completamente tranquilos. Eso significa que los americanos no les dieron cobertura aérea; y sin cobertura aérea, la invasión quedó varada en las playas.*

—¡Cómo te atreves a hablar de esa manera! ¡Cómo te atreves! ¡Cómo te atreves! —Félix, completamente fuera de sí, le gritaba al prisionero pelado al rape.

Rodrigo apartó a Félix y preguntó:

—¿Cuál es el problema?

—¡Ese hombre está usando el lenguaje de un cubano de la calle! —susurró Félix ferozmente.

—¿Y qué lenguaje iba a usar? Ése es su lenguaje.

—¡Un mercenario no tiene derecho a hablar como un cubano! —insistió Félix.

—Pero si él *es* cubano.

—La gente que traiciona a su país renuncia a él. ¡Un hombre que trabaja para la CIA no tiene derechos como cubano!

—Ya veo —dijo Rodrigo, conteniendo su propia rabia explosiva.

Los prisioneros estaban severamente deshidratados; ambos tenían los labios desfigurados por las cuarteaduras. Pijirigua les tiró una botella con agua y tomaron desesperados.

—Gracias —dijo el hombre alto después de uno o dos minutos—. El sol está fuerte. Yo soy de La Víbora. ¿De dónde eres tú?

—¡Ésta no es una conversación amable! —gritó Félix. Luego se volvió hacia los milicianos y les dijo—: ¿Tendremos que hacernos cargo de estos tipos?

Félix estaba aparentemente dispuesto a ejecutar a los prisioneros. Rodrigo puso una mano sobre su pistola, listo para dispararle si intentaba algo contra ellos.

—No hace falta —le respondió a Félix uno de los soldados—. Los milicianos están custodiando a un grupo grande de mercenarios. Podemos agregar dos más.

—Vamos a seguir hacia la playa —Félix le dijo a Vladimiro.

Cuando el jeep arrancó, Rodrigo le preguntó a Félix.

—¿De dónde eres tú, por fin?

—¿Por qué repetir la pregunta? —replicó Félix.

—¿Por qué evitarla?

—No la evito. Yo no hablo de mí mismo, como una cuestión de principios.

—¿Por qué no?

—La vida privada de un hombre no importa. Lo que importa es la revolución. ¡Y en este momento *lo único* que importa, en caso de que no te hayas dado cuenta, es esta singada guerra!

—La vida humana también importa. ¿Hubieras aniquilado a esos hombres?

—Por supuesto. ¡Estamos en guerra!

—Razón de más para no matar por gusto.

—*Yo* estoy defendiendo a la revolución. ¡*Tú* no!

—Para el jeep, por favor —le dijo Rodrigo a Vladimiro.

—¡Sigue manejando! —ordenó Félix y le apuntó a Rodrigo con

su checa—. ¡Estás arrestado!

—¿Arrestado por qué?

—¡Por sospechoso de simpatías contrarrevolucionarias!

—¡Vete pa'l carajo! —gritó Rodrigo y le dio un manotazo al cañón de la checa. La metralleta comenzó a disparar hacia abajo como por voluntad propia. Vladimiro frenó. Rodrigo saltó del vehículo y corrió en busca de protección. Félix levantó de nuevo la metralleta y apuntó, pero Vladimiro aceleró tan abruptamente que el cuadro casi sale disparado del jeep.

XVII.

UN LUGAR DONDE DORMIR

La Habana, madrugada del domingo 23 de abril.

—¡Doctor! Casi no lo reconozco. Ha perfeccionado de verdad su disfraz de vagabundo.

—No, Moro. No es un disfraz. He estado cinco días en la carretera.

—¿Cuándo llegó?

—Hace una hora.

—¿Ha comido y descansado algo?

—Por la carretera. Sabes, Moro, el pueblo cubano es generoso. Ni siquiera el socialismo nos puede quitar eso.

—Supongo que ha estado siguiendo las noticias.

—De hecho las noticias me han estado siguiendo a mí —dijo Rodrigo—. Nadie puede escapar de ellas, a no ser los insectos y los ratones.

—¡Los americanos derrotados! ¿Quién podía imaginar que esa gente perdiera una guerra?

—Sólo una nación con el poder y la inteligencia de los Estados Unidos podía producir un fiasco de esta magnitud.

—¿Qué hacer? —preguntó el Moro.

—¡Já! ¡Esa fue la pregunta que hizo Lenin! Bueno, esto es lo que yo pienso. La gente de Castro está inmensamente confiada. Cuando la gente se confía demasiado se vuelve descuidada. Éste podría ser realmente el momento perfecto para un atentado.

—Estoy de acuerdo, pero primero debemos localizar a nuestra gente.

—Los buscaré hoy. Yo sigo siendo optimista, tú lo sabes, Moro. Tal vez este revés, incluso este revés, nos traiga algún beneficio si nos enseña a hacer las cosas bien la próxima vez.

—No sé si realmente cree lo que está diciendo, doctor. Tal vez sólo lo haya dicho para alegrarme. De todas maneras, gracias. ¿Tiene un lugar donde dormir?

Rodrigo se rió.

—¡Hasta un optimista necesita una cama! Bueno, tengo una. Mis damas del Vedado me dan albergue.

—Tenga cuidado. Todavía están haciendo arrestos.

* * *

Después de pasar una mañana y una tarde en la calle, Rodrigo descansaba en una habitación de la casa de Delia, una viuda simpatizante de la resistencia anticastrista que vivía con su madre.

En un librero, cerca de la cama, Rodrigo había encontrado un volumen de García Lorca y estaba saboreando frases tan deliciosas para él como semillas de pomarrosa.

Verde que te quiero verde.
Bajo la luna gitana,
Las cosas la están mirando
Y ella no puede mirarlas.

Rodrigo escuchó voces que se alzaban en la sala. Sonaba como una discusión. Dejó su libro y caminó por el pasillo.

—¿Qué pasa, Delia?

—¡Es la policía! —exclamó ella.

Rodrigo vio una subametralladora que le apuntaba.

Mi pistola. ¿Dónde está mi pistola? ¡Cojones! ¡Dejé mi pistola en el cuarto!

—¿Quién es éste? —preguntó un teniente a las mujeres mientras señalaba a Rodrigo con su pistola. Junto al oficial había un civil, seguramente un informante.

—Este hombre es un invitado en nuestra casa —dijo Delia, nerviosa.

—¡Sabemos que aquí ha habido reuniones de conspiradores! —exclamó el teniente—. ¿Están escondiendo a este hombre?

No saben quién soy. No vinieron por mí. Están aquí por casualidad.

—La señora habló correctamente —dijo Rodrigo—. Soy un amigo que está de visita.

—¿A qué se dedica usted?

—Soy periodista por cuenta propia.

—¿Y esto le hacía falta para escribir sus artículos?

Otro agente sostenía en alto la pistola de Rodrigo.

—¿Quién no está armado en Cuba? —contestó Rodrigo—. Cargo esa pistola por protección personal.

Y si no hubiera roto mi propia regla de oro al dejarla en el cuarto por consideración hacia estas damas, estaría disparando ahora con ella.

—¡No te ayuda para nada hablar mierda con nosotros! —dijo el teniente.

—Creo que mi respuesta fue razonable —replicó Rodrigo.

—Escuche, joven —la madre de Delia se dirigió al teniente—. Yo sé que está haciendo su trabajo, ¡pero no tiene que usar ese lenguaje con personas que están en su propia casa!

—¡Escuche usted! —le replicó el teniente con brusquedad—. ¡Amparar a un enemigo del estado es un delito grave!

—No me asustan las amenazas. Yo ya he vivido lo que tenía que vivir, pero este hombre está en la flor de su vida y sí me importa lo que le pase a él.

Que dios te bendiga, vieja. El Ché Guevara no es más heroico que tú.

Los agentes no arrestaron a nadie. Simplemente se quedaron en el apartamento, manteniendo a Rodrigo, a sus anfitrionas y al informante como rehenes.

¿Por qué nos mantienen aquí? Tal vez están montando una ratonera. Creen que otros conspiradores vendrán y quieren capturarlos.

Pasaron varias horas y los agentes no se movían del apartamento.

Quizás estén esperando a que caiga la noche. A la policía secreta, como a las jutías, les gusta actuar en la oscuridad. No, no debo comparar a las jutías con los agentes; es un insulto a los animales.

Entrada la noche, los agentes escoltaron a Rodrigo hasta un carro y lo condujeron a la sede de la Seguridad del Estado. En la Seguridad, le indicaron que se sentara en un banco en el área de la recepción.

Los minutos, cuartos de hora y horas pasaban y nadie se le acercaba. Lo único que podía hacer era observar el ir y venir de agentes en ropa de civil, muchos de los cuales proclamaban su homosexualismo a través de su amaneramiento al hablar y al caminar.

Estos hombres no esconden lo que son y eso está bien. ¿Por qué no pueden tener los maricones un lugar decente en la sociedad? Cuando Batista eran tratados como perros. Ahora están felices de trabajar para Fidel, que pretende honrarlos. En realidad Fidel los desprecia más que Batista; y cuando ya no le sean útiles, los perseguirá con la ferocidad de Torquemada. Estos maricones no pueden darse cuenta de eso porque, por el momento, Fidel los ha rescatado de su soledad; y por ese rescate están pagando el terrible precio que pagan todos los solitarios. Están entregando sus corazones a cambio de una bondad falsificada.

Justo antes de la medianoche, Rodrigo fue llevado a una oficina minúscula. Tres hombres estaban sentados detrás de una mesa que ocupaba casi todo el espacio. El prisionero fue colocado en una silla junto a un comandante pelirrojo. Enseguida Rodrigo comprendió que se las veía con Manuel Piñeiro, el jefe de la contrainteligencia de Castro, a quien todos llamaban Barbarroja.

El oficial que había hecho el arresto estaba allí también, junto con otro hombre al que Rodrigo no reconoció. Todas las luces de la habitación estaban apagadas, excepto una lámpara en el escritorio que, tan pronto Rodrigo se sentó, proyectó una fuerte luz sobre su cara a sólo unos centímetros de distancia.

—Tú eres Mariano José Núñez Hidalgo —dijo Barbarroja.

—Así es —respondió Rodrigo.

—Abogado de profesión, aunque ahora dices ser periodista.

—Escribo artículos para el *Washington Star*. Tengo credenciales.

—Por supuesto que las tienes —respondió Barbarroja—. Cualquier agente de la CIA las tendría.

No sabe nada de mí. Está blofeando.

—No veo en qué puedo ayudarlos, caballeros —dijo Rodrigo.

—Nos puedes ayudar porque estás metido en la política —dijo Barbarroja—. Sé que estuviste políticamente activo durante la lucha revolucionaria.

—De hecho —dijo Rodrigo—, me considero uno de los fundadores de la revolución cubana.

—¿Cómo es eso? —dijo Barbarroja con escepticismo.

—En mis días de estudiante, junto con un periodista amigo de mi padre, fundé un grupo llamado Periodistas Unidos por la Libertad.

—Eso no fue un acto revolucionario —dijo Barbarroja—. Fue un gesto individualista como los de muchas personas con ambiciones políticas en esa época. No tuvo nada que ver con la verdadera lucha revolucionaria.

¡Sí, y qué clase de revolucionario eres tú! Como juez en el proceso a los aviadores de Batista, rechazaste el veredicto de un jurado y le permitiste a Fidel que sentenciara a unos inocentes. A cambio de lo cual te promovieron a jefe de la contrainteligencia. ¡Bonita carrera para un hombre de principios!

—Con todo el debido respeto —dijo Rodrigo—, esas personas que usted llama individualistas llevaron a cabo una lucha muy peligrosa contra Batista en las ciudades. Los combatientes urbanos, a diferencia de los guerrilleros, estaban solos o en grupos muy pequeños, y bajo el continuo asedio de las fuerzas de Batista. Las bajas en las ciudades fueron tal vez cincuenta veces más altas que en la Sierra Maestra.

—Estás hablando como un contrarrevolucionario —dijo Barbarroja en tono amenazador.

—¡En lo absoluto! —dijo Rodrigo mientras trataba de alejar el rostro de la lámpara, echándose hacia la pared—. ¡La gente de la que estoy hablando son revolucionarios! Estamos a favor de muchas de las leyes que este gobierno ha implementado. Queremos brindar nuestro apoyo. Tengo que decir, sin embargo, que pocos de nosotros previmos que nuestra lucha conduciría a un régimen socialista.

—¿No te das cuenta de que este gobierno tiene el apoyo abrumador del pueblo?

—Veo a Fidel como un líder inmensamente capaz —dijo Rodrigo—. Si en lugar del socialismo hubiera abrazado cualquier otra doctrina, el pueblo lo hubiera seguido también. ¿A cuál cree usted que el pueblo adora más, al socialismo o a Fidel?

—A los dos. Pero tú no simpatizas con el socialismo, ¿verdad? —preguntó Barbarroja.

—Yo soy un patriota. Simpatizo con todo lo que sea un progreso para el país.

—¿No crees que el socialismo sea un progreso para el país?

—Tal vez. Eso espero.

—Doctor Núñez —dijo Barbarroja en tono sereno—. Mi impresión de ti es que eres un tipo educado, inteligente y valiente, en el que no se puede confiar para nada.

—Con todo respeto, señor, creo que puede confiar en mí tanto como en cualquier otro.

—Esta entrevista terminó —dijo Barbarroja.

A una señal del jefe de la contrainteligencia, un policía entró y sacó a Rodrigo de la habitación. El agente lo condujo a otra habitación un poco mayor, que había sido convertida en celda de detención. Unos veinte hombres estaban tirados en el piso, dormidos.

Rodrigo encontró un espacio desocupado en el piso, se acostó y cerró los ojos.

¿Tiene un lugar donde dormir? ¿Quién me dijo eso? El Moro me lo dijo. Hace mucho tiempo, parece. ¿Puede haber sido esta mañana? Estábamos en la calle, al aire libre.

Al menos estoy vivo. ¿Qué importa si no confían en mí? Tienen decenas de miles, cientos de miles de detenidos. Demasiados sospechosos para tan poco tiempo. Tal vez no tengan tiempo para el doctor Núñez. ¡Ojalá que no descubran a Rodrigo!

XVIII.

LOS PERROS HABLAN

Cárcel de La Cabaña, principios de mayo de 1961.
—¡Moro! ¡No es así como quería encontrarme contigo! —se rió Rodrigo.
—Sí, doctor. ¡Y ése no es el disfraz en el que yo quería verlo!
Rodrigo llevaba el uniforme de caqui de los presos políticos. El Moro había enviado a un guardia más joven a buscar a Rodrigo y llevarlo a un cuarto de interrogatorios.
—En serio —dijo Rodrigo—, ¿y si alguien te sorprende hablando con un prisionero? Tal vez no sea seguro para ti.
—Olvídelo —dijo el Moro—. Los guardias de prisión no son cuadros. No hacemos preguntas ni nos cuestionamos unos a otros. ¿Cómo se las arregla?
—No muy mal. Me paso el tiempo escuchando historias. Una cárcel es un lugar construido con historias, ¿no dirías tú?
—Así es.
—Bueno, yo he escuchado cientos. La mayoría de ellas sobre redadas masivas. He oído de gente amontonada en estadios o cines;

de algunos que murieron de infartos; de mujeres que parieron en medio del gentío y de familias enteras viviendo a la intemperie.

—¡Horrible! —exclamó el Moro.

—¿Y qué has escuchado tú?— preguntó Rodrigo.

—Rumores, muchos rumores. Que se están formando grupos antigubernamentales en las montañas; que hay conspiraciones en el ejército y la milicia...

—¡Oye! ¡Yo también escuché eso! Pensé que sólo eran habladurías de cárcel, pero si tú también lo has escuchado...

—La gente de Castro está corriendo bolas otra vez.

—¡Claro! —exclamó Rodrigo—. Siguen usando su contrainteligencia. Tiene lógica. Todavía no están fuera de peligro. Los americanos siguen siendo fuertes y están más molestos que nunca. La gente de Fidel tiene miedo de que Bahía de Cochinos pueda ser su Little Big Horn...

—Discúlpeme, doctor. ¿No fue allí que los indios masacraron a aquel general yanqui rubio?

—George Armstrong Custer. ¡Y ya sabes lo que los yanquis les hicieron a los indios después de eso!

—Todo el mundo dice que viene una segunda invasión —prosiguió el Moro—. Las unidades de milicianos marchan a todas horas. El gobierno mantiene alta la fiebre de guerra —hizo una pausa—. ¿Lo han interrogado?

—Tuve un encuentro con Barbarroja. Casi cordial. La próxima vez será peor.

—Doctor, cuídese. Están fusilando a prisioneros con o sin juicio. Los hombres están haciendo cualquier cosa por salvar sus vidas. Entregan hasta a sus madres a cambio de la oportunidad de entrar en rehabilitación.

—¡Oye! Eso me recuerda algo. ¿Conoces a un tipo llamado Juan Pérez?

—No. ¿Quién es?

—Lo conocí en una de las residencias convertidas en cárceles. Los prisioneros se la pasaban día y noche haciendo cuentos de mujeres; de las mujeres que habían amado y de las mujeres de sus familias. Un hombre dijo: "Tengo una hija y es la puta más grande de Cuba". Era Juan Pérez. Todo el mundo guardó silencio y le prestó atención.

—¡Apuesto a que sí! ¿Y qué dijo?

—Dijo: "A juzgar por lo que ustedes cuentan, se singan a todo el mundo. Se singan a sus esposas, y se singan a muchas mujeres más, pero sus esposas e hijas y madres son todas santas. Y si todas esas mujeres son santas, no me queda más remedio que preguntarme: ¿Cómo hace esta gente para singarse a otras mujeres? ¿Saben lo que pienso? ¡Todos deben estarse singando a mi hija!"

Ambos se rieron.

—Ahora tengo que llevarlo de regreso a su galera —dijo el Moro—. No podemos hablar a menudo, pero estaré pendiente de usted. Quiero decir, mientras...

—Comprendo. Hasta que la muerte nos separe.

* * *

—Tenemos registro de tu salida de Cuba el verano pasado, pero nada desde entonces. ¿Cómo regresaste al país? ¿Qué has estado haciendo en los últimos diez meses?

Apenas una hora después de ser transferido de La Cabaña a una celda abarrotada en la Seguridad del Estado, Rodrigo estaba frente a un interrogador solitario sentado en una oficina detrás de un gran escritorio.

—Estuve trabajando en Estados Unidos. Actualmente soy periodista *freelance* con credenciales del *Washington Star*. También estoy tratando de venderles mis artículos a la cadena de televisión CBS y al *New York Times*. No quería que el gobierno interfiriera con mis ingresos así que decidí entrar al país sin mostrar mi pasaporte.

—¿Has recibido algún dinero?

—No.

—Ya veo. ¿Y cómo entraste al país?

—Como tripulante de un carguero de Centroamérica.

—¡Esa historia no se la cree nadie! —dijo el oficial fastidiado.

—Le gente del *Washington Star* puede confirmarla. Déjeme darle sus nombres. Puede verificarlo usted mismo.

El oficial agarró un bolígrafo y habló en tono cortante.

—¡Si tú me dices que este bolígrafo es de oro y me pides que lo verifique, no tengo que hacerlo porque puedo ver bien que no es de oro!

Rodrigo no respondió. Sentía que algo se hundía en su interior.

—¿Sabes lo que te embarca? —dijo el oficial—. Tú piensas en términos de procesos legales, pruebas, jurados y todas esas cosas. En tu juicio nada de eso te servirá de nada. Lo único que importará será la opinión de la Seguridad del Estado. Coopera con nosotros y podríamos considerar tu caso favorablemente.

—¡Le digo que soy un periodista *freelance*!

El oficial llamó a un guardia.

* * *

Rodrigo se acostumbraba a la vida de la Celda Número Tres de la Seguridad del Estado mientras esperaba ser llamado a nuevos interrogatorios. No lo hacían, y eso le parecía extraño, inquietante.

En la Celda Tres, y en otras similares, los más eminentes sospechosos cubanos —mezclados con algunos de los agentes de Barbarroja— esperaban ser interrogados. Había cincuenta hombres hacinados, en literas de tres pisos, en aquella habitación con el aire enrarecido. Compartían una sola ducha que estaba en el centro de la habitación, con un agujero en el piso. A pesar de las duras condiciones, era en cierto sentido un lugar prestigioso. Todos los hombres de la Celda Tres estaban allí porque la Seguridad del Estado quería sacarles algún secreto importante. De otro modo no los hubieran mantenido en la Seguridad, donde el espacio era escaso.

Al pasar los días y las semanas sin que nadie se molestara en interrogarlo, Rodrigo se preguntaba decenas de veces, y luego cientos de veces: *¿Quién creen ellos que soy? ¿Qué piensan que sé?*

* * *

Fortaleza de La Cabaña, julio de 1961.

—¿Qué se cuenta, Moro? Parece que la cosa se está poniendo caliente, y no me refiero solamente al tiempo.

—¿Cómo lo trataron en la Seguridad?

—Vamos a decir que es un lugar donde no me gustaría pasar unas vacaciones. Pero en todo caso no me fue tan mal; y me alegra verte de nuevo.

—¡A mí también! ¿Lo interrogaron?

—Me hicieron preguntas una sola vez, muy por arribita.

—¿Y por qué lo tuvieron allá todo este tiempo?

—Esperaba que tú me pudieras explicar eso.

—No puedo. Mientras más veo y escucho, entiendo menos. Los cosas aquí se han vuelto patas arriba.

—¿Cómo es eso?

—Bueno, para empezar ahora tenemos gallegos trabajando como guardias. ¿Vio a alguno en la Seguridad?

—No estoy seguro. ¿Quiénes son?

—Comunistas españoles que fueron a Rusia después de la Guerra Civil. Los soviéticos los mandaron para acá, y ahora los tenemos como jefes.

—¡Qué pesadilla! ¡Gallegos entrenados por Stalin para vigilarnos! No, Moro, no me he encontrado con ninguno y no me gustaría hacerlo. ¡La peste a grajo que tienen mataría a un elefante!

—Bueno, al menos usted no es un elefante. Es un hombre.

—Así parece, y como hombre creí que lo había visto todo. ¡Pero los españoles de regreso! ¡Y pensar en cómo lo lograron!

—¿Qué quiere decir? —preguntó el Moro.

—¡Que para regresar a Cuba tuvieron que hacerse soviéticos!

* * *

Al ser transferido de nuevo a la sede de la Seguridad, Rodrigo comprendió enseguida por qué estaba allí.

Mientras colocaba sus pocas pertenencias en una litera vacía, un prisionero se acercó a unos centímetros de su cara y le espetó:

—¿Sabes quién soy?

—No. No lo sé —respondió Rodrigo, aunque había reconocido al hombre perfectamente.

—Pues te lo voy a decir —dijo el hombre, alardeando—. Mi nombre es Manuel Serrano. Soy el que manda aquí. Nada ocurre aquí sin mi consentimiento. ¿Ahora lo sabes?

Mientras algunos prisioneros contenían la risa en el fondo, Rodrigo repitió:

—No. No lo sé.

Y le dio la espalda al hombre.

—¡Vas a hacer lo que te diga! —insistió Serrano—. ¡Tengo influencias aquí! ¡Cuando esto termine, me van a hacer capitán!

—Bueno, ya que lo mencionas, me alegro de que me lo digas —contestó Rodrigo. Serrano, sin captar la ironía, se alejó satisfecho.

Si Rodrigo hubiera estado viendo a aquel hombre por primera vez, habría pensado que se trataba de un tonto. Ninguna persona con verdadera autoridad en aquella celda lo habría anunciado de ese modo. Pero ocurría que Serrano era el informante que había llevado a los agentes de seguridad al apartamento de Delia y provocado el arresto de Rodrigo.

Serrano era uno de aquellos cautivos políticos que habían entregado evidencia al estado en un esfuerzo por evitar el pelotón de fusilamiento. Estaba convencido de que, al hacer de informante, no sólo salvaría su vida sino que se ganaría un ascenso. Rodrigo había comprendido, con la seguridad de un matemático que conoce las reglas del álgebra, que Serrano nunca llegaría a ser capitán. Éste era precisamente el tipo de hombre al que los oficiales de Castro les encantaba usar y luego destruir. Serrano era un perdedor que no se había dado cuenta aún de que había perdido.

Resultaba claro que las autoridades habían puesto a Serrano y a Rodrigo juntos en la Celda Tres para ver si existía una relación entre ellos. Cualquier conversación con aquel hombre hundiría más a Rodrigo. Era una trampa que Rodrigo tenía que evitar. Tenía que evitar todo contacto con Serrano. No podía denunciar al tipo como chivato, porque eso hubiera llamado la atención del hombre y hubiera hecho ver a Rodrigo como alguien que desprecia a un antiguo camarada. Rodrigo sólo podía ignorar a Serrano y esperar que éste lo ignorara a él también.

Esto parecía poco probable, pero al pasar las horas, Serrano no hizo ningún otro intento de acercársele. De hecho, Serrano no dio indicio de conocerlo en lo absoluto. ¿Cómo podía ser posible? ¿Acaso había delatado a tantos que ya había perdido noción de los individuos? ¿O era que su tormenta interior había nublado sus percepciones físicas? Fuera cual fuera la razón, era un inusitado golpe de suerte.

En aquella pendiente resbaladiza, sin embargo, hasta un golpe de suerte podía empujar a un hombre hacia abajo. Después de cuatro días de comprobar que Rodrigo no era reconocido, los agentes de la Seguridad aparentemente estaban aún más ansiosos de echarle el guante. Rodrigo no había terminado de acostumbrarse a la rutina de la Celda Tres, cuando lo sacaron de nuevo.

Tres guardias condujeron a Rodrigo al exterior del edificio y abrieron la puerta trasera de una pequeña furgoneta. El sol del mediodía quemaba ferozmente.

—¡Adentro! —le ordenó uno de los guardias.

Rodrigo miró al interior del vehículo y no vio ventana, asiento o revestimiento algunos.

—¿Dónde quieren que me siente? —preguntó Rodrigo.

—Donde puedas —dijo impaciente otro guardia.

Rodrigo entró y se recostó al metal desnudo mientras la puerta sonaba a sus espaldas.

Pasaron varios minutos. La furgoneta no se movía. Unos minutos más tarde, el compartimiento de metal sin aire era un horno. Rodrigo se arrancó la ropa al comenzar a sudar profusamente.

Después de unas dos horas, un soldado abrió la puerta y preguntó:

—¿Hace calor?

Rodrigo respiró profundo y sonrió:

—Digamos que un poquito, sí.

El soldado tiró la puerta, furioso.

La furgoneta comenzó a moverse. Rodrigo podía escuchar un carro que iba delante y otro detrás. Todos avanzaban a alta velocidad, tomando las curvas como autos de carrera. En el compartimiento de metal, sin nada de qué sujetarse, Rodrigo tuvo que esforzarse como un judoka para evitar desnucarse en una voltereta.

Poco más o menos en una hora, la furgoneta redujo la velocidad y luego se detuvo. La puerta del compartimiento se abrió. Rodrigo salió desnudo, con la ropa y los zapatos en las manos. Cuando pudo enfocar bien, vio que estaba en la entrada posterior de una gran casa.

Una pandilla de hombres toscos lo rodearon, haciéndole gestos amenazadores. Uno de ellos le tiró una toalla sobre la cabeza y otros lo condujeron escaleras arriba. Cuando le quitaron la toalla, Rodrigo se encontraba en una habitación convertida en celda. Las ventanas y los clósets estaban clausurados con tablones fuertemente claveteados. La habitación estaba vacía, sin mueble alguno donde acostarse o recostar la cabeza excepto el piso. En la puerta había una mirilla que sólo se abría desde afuera. En lugar de la lámpara del techo, había un enorme bombillo con una rejilla de metal.

Los guardias se llevaron la ropa y los zapatos de Rodrigo, dejándole sólo los calzoncillos. En el calor abrasador de aquel cuarto, ni siquiera era posible soportar esa prenda, así que la usó como almohada. Cuando sus ojos comenzaron a arderle, colgó los calzoncillos alrededor del bombillo.

—¡Quita esos calzoncillos del bombillo! —le gritó un guardia a través de la mirilla.

—¡Pero la luz me molesta en los ojos! —dijo Rodrigo, haciéndose el ingenuo.

—¡Es para eso que la ponemos! —le replicó el guardia.

El día se hizo noche y luego día otra vez; o eso suponía Rodrigo, porque el tránsito de la Tierra entre luz y oscuridad era invisible para él. Todo lo que veía era el bombillo y pronto comenzó a ver manchas.

Una manera de medir el tiempo era observando cuándo tenía deseos de dormir, pero su sueño era irregular porque a todas horas los guardias hacían ruidos estruendosos con sus botas y se la pasaban por los pasillos gritándole "¡De pie!" a nadie en particular.

Otra manera de medir el tiempo era por la comida. Café con leche y un pedazo de pan significaba la hora del desayuno. El almuerzo y la cena consistían en arroz con frijoles, a veces con un trocito de carne. Un recipiente plástico de leche, cortado por la mitad, servía como vaso para el agua. Los carceleros de Rodrigo sabían cómo calcular con precisión la cantidad de agua y comida que un hombre necesitaba para sobrevivir en un agujero caliente. Ésa era precisamente la ración que recibía el prisionero. Después de un par de días, Rodrigo estaba perdiendo peso a causa de la deshidratación.

Para ir al baño tenía que llamar a los guardias. Un par de soldados entraban en su habitación mientras otro se quedaba parado afuera con un rifle. Lo llevaban por el pasillo hasta un clóset con un agujero en el piso. No estaba permitido bañarse ni afeitarse. Debido a la falta de agua y jabón, una irritación en el cuero cabelludo se le convirtió en una picazón por todo el cuerpo.

Rodrigo se pasaba los días y las noches practicando constantemente yoga y meditación, sus únicos medios de mantenerse en forma y conservar el sentido de individualidad que sus captores trataban de destruir.

—¡Traigan al yoga! —gritó alguien.

Sentado en el suelo, a través del prisma borroso de una

meditación, Rodrigo vio abrirse la puerta y dos pares de botas que entraban en la habitación, mientras otro par se quedaba afuera. Este era el ritual para el baño; sólo que él no había pedido ir al baño.

—¡De pie! —dijo con brusquedad uno de los guardias.

Rodrigo comenzó a alzarse hasta alcanzar la posición erguida, haciendo esperar a los guardias un buen rato. Caló a los hombres con su mirada y descubrió a un par de jovencitos temerosos. Parecían estar perdidos en un bosque, mirando a un viejo árbol embrujado que podía cobrar vida en cualquier momento y destrozarlos con sus ramas.

¡Ja!, pensó Rodrigo. *Yo tengo mi equilibrio, y a ustedes les falta el suyo.*

Uno de los soldados le cubrió la cabeza con una toalla y lo llevaron escaleras abajo.

Cuando le descubrieron la cabeza, Rodrigo estaba en una habitación con un pequeño bar. El aire más fresco de esta habitación se sentía en su piel como pétalos de rosa, y la luz era delicada en sus ojos. Unas puertas de vidrio daban a la terraza y al patio. Dos hombres de civil lo observaban.

—Trabajamos para la Seguridad del Estado y estamos aquí para interrogarte. Por favor, toma una silla —dijo uno de ellos.

Rodrigo se sentó en una banqueta, el primer mueble de que hacía uso en muchos días.

El hombre que estaba a cargo era alto, delgado y de tez clara. El otro era más bajo, más grueso y de piel más oscura. Rodrigo les inventó nombres. El principal interrogador se convirtió en Porfirio y el otro hombre en José.

—Necesitamos saber cuándo y cómo llegaste a Cuba la última vez, y lo que has estado haciendo desde entonces —dijo Porfirio.

—Y no vayas a dejar nada afuera —agregó José.

Rodrigo repitió su historia del periodista *freelance* y de su llegada a Cuba como polizón. Dio un montón de sus opiniones sobre el viraje de Castro hacia el comunismo y sobre Bahía de Cochinos. Los interrogadores escuchaban sin decir una palabra.

Cuando terminó su monólogo, Porfirio dijo:

—Doctor Núñez… o debo llamarte Rodrigo… estás en una situación muy mala. Sabemos quién eres. Sabemos lo que has estado haciendo. ¡Y sabemos que viniste a Cuba no en barco, sino en avión *y en paracaídas!*

—No entiendo. Mi nombre es Núñez.

—Sabemos que eres Rodrigo —dijo Porfirio—. Y sabemos que aterrizaste *en este lugar.*

El índice de Porfirio estaba en el área de un mapa que correspondía exactamente a la finca de Ernesto. Rodrigo mantuvo la cabeza en alto y no dijo nada.

—Sabemos lo que estás pensando —dijo José—. ¿Quién más ha sido arrestado? ¿Quién pudo haber hablado? Déjame decírtelo. Los hemos arrestado a todos, incluyendo al perro, y hasta el perro está hablando.

Caballeros, se equivocan. No hay ninguna pregunta que hacerse. No fue un perro el que habló. Fue Ernesto.

—Comprende esto —dijo Porfirio—. Lo que sabemos de ti es más que suficiente para mandarte ante el pelotón de fusilamiento. Tu único chance de salvarte es contándonos tus actividades. Si te niegas, serás ejecutado.

—No tengo nada que decirles —dijo Rodrigo.

—¡Coño! ¡No nos vengas con esa mierda! —exclamó Porfirio.

—Eso es poco cortés —replicó Rodrigo.

La puerta de vidrio que daba a la terraza se abrió de pronto. Otro hombre de civil entró.

—Tienes una llamada por teléfono —le dijo a Porfirio.

El hombre tenía acento español. Rodrigo se estremeció al pensar en aquellos hombres retorcidos, los "gallegos" entrenados en Rusia, actuando tras bambalinas.

Porfirio salió. El gallego le hizo una seña a José para que saliera a la terraza, donde los dos se susurraron algo.

La puerta interior se abrió y entró una escolta de guardias. Cubrieron la cabeza de Rodrigo con una toalla y lo llevaron escaleras arriba. Al entrar en su celda el calor casi le quita el aliento; y la luz del eterno bombillo se le clavó en los ojos.

Cuatro días más tarde la mirilla se abrió.

—¡Rodrigo! —dijo alguien.

La compostura mental que se había forjado evitó que Rodrigo se volteara al escuchar su nombre clandestino.

La puerta se abrió y dos uniformes aparecieron con una toalla.

Porfirio y José lo esperaban abajo en el bar. Como antes, la habitación le resultó más fresca y la luz más delicada. Los interrogadores le dieron una impresión familiar. Rodrigo recordó lo que el Moro había dicho sobre su hermano. *Está acostumbrado a sus interrogadores y le gusta hablar con ellos.* De inmediato el rostro sin afeitar y asustado de Alberto tomó forma delante de él.

Porfirio comenzó.

—Escucha, Rodrigo...

—Yo me llamo Núñez —lo interrumpió Rodrigo.

Los interrogadores se miraron con expresión severa.

—Te invitamos a salvar tu vida trabajando con nosotros —dijo Porfirio—. No te estamos prometiendo que te vamos a soltar. Tendrás que quedarte en la cárcel, pero no por mucho tiempo. Lo que te pedimos es muy simple. Sabemos que quedan envíos de armas que aún no hemos encontrado. Deja que te llevemos a un teléfono. Llama a tus amigos y diles que desaparezcan porque la Seguridad del Estado va para allá. Danos la dirección. Tus amigos escapan, nosotros agarramos las armas, y tú salvas tu vida.

—No sé nada de armas escondidas.

De nuevo los interrogadores se miraron.

—¿Qué nos puedes decir de Benjamín? —preguntó José.

—¿Benjamín del Cordobés?

—Sí, Benjamín del Cordobés —dijo Porfirio con fastidio.

—Es amigo mío.

—¡Eso lo sabemos! ¿Ha estado involucrado en lo que tú haces?

—¿En mi trabajo periodístico? No, en lo absoluto.

Ahora los interrogadores de Rodrigo lo miraron con una mezcla de desprecio y perplejidad.

—¿Qué nos puedes decir de tu hermano? —dijo Porfirio.

—Ése es un tema cerrado —respondió Rodrigo en voz baja.

—¿Por qué cerrado? —dijo José.

—Considero que cuando un hombre muere, se gana el derecho de que lo dejen en paz.

—No con nosotros. Tu hermano era un traidor y un ladrón. Sabemos que lo viste cuando estaba preso y que lo estabas ayudando.

—No hice nada para ayudar a mi hermano. Al visitarlo, sólo cumplí con mi deber de hermano. Mi hermano no era un traidor. Trabajaba estrechamente con Fidel y con el Ché, y le gustaba hacerlo. Puede que tengan razón, o que no, al llamarlo ladrón. Él murió antes de que esos cargos pudieran ser probados; pero incluso aceptando que se cogió dinero, tal vez la única diferencia entre él y otros es que mi hermano tuvo la mala suerte de que lo agarraran.

—Esos planteamientos son inaceptables —dijo Porfirio, airado.

Otro hombre entró en la habitación y le susurró algo a Porfirio, que se levantó y se fue. José lo siguió. Unos minutos después la escolta de soldados lo llevó de regreso a su cuarto.

¿Por qué desafío a esta gente? ¿Estoy loco? No, simplemente tengo un motivo diferente al de salvar mi vida. Si un hombre está preocupado por salvar su vida, no importa lo fuerte o valiente que sea, ese hombre, más tarde o más temprano, va a hablar. Yo estoy tratando de evitar que esa gente obtenga información. Eso es lo que me permite no hablar.

Unos días después los soldados lo llevaron a una nueva sesión. Rodrigo respondió las preguntas convirtiéndolas en discusiones de ideología e historia reciente.

—La Seguridad espera que hagamos algún progreso —dijo Porfirio—. De nada le sirven tus opiniones políticas.

—Pero los hechos son los hechos —dijo Rodrigo—. La revolución está en peligro a causa de su hostilidad hacia Estados Unidos. Los americanos no tolerarán una Cuba aliada estrechamente con la URSS. Si el gobierno cubano mantiene su política actual, se condena.

—No vamos a escuchar más de esto —dijo Porfirio—. Al negarnos tu cooperación, estás caminando derecho al paredón. Es evidente que estás decidido a suicidarte. Nuestras sesiones terminaron. Si te llamamos otra vez, será por alguna otra razón.

Los interrogadores se pararon y salieron.

¿Alguna otra razón? ¿Qué podría ser? No, eso fue sólo su manera de decir adiós. Nunca volveré a ver a esos dos.

Unos días más tarde, lo cubrieron con una toalla y lo llevaron al piso de abajo. Sintió que lo sacaban afuera.

Me llevan de regreso a La Habana para enjuiciarme y fusilarme.

Cuando la toalla se levantó, se encontró en el bar, frente a Porfirio y José.

—Por qué no nos cuentas de ti —dijo José.

—¿Contarles de mí? ¿En qué sentido?

—Cualquier cosa que quieras, por el tiempo que quieras —dijo Porfirio—. Cualquier cosa que quieras que sepamos.

Aquello agarró a Rodrigo fuera de equilibrio. No esperaba estar allí y la táctica de los interrogadores era nueva para él.

¿Por qué negarme? Aparte de la conspiración, no tengo nada que ocultar. Que conozcan mi vida y que saquen de ella en limpio lo que puedan.

Y entonces la soledad de las últimas semanas, la frustración, la incertidumbre, la tremenda energía del miedo, salieron a borbotones de él.

Las palabras brotaban atropelladas como el parloteo de una ópera cómica; pero la suya no era una comedia, sino una saga que se remontaba varias generaciones, en la que cada personaje estaba dibujado con trazos finos, incluso aquellos ya fallecidos y que el narrador no había conocido. Todos ellos, amados y memorables, cobraron vida bajo la máscara proteica de Rodrigo, que asumió cada personaje en su grandioso rol: la humilde abuela del campo, más dulce que una tonelada de azúcar; el tío juerguista que se parecía a Santa Claus y se acostaba con todas las sirvientas de la casa; una tía loca que contaba la misma historia una y otra vez aunque nadie la estuviera escuchando; el primo crédulo que pensaba que podía hacer correr más rápido a un potro diciéndole que lo esperaba una yegua; y animales también, cada uno de ellos cargado de personalidad; un gallo de pelea demasiado altanero para mirarte de frente, por lo que sólo presentaba el perfil; los muy queridos perros y gatos, los siempre inteligentes puercos, las coloridas arañas, las legiones de hormigas. Toda una infancia de estudios reemergió en la mítica figura de Aquiles, a quien los dioses le habían dado a escoger entre una vida larga sin emociones y una corta, pero intensa. El estudiante, él mismo, rechazó la elección de Aquiles y juró vivir una vida larga e intensa. Cumplió su resolución al entrar en la lucha contra Batista, el mayor episodio de su existencia, que lo llenaba, incluso ahora, de pavor y de orgullo...

Al acercarse el extenso recitativo a su nota final, Porfirio dijo:

—Sería una lástima que una vida así quede truncada.

—¿Hay algo que nos puedas ofrecer que nos pueda dar una razón para perdonarte la vida? —preguntó José.

Esta pregunta tomó a Rodrigo por sorpresa. Habiendo vaciado su alma, no estaba en condición de responder.

—¿Podrían darme dos o tres días para pensar? —preguntó.

Porfirio y José se miraron.

—Está bien —dijeron, y se marcharon.

En su celda, Rodrigo caviló.

Para esta gente mi vida o mi muerte es un asunto de conveniencia. Si les es conveniente que yo muera, me aplastarán como una cucaracha. Si les es conveniente que viva, me mantendrán vivo por mucho que me odien.

¿Cómo puedo hacer conveniente para ellos que yo viva?

Quieren usar mi instinto de supervivencia para sus fines. Sería estúpido de mi parte seguir por ese camino. Tan pronto se convenzan de que han averiguado todo lo que sé, me ejecutarán.

Mi única salida es usar el instinto de supervivencia de ellos para mis fines.

—Entonces, ¿a qué conclusión has llegado? —preguntó José cuando trajeron a Rodrigo de nuevo al bar.

—Hay una forma en que podemos trabajar juntos —dijo el

prisionero.

—Veamos cuál es.

—Muy bien. En los últimos días he estado pensando en la dificultad en que está metida la revolución...

—¿Vas a dispararnos otro de tus análisis? —lo interrumpió José.

—Es la pura verdad. El gobierno cubano ha obtenido una victoria política y militar, pero a no ser que pueda sacar de esta victoria una ganancia diplomática, el tiro le saldrá por la culata. Los americanos están decididos a vengarse de Cuba. A no ser que se logre un acuerdo, y rápido, vendrán otra vez, y con todos los hierros. Cuando eso ocurra, el sufrimiento en Cuba será indescriptible. Todavía tenemos la oportunidad de llegar a un acuerdo con los Estados Unidos y yo creo estar en posición de hacer de mediador...

—¿Hasta dónde llegan tus contactos? —preguntó Porfirio.

—Hasta el cogollo.

Los interrogadores guardaron silencio.

Por supuesto que no tienen nada que responder a esto. Convertí este asunto en algo demasiado grande para ellos.

El prisionero agregó, como buen abogado que era:

—Si sirvo de instrumento en este esfuerzo, no espero solamente que retiren los cargos contra mí, sean los que sean. Espero que se me compense mi gestión.

—Ya nos pondremos en contacto contigo para hablar de esto —dijo Porfirio.

En su cuarto, Rodrigo le dio vueltas y vueltas a la jugada que había hecho.

Mis interrogadores están fuera del juego. Ni siquiera el jefe de la Seguridad tiene el poder para decidir sobre esta propuesta. En el estado unipersonal, sólo una persona tiene autoridad. La cosa tiene que llegar a Fidel.

Supongamos que Fidel me pone en Washington como mediador de Cuba. Me pondré en contacto con mis amigos americanos y me preguntarán: ¿Qué coño estás haciendo aquí, hijo de puta? ¿Tratando de salvar el pellejo?

Yo les diré: ¡No! Yo estoy de este lado. ¿De qué lado están ustedes? No quiero que negocien. Quiero que peleen. Vine a decirles eso. Y, hagan lo que hagan ustedes, yo seguiré peleando. Cuando termine esta conversación, pónganme otra vez en las montañas de Cuba. Muchos de mis compañeros están muertos. Quiero terminar la tarea por la que ellos murieron, no salvar mi pellejo de otra manera.

¿Me creerán mis amigos de Washington? Probablemente no. Si Castro no me mata, lo más posible es que lo hagan los americanos.

Estoy bajo veinte metros de agua.

¿Qué hace un hombre bajo veinte metros de agua? Lo único que puede hacer. Busca aire a su alrededor.

Cuando lo bajaron otra vez, Rodrigo podía sentir la tensión y la hostilidad de sus interrogadores aun antes de que le quitaran la toalla.

—Tu propuesta ha sido rechazada —dijo Porfirio—. El departamento ha determinado que quieres engañarnos. No podemos permitir eso.

Al escuchar estas frases, y al comprender que anunciaban una pena de muerte, Rodrigo sintió que las rodillas se le aflojaban. Este comportamiento instintivo le produjo repugnancia. Logró recuperar su compostura por la fuerza de su repugnancia, utilizando cada onza de voluntad para mantener su cuerpo sobre sus pies.

—¿Qué piensas decirle al Tribunal Revolucionario? —preguntó José.

—Si ustedes están tan seguros de su caso contra mí, ¿por qué habría de preocuparles lo que voy a decir? —replicó Rodrigo.

Los interrogadores se fueron sin contestar y Rodrigo fue devuelto a su cuarto.

Mi actitud de desafío no me ha llevado a ninguna parte. Sólo me ha permitido quedar bien conmigo mismo. ¡Eso no será suficiente, pero tendrá que serlo!

Después de otros ocho o diez días sin contacto humano, excepto por los viajes al baño, Rodrigo escuchó abrirse la mirilla.

—Te vas —dijo un guardia.

—¿Con tan poco aviso? —contestó Rodrigo—. ¿Cómo voy a hacer para recoger todas mis posesiones?

—¡Tus posesiones las tenemos aquí! ¡Ponte esto!

La puerta se abrió. Le entregaron la ropa y los zapatos. Después de vestirse, lo cubrieron con la toalla y lo llevaron afuera hasta una camioneta como la que lo había traído desde La Habana. Subió al compartimiento posterior vacío y en breve la camioneta comenzó a moverse.

* * *

Después de un mes en el centro especial de interrogatorios, Rodrigo casi se sintió como en casa en la antigua Celda Tres.

—¡Prisionero Núñez! —resonó la voz de un guardia.

—Yo soy Núñez —dijo Rodrigo, presentándose en la puerta de la celda.

—Ven conmigo.

El guardia llevaba una ametralladora y estaba de muy mal humor.

Mientras caminaban por el pasillo, Rodrigo se dijo: *Vas a tu ejecución. ¡Compórtate! No les muestres ninguna emoción.*

Doblaron por otro pasillo, sin que el guardia dejara de regañarlo por todo el camino. Al doblar por tercera vez, le indicaron que pasara a una oficina. Detrás de unos barrotes vio a su madre y a la hermana menor de ésta, Celia.

Rodrigo, desde su captura, no había visto un espejo. Ahora se veía en el espejo de la cara de su madre. El calor y la falta de agua durante varias semanas de interrogatorios lo habían hecho adelgazar considerablemente. Su madre lo miró horrorizada. En una fracción de segundo logró disimular aquel sentimiento y reemplazarlo con su habitual firmeza.

—¿Cómo te van las cosas? —le preguntó.

—He mantenido la frente en alto —contestó él.

—Bien.

—Tienen que ser fuertes —dijo Rodrigo—. Me van a fusilar.

—¡No puedes perder la esperanza! —insistió la vieja—. Hay mucha gente rezando por ti y tus amigos están preparándose para intervenir.

Con los guardias a sólo unos pasos, Rodrigo se cuidó de no reaccionar a esta mención de la CIA.

—Quiero escribirles un mensaje a mis hijos —dijo Rodrigo a su madre y al guardia a la vez.

—Escribe el mensaje y enséñamelo —instruyó el guardia mientras le alcanzaba papel y lápiz al prisionero.

Rodrigo escribió:

—Queridos Esteban e Yrene. Cuídense mucho uno al otro. Sus voces siempre fueron mi música.

Le dio el papel a su madre, quien se lo mostró al guardia.

—Puede quedarse con el mensaje —le dijo el guardia.

—Vieja, sé valiente —dijo Rodrigo—. Estén siempre pendientes uno del otro.

—Nosotros sabemos cuidarnos bien, ¡pero tú no serás ejecutado!

XIX.

LA INQUISICIÓN

¡BAAM! Una descarga del pelotón de fusilamientos despertó a Rodrigo y a los otros prisioneros. Luego vino un disparo solitario, el tiro de gracia, y el rugir de un motor de camión: un cadáver que era retirado.

Casi todos los hombres de la Galería 16 de la Cabaña, unos cien, se agolparon contra la ventana con doble hilera de barrotes que daba al paredón de fusilamiento.

—¡Monstruos! —gritaron—. ¡Hijos de puta! ¡Viva Cuba Libre! ¡Viva Cristo Rey!

—¡Apunten! ¡Fuego! —la voz del verdugo se alzó sobre el barullo. *¡BAAM!* Sonó otro tiro solitario y el camión partió con otro cuerpo.

Unos pocos hombres que no se amontonaron en la ventana recitaban el rosario. Rodrigo no se acercó a la ventana y tampoco se puso a recitar el rosario. No era un hombre que buscara consuelo religioso y muy pronto vería el paredón bien de cerca. En unas horas se celebraría su propio juicio. Probablemente sería sentenciado a muerte y a esta hora del día siguiente sus compañeros de cárcel estarían escuchando los disparos que acabarían con su vida.

—¡Prisionero Núñez!

Todos se voltearon. Los prisioneros pensaron que uno de ellos iba a ser fusilado sin juicio. Un grupo se formó alrededor de Rodrigo y fueron estrechándole la mano mientras avanzaba hacia el guardia.

—¡Por aquí! —dijo el guardia impaciente.

Debe haberme llegado el turno. Bueno, al menos moriré sin la parodia del juicio.

Caminaron unos minutos. El guardia abrió la puerta de un cuarto de interrogatorio.

—Espera aquí —le dijo a Rodrigo, y cerró la puerta.

Cuando la puerta se abrió de nuevo, la imponente figura del Moro, abrumada por una pesada tristeza, apareció frente a él.

—¡Moro! No debiste venir a verme. ¡Esto es extremadamente peligroso para ti!

—Ahora no. Todo el mundo está mirando...

—¡Claro! Están mirando el circo —dijo Rodrigo con una sonrisa—. ¿Pero y el hombre que vino por mí? Parecía encabronado.

—Sólo porque no puede estar mirando el circo por mi culpa. No hay problema con él. Está en deuda conmigo y me es fiel como un perro.

—Te agradezco esto, Moro. No es fácil decir adiós.

—Doctor, lo siento.

—No digas eso. Me siento honrado por nuestra amistad. Ninguno de nosotros tiene nada de qué arrepentirse. Yo no, en todo caso.

El hombrote se inclinó hacia Rodrigo y lo envolvió con sus brazos. Luego, muy rápidamente, el Moro se había ido.

El camino de regreso a la Galería 16 le pareció a Rodrigo mucho más corto que el recorrido de ida. Cuando sus compañeros de celda le dieron la bienvenida, les dijo:

—Los informes de mi muerte son prematuros al menos por un día.

* * *

—¡Prisionero Núñez! —estaba siendo llamado por un guardia español.

—Aquí, camarada custodio —respondió Rodrigo—. No tengo intención de perderme mi propio juicio. Además, disfruto ser puntual y ésta podría ser mi última ocasión de serlo.

—Podrás reírte ahora —bramó el guardia—, ¡pero vamos a ver cómo te tiemblan las piernas cuando te pongan frente al pelotón de fusilamiento!

Los compañeros de Rodrigo soltaron una andanada de insultos:

—¡Matón comunista! ¡Maricón rojo! ¿Por qué no vas a tomarte el flujo menstrual de tu madre?

—¿Quién dijo eso? —gritó el guardia.

—¡Tarrudo imbécil! Nikita lo dijo cuando se singó a tu mujer.

—¡Ey! —Rodrigo le gritó a su gente—. ¡No nos rebajemos a ese nivel! Por favor, disculpe a mis amigos —le dijo al guardia—. No querían ofenderlo. Sólo valoran mi vida.

El guardia agarró a Rodrigo por el brazo y se lo llevó a empujones.

Llegaron a una antesala donde los prisioneros que iban a ser enjuiciados ese día eran concentrados desde distintos puntos de la fortaleza. Era una multitud considerable, compuesta de unos sesenta hombres y media docena de mujeres. Todos se mantenían callados, seguramente para evitar que sus carceleros los vieran hacer contacto con otros presos. Rodrigo reconoció a varias personas con las que se había cruzado en las distintas luchas, incluyendo a Manuel Serrano, el informante que había visto por última vez en la Celda Tres de Seguridad.

Un gran destacamento de guardias condujo a los prisioneros a un patio donde los esperaba una turba compuesta por gente común y corriente, de todos los tipos y edades, que las autoridades habían reunido para una manifestación "espontánea". Estaban alineados a lo largo de todo el camino hasta la sala de juicio, y gritaban consignas y epítetos venenosos a los acusados. Cuando Rodrigo entró en la amplia sala, se abrió una brecha en la hilera de manifestantes y vio a su madre delante de él.

—¡No puedes perder la esperanza! —ella le susurró—. ¡Tu situación todavía podría cambiar!

La vieja regresó de nuevo a la turba y se paró junto a su hermana Celia. Ambas sonreían a Rodrigo, tratando de demostrar confianza, pero estaban visiblemente horrorizadas ante el masivo espectáculo de dolor y odio. Mientras asimilaba las palabras de la vieja, Rodrigo recordó una frase similar que le había dicho a su hermano Alberto, y su corazón se encogió.

Cientos de personas llenaban la sala: acusados, familiares, abogados, fiscales, jueces, soldados, periodistas y diplomáticos, todos nadando en un mar de personas que habían venido a mostrar los colores de la revolución.

—¡El Tribunal Revolucionario Número Uno entra en sesión!

El que hablaba era el Presidente del Tribunal, el teniente Emiliano Anglada. Este hombre, uno de los compañeros de Rodrigo en la lucha contra Batista, había llegado a ser uno de los juristas más eminentes y temidos de Castro. Los prisioneros políticos lo llamaban "Emiliano Paredón".

Los procedimientos comenzaron con las deposiciones de oficiales de la Seguridad que testificaban contra cada uno de los acusados. A veces estos oficiales respondían preguntas de uno de los cinco jueces o del fiscal, el doctor Hernán Serafín, conocido entre los presos como "Charco de Sangre". Al escuchar estos testimonios, Rodrigo recordó las palabras de un oficial que lo había interrogado: *En tu juicio, lo único que va a contar es la opinión de la Seguridad del Estado.*

Unos minutos después, como invocado por el recuerdo de Rodrigo, apareció ante el tribunal aquel mismo oficial. El fiscal lo presentó como el agente de la Seguridad del Estado Feliciano González.

Sin que le preguntaran nada dijo:

—El prisionero Mariano José Núñez Hidalgo, abogado y autoproclamado periodista, es en realidad el notorio líder terrorista cuyo nombre clave es Rodrigo. Bajo ese nombre ha estado conspirando contra la Revolución desde el primer año. En sus esfuerzos para destruir al gobierno revolucionario ha trabajado como agente de la CIA, ha introducido armas clandestinamente, ha planeado ataques terroristas y ha entrado y salido numerosas veces de Cuba de manera ilegal. En marzo saltó en paracaídas en la provincia de Camagüey con un cargamento de armas suministrado por la CIA. Sólo la venta de esas armas en el mercado negro por un colega oportunista evitó su uso contra las Fuerzas Armadas Revolucionarias. El año pasado, el comandante Ché Guevara ordenó el arresto de Alberto Núñez, hermano del prisionero, bajo cargos de desfalcar fondos del gobierno. Alberto Núñez se suicidó en prisión antes de que la Seguridad del Estado lo pudiera interrogar plenamente. En opinión del Ministerio del Interior y de la Seguridad del Estado, el prisionero Núñez-Rodrigo ha sido, y continúa siendo, una seria amenaza para la seguridad de la Revolución.

El pensamiento que más mortificaba a Rodrigo era el sufrimiento que había traído a sus padres. Ni siquiera sus hijos sufrirían tanto. Elena era una mujer joven y atractiva. Bajo la mirada atenta de la doctora, se volvería a casar y encontraría para sus hijos el amor paternal que ellos tanto necesitaban. Tal vez los niños estarían mejor con un hombre que no viviera en el peligro. Pero los padres nunca están mejor sin los hijos que han criado amorosamente. Aquellas referencias a Alberto debían de haber sido como puñaladas en el corazón de su madre, como lo fueron en el suyo. ¿Para qué había actuado él mismo como verdugo de su hermano? ¿A quién había ayudado o salvado por aquel acto? ¿Para qué habían servido todos esos años de lucha y de transgresiones? ¿Qué vida había sido mejorada? ¿Qué felicidad promovida? Al cesar los disparos, había fracasado en todos sus objetivos, había dejado una familia en ruinas y le había quitado sus dos hijos a sus padres.

Después de aquellos testimonios, Emiliano Paredón ordenó un receso para el almuerzo. Mientras los prisioneros eran sacados de la sala, los familiares y amigos se les acercaron. Los soldados les cerraron el paso, gritándoles:

—¡No pueden entrar aquí!

La madre de Rodrigo logró atravesar la hilera de soldados y se acercó a su hijo.

—¿Cómo estás? —le preguntó.

—Voy a ser fusilado.

—¡No es verdad! —exclamó—. Cuando te llamen ante el tribunal no debes decir una palabra.

Este consejo le sonó extraño a Rodrigo. Como cualquier hijo estaba bien acostumbrado a escuchar las opiniones no solicitadas de su madre sobre infinidad de temas; pero ahora sentía que le había dado algo extremadamente útil. Cómo o de dónde ella lo había obtenido no lo sabía, pero le pareció que su consejo tenía sentido. Esto lo intrigó y le agradó al mismo tiempo.

Cuando la corte reanudó la sesión, Emiliano Paredón llamó a cada uno de los acusados ante el tribunal y les preguntó:

—¿Se declara usted culpable o inocente?

Algunos se declararon inocentes y trataron de refutar los cargos en su contra. Un número mayor dio respuestas ambiguas. A muchos el juez sólo les preguntaba: "¿Ratifica usted las declaraciones que ya hizo a la Seguridad del Estado?" Ellos respondían: "Sí". Dichas declaraciones no eran reveladas en la corte.

El más activo de los testigos fue el informante Serrano, que se declaró "culpable con circunstancias atenuantes". Cuando el tribunal le pidió una explicación, Serrano habló de otros acusados, dando detalles de sus actividades. Nuevamente, Serrano no se dio por enterado de la presencia de Rodrigo y no dio evidencia alguna en su contra.

—¡Mariano José Núñez Hidalgo! ¡Acérquese al tribunal!

Rodrigo se paró ante los cinco jueces. Su viejo compañero Emiliano Paredón era el que le hablaba.

—¿Se declara culpable o inocente?

—Me abstengo —dijo Rodrigo.

—Puede regresar a su asiento —proclamó el juez ritualmente, con un subtono de consideración que no se le escapó a Rodrigo.

El fiscal Serafín, "Charco de Sangre", se paró para presentar sus argumentos finales. Fue nombrando a cada uno de los acusados y pidiendo sentencias cada vez más altas: diez o quince años, veinte o treinta. La sala del tribunal se llenó de llantos de las esposas, padres, familiares y amigos. Emiliano Paredón dio un golpe de mazo y ordenó silencio, pero la conmoción siguió, aumentando de intensidad al hacerse mayores las sentencias.

—Manuel Serrano López: el Estado pide la pena de muerte por fusilamiento. Carlos Vinay García: el Estado pide la pena de muerte por fusilamiento. Mariano José Núñez Hidalgo: el Estado pide la pena de muerte por fusilamiento...

Al escuchar su nombre, Rodrigo clavó los ojos en Emilano Paredón. Su viejo compañero miraba hacia otra parte. En ese momento, sin embargo, el juez hizo el gesto de unir sus muñecas, como queriendo decir "Tengo las manos atadas".

Era un pequeño consuelo para Rodrigo, pero era un consuelo. Su amistad, forjada en el fragor del combate, podía no bastar para salvarle la vida, pero representaba algo que ni siquiera la lealtad hacia Castro podía borrar del todo.

Los plañidos de aquellos que estaban a punto de perder a sus seres queridos por muchos años, o para siempre, habían ido subiendo en intensidad. Emiliano Paredón daba repetidos golpes con el mazo, pero el desorden de la vida clamando por la vida no podía ser calmado y siguió varios minutos más.

Cuando los lamentos se habían apagado lo suficiente para que el juez pudiera ser escuchado, éste dijo:

—¿Alguno de los acusados desea agregar algo a sus declaraciones?

Ante esta invitación, el informante Serrano se dirigió al tribunal.

—El fiscal no tiene derecho a pedir la pena de muerte para mí —dijo, aún arrogante pero con un hondo temblor en su voz—. El mío es un caso especial.

—El fiscal sabe lo que hace —dijo el juez, tajante, y Serrano regresó a su asiento, devastado.

Emiliano Paredón declaró cerrada la sesión. La guardia armada, formada por milicianos y soldados, comenzó a sacar a los prisioneros de la corte, mientras la turba revolucionaria volvía a formarse para otra manifestación "espontánea" contra los hombres y mujeres que habían sido condenados.

Rodrigo vio a su madre parada detrás de los guardias, entre la turba.

—¡Adiós, vieja! —gritó—. Despídeme del viejo. Y ten valor.

—Esto no se ha acabado —replicó ella con voz estentórea.

Afuera, se había hecho de noche. El juicio había durado catorce horas. Los reflectores que alumbraban el patio mostraban las graciosas líneas de la arquitectura del edificio, un pedacito de la vieja España. Después que el cielo oscurecido diera paso al alba, después que el día se hiciera noche y día otra vez durante decenas y cientos de años por venir, esta vieja criatura de piedra, hermosa a pesar de sí misma, seguiría viviendo. Y Rodrigo la envidiaba.

Al atravesar el patio bajo las miradas y las burlas de la turba revolucionaria, los condenados fueron expuestos ante otro grupo: una masa de niños vociferantes, de nueve a once años de edad, que blandían "checas". Las expresiones de odio de estos niños armados, dirigidos por soldados, eran especialmente enervantes.

En medio del patio, detuvieron a los prisioneros frente a un camión del ejército.

—Las siguientes personas darán un paso al frente: Manuel Serrano López, Carlos Vinay García, Mariano José Núñez Hidalgo, Ramón Quevedo Blanco...

Los que estaban a punto de morir eran llevados al paredón.

Rodrigo y los demás subieron al camión, donde los esperaban dos soldados por cada uno de ellos. Entre los condenados arriba del camión y los prisioneros que quedaban en el patio se intercambiaron despedidas. Éstas no eran más que apellidos: "¡Vinay!" "¡Rivero!" "¡Núñez!" "¡Izaguirre!" "¡Quevedo!" Al gritar los apellidos, muchos levantaban los brazos con emoción; y la separación era sentida intensamente por aquéllos que, aun sin conocerse, compartían una especie de amor a través de la elección que habían hecho.

Estos llamados provocaron una respuesta furiosa de la multitud. Los guardias comenzaron a darles empujones a los prisioneros. Gritos de "¡Mátenlos a todos!" atravesaron el aire de la noche mientras los niños agitaban sus ametralladoras y gritaban con una ferocidad aún mayor.

Rodrigo contempló la escena desde la altura del camión y con la visión aguzada de quien se sabe en el umbral de la muerte. Ahí estaba la masa empujando a unos cuantos transgresores hacia su castigo, actuando con un fervor que llamaban "revolucionario", pero que era en realidad supersticioso; porque estaban tratando de apaciguar a un Dios remoto, temido y todopoderoso. En el escenario nocturno del viejo patio español alumbrado por llamaradas de luz, Rodrigo vio que la ceremonia que se desarrollaba ante sus ojos era un auto de fe. Bajo la maldad compactada de una tiranía moderna, había renacido la Inquisición con un rostro aún más siniestro.

En la antigua España, el Rey y el Gran Inquisidor eran dos personas diferentes. Aun cuando la Iglesia y el Estado estuvieran cerca, podían diferenciarse. E incluso durante las épocas más crueles había sido posible que la bondad se colara por las grietas que había entre ambos monolitos. En esas circunstancias un hombre legendario, llamado Rodrigo, había abierto una brecha entre Rey e Inquisidor. A través de esa brecha, y a costa de la propia vida de Rodrigo, la bondad se había abierto paso. Ahora, en la isla hispana de Cuba y en la persona de Fidel Castro, Rey e Inquisidor se habían hecho uno. Y esta Inquisición no tenía fisuras. Nada le hacía mella. Miles y miles de personas habían sido empujadas a la muerte, al exilio, a la desesperación; y esta Inquisición seguía comiendo víctimas. Muy pronto, surgirían nuevas generaciones que no habrían conocido la diferencia entre Iglesia y Estado, Espíritu y Sociedad, Fe y Ley. Caerían ignorantes víctimas de la tiranía; incapaces de ver, y mucho menos de derribar, las murallas erigidas en su propio interior.

Mirando hacia afuera desde el camión militar, Rodrigo vio que ese futuro estaba ya aquí en forma de niños que gritaban consignas y agitaban ametralladoras.

A diferencia de la mayoría de las víctimas de la Inquisición, Núñez-Rodrigo no estaba siendo destruido por sus palabras o por su fe. Había conspirado para derrocar un gobierno. La sangre de otros embarraba sus manos. No podía quejarse por su caída personal. En toda razón, sabía que su ejecución no sería injusta. Morir por haber luchado no tenía nada de malo. Era algo natural, parte de la herencia animal del hombre. El torneo en el que Núñez-Rodrigo había participado era una lucha a vida o muerte. Veía su destino con la visión despejada de un animal. No se perdía en emociones más elaboradas como remordimientos o dudas de sí mismo. Simplemente se aferraba a la vida, sus pensamientos libres de cualquier idea de que las cosas debieron resultar mejor.

A pesar de esto, y de su determinación animal, la indignación humana de Núñez-Rodrigo se inflamó ante la visión de aquellos niños armados, seres inocentes que estaban siendo educados en la Academia del Odio de Castro.

En su Inquisición, Castro había ido más allá de matar a seres humanos. Estaba alterando a la Humanidad, moldeando a niños para convertirlos en portadores de armas y de odio. Su gobierno estaba siendo alabado por todo el mundo por su generosidad hacia los pobres, sus escuelas y sus hospitales gratis; ¿pero a qué fin humano servía el formar, o deformar, a millones de jóvenes almas saludables y alfabetizadas según la voluntad de un solo hombre?

El camión con los seis condenados se detuvo en un puente que daba al patio del paredón. Una pequeña multitud estaba sobre el puente, esperando por el redoble de tambores.

—Vamos, vámonos de aquí —le dijo una mujer joven a otra.

—¡No, espera! —dijo su compañera—. ¡Va a empezar en cualquier momento!

Desde el camión Rodrigo les gritó: ¡Señoritas, no se vayan! ¡Les daremos un buen espectáculo!

Las mujeres bajaron las cabezas mientras el camión seguía.

Bueno, viejo. Pronto verás si el alma humana realmente transmigra.

¿Sabes cuál es tu problema, Núñez? Siempre has sido demasiado optimista.

XX.

EL VALOR

—Les he hecho daño a mis semejantes. Me he apartado de los ojos de Dios. No quiero morir en desgracia. Caballeros, me arrodillo a sus pies. ¡Perdónenme!

El informante Serrano había estado lloriqueando desde el auto de fe. Mientras los condenados esperaban su turno para el paredón en una hilera de "capillas", o celdas de una sola persona, él seguía implorando su absolución.

Un guardia muy joven apareció en el estrecho corredor que había entre las celdas.

—¡Quevedo Blanco! —llamó.

El ex capitán del Ejército Rebelde se puso de pie. Antes de salir con el guardia miró a Serrano.

—Que Dios te perdone —dijo Quevedo galantemente—. Yo ya lo hice.

Serrano berreó aún más fuerte.

—¿Qué está haciendo? —murmuró Carlos Vinay.

—Le tiene más miedo a Dios que a Fidel —dijo Rodrigo.

—Ésa es la peor de todas las herejías —replicó Vinay.

—¡Apunten! ¡Fuego! —retumbó una andanada, seguida de un tiro de gracia, y Quevedo se había ido.

El guardia estaba de nuevo en el pasillo.

—¡Serrano López!

El lloroso informante se puso de pie, temblando. Rodrigo se acordó de su hermano, durante su última visita.

—Oye, compadre, no te preocupes —le dijo el guardia—. Todo pasa rápido en el paredón.

Los otros hombres recibieron con disgusto aquel comentario.

Serrano levantó la cabeza para mirar al guardia y le dijo:

—Lo que me preocupa es lo que está del otro lado del paredón.

En ese momento ocurrió lo impensable. El informante había recuperado su dignidad.

—¡Apunten! ¡Fuego! ¡BAAM! —Serrano se había ido.

El guardia regresó y miró de frente a Rodrigo.

—Tú sigues, viejo.

Rodrigo se puso de pie.

—¿No vas a decir mi nombre también?

—¡Núñez Hidalgo! ¿Estás satisfecho ahora, cabrón?

—¡Bien hecho! Espero que te quede algo de valor para mi ejecución.

—¡Hijo de puta! ¡Te van a dar lo que te mereces en un minuto!

—Tal vez, pero no me lo vas a dar tú.

El guardia lo agarró con fuerza y lo empujó por el corredor, y luego hacia el patio de las ejecuciones.

El comandante puso a Rodrigo frente al paredón.

—¿Los ojos vendados?

—No, gracias.

Rodrigo miró hacia el puente buscando a las mujeres que había visto antes. Todavía estaban allí. Fijó la mirada en ellas con toda intención.

—¡Apunten!

Dios, muero con la sensación de esas mujeres dentro de mí.

—¡Descansen… armas!

¿Descansen?

—¡Mariano José Núñez Hidalgo! ¡El Comandante en Jefe de las Fuerzas Armadas Revolucionarias ha tenido a bien el conmutar su sentencia de muerte por la de treinta años de cárcel!

Treinta años. Más que la edad que tengo. Es una vida, una nueva vida. He regresado a otra vida.

Se sintió como un campo de hierba recién cortada.

El comandante tomó a Rodrigo por el brazo y se lo entregó al guardia.

—Así que te dejaron quedarte de este lado del paredón —comentó el guardia con decencia.

—Yo no sé dónde estoy —respondió Rodrigo—. Estoy abriendo los ojos todavía.

XXI.

EL TIEMPO VUELA

De las memorias de Rodrigo, escritas en 1983, Año 25 de la Revolución Cubana.

En la cárcel, el tiempo se mueve lentamente. Lo importante es asegurarse de que se mueve, porque cuando deja de moverse, mueres.

Durante las semanas y los meses que siguieron al simulacro de ejecución, el tiempo no se movió para mí, pero esto era natural. Había vuelto a nacer. Mis sentidos tanteaban la vida como por primera vez, y el paso de los días y las semanas era tan poco memorable para mí como para un niño. Inevitablemente, recuperé mis sentidos y me hice hombre otra vez. Estaba en una enorme jaula circular, repleta a reventar de otros hombres para quienes el tiempo no se movía. Estos hombres sabían que sus hijos crecían, podían sentir a sus esposas añorándolos intensamente, mientras ellos, sofocados por falta de amor, no iban a ninguna parte; y comprendí entonces el viejo proverbio chino de que el hombre que no va a ninguna parte se arrastra hacia el olvido.

Sobre mí mismo tenía una simple pregunta: ¿Por qué estaba allí? ¿Quién o qué se había concertado para salvarme? En ese momento no veía nada claro. Simplemente me sentía contento de estar vivo. Una vida en la cárcel —incluso toda una vida en la cárcel— era mejor que no tener vida.

Durante un tiempo, mis compañeros de prisión y yo pudimos distraernos con la amenaza de guerra que se cernía entre Estados Unidos y Cuba. Una guerra podía darnos la libertad si Castro perecía; en tanto que una paz genuina lograría lo mismo si incluía nuestra liberación.

La mayoría de los presos ansiaban la guerra, entre ellos unos mil hombres de la fuerza invasora que habían sido capturados. Estos hombres estaban como locos de la rabia y la impaciencia. Cada vez que escuchábamos un avión volar sobre nuestra cárcel circular, daban un brinco y gritaban: "¡Ahí viene nuestro apoyo aéreo!" Era una amarga referencia a los aviones que los americanos no habían enviado durante la invasión. Nada hubiera hecho más felices a esos hombres que oír bombas americanas caer.

Teníamos que lidiar, sin embargo, con otro tipo de bombas. Ante nuestros propios ojos, los hombres de Castro habían colocado cargas de dinamita en las cuatro naves circulares del enorme complejo carcelario de Isla de Pinos.

El mensaje estaba claro. Si los americanos invadían Cuba, Castro armaría un *Götterdämmerung* que nos volaría en pedazos. En un período de meses, mediante una labor secreta y fatigosa, localizamos y desconectamos los cables de las cargas de dinamita. Claro que con esto no acababan nuestras preocupaciones, porque no era fácil adivinar qué otras sorpresas nos podía estar preparando Castro, un hombre con el cerebro de un maestro ajedrecista, el alma de un gángster y los recursos del poder absoluto.

Una de las raras dichas de nuestra vida de prisión era que podíamos mantenernos bastante bien informados de los acontecimientos del exterior. Y al tener una perspectiva especial del régimen de Fidel, junto con abundante tiempo para pensar y discutir, podíamos percibir estos acontecimientos de una manera diferente a la de otros.

En marzo de 1962 Fidel anunció el racionamiento. Lo presentó como una medida temporal contra lo que llamó el "bloqueo" americano de Cuba. Hoy, mientras escribo veintiún años después, sigue vigente esa medida temporal. Ya entonces nos parecía asombroso. Castro había estado nadando en una piscina de dinero. Había comenzado con la vasta riqueza acumulada por los viejos regímenes. Se había cogido casi todo lo que poseía la clase empresarial cubana. Les había quitado miles de millones a los americanos. Había obtenido préstamos de los soviéticos. Contaba con un pueblo prodigiosamente capaz y algunas de las tierras más ricas del planeta. A todo esto le agregó sus propias políticas económicas, ¿y cuál fue el resultado? Después de apenas tres años en el poder, el régimen de liberación con más respaldo económico en los tiempos modernos tuvo que instituir la libreta de racionamiento.

Poco después de anunciar el racionamiento, Castro y sus medios de comunicación comenzaron a hacer declaraciones críticas del Partido Comunista Cubano. Los líderes comunistas, decían, eran sectarios hambrientos de poder que se habían apoderado de los cuerpos de gobierno del país y habían diseminado la ineficiencia. Se lanzó una campaña y el Partido Comunista fue decapitado. Cientos de líderes fueron expulsados de la vida pública.

El objetivo evidente de Castro era usar a los comunistas como chivos expiatorios de los problemas de Cuba. Lo logró en mayor medida de lo que él mismo soñaba. Después de la purga, casi todo el mundo simpatizaba más con él. Los no comunistas lo hallaban más "confiable". Los comunistas, a los que había dejado mal parados, lo aceptaron no sólo como el gobernante absoluto de Cuba, sino como el líder *de facto* de su partido. Y algo que parecía anormal pero que era simplemente natural: la purga lo engrandeció a los ojos de los líderes soviéticos, que sabían mejor que nadie que el "comunismo" sólo era otro nombre del régimen monolítico que Fidel estaba construyendo.

Al mismo tiempo, Castro estaba tan atareado como un castor levantando defensas contra la única fuerza en la Tierra que aún podía derribarlo. Sabía que los americanos estaban furiosos por lo de Bahía de Cochinos y que planeaban vengarse. Castro también comprendió, por lo que ocurría en Europa —donde los soviéticos obtenían sonadas victorias frente a los Estados Unidos—, que Nikita, como llamábamos al premier soviético, se estaba preparando para retar a Kennedy. ¿Por qué no formar una alianza cubano-soviética con ese fin? Los soviéticos podían ganar una cabeza de playa en el continente americano, mientras que Cuba obtendría todo el armamento que necesitara para mantener a raya a Washington. Fue así que Castro y los soviéticos se unieron para protagonizar aquella farsa dramática de resonancias épicas conocida como la Crisis de Octubre.

En Cuba, lo más interesante que tuvo fue ver cómo la gente se comportaba bajo una nube de muerte. A lo largo de aquellos días que parecieron durar vidas enteras, los presos nos sentimos como si nos hubiéramos reincorporado al mundo. O tal vez el mundo se había incorporado a nosotros, pues la amenaza de muerte nos había hecho prisioneros a todos.

La manera en que la gente enfrentaba aquella calamidad era una expresión de cómo habían vivido sus vidas. Nuestros presos se mostraban generosos y de buen humor. Un comentario típico era que, al acercarse el apocalipsis, gran cantidad de mujeres estarían alarmadas por el hecho de que todavía eran vírgenes. Nunca habían sido mayores las oportunidades para los hombres, pues las mujeres les estarían cayendo atrás por toda la isla, mientras que nosotros estábamos en la cárcel entreteniéndonos "con la manuela".

Los guardias de la prisión, fieles a la forma, se deshacían en odio. "¡Si sus amigos nos lanzan una bomba atómica", nos gritaban, "ustedes serán los primeros en morir, pedazos de mierda!"

Nuestra respuesta era fácil. Les decíamos simplemente que si nosotros moríamos, eso querría decir que Castro estaría muerto también. Eso les hacía pensar en algo que sabían y no les gustaba recordar: que el régimen de Castro era la única excusa que tenían para sus vidas banales y sórdidas. En esos días la idea de la caída de Castro se había hecho tan tangible que su sola mención era la mejor manera que teníamos para evitar que los guardias abusaran de nosotros, pues los dejaba tan vacíos que perdían incluso el valor necesario para tratarnos mal.

En cuanto a Castro, también se mostraba más fiel a sí mismo que nunca, al enfrentar su peor pesadilla. El gran sufrimiento del tirano no era el temor a la muerte o a la destrucción. Era no ser el centro de atención. Sin duda, había colocado a Cuba entre los Estados Unidos y la URSS con gran habilidad y audacia; pero cuando las cosas se pusieron duras se convirtió en un mosquito entre dos elefantes que bailaban. Gritaba que iba a humillar a los yanquis o que iba a usar el Ejército Rebelde para defender los misiles soviéticos así como la patria. Por una vez nadie lo escuchaba. Todos en el mundo estaban demasiado pendientes de las superpotencias. Cuando los soviéticos anunciaron que iban a retirar sus misiles, Castro tuvo que enterarse por la prensa. Esto lo mortificó y le hizo gritar más alto que nunca que los soviéticos habían tomado una decisión sobre Cuba sin consultarlo.

Un punto que apenas mencionan los observadores fue que la Crisis de Octubre le dio a Castro un control permanente del poder. A los ojos de todo el mundo, el resultado de la crisis hizo a los americanos sentirse enormes y a los soviéticos pequeños, pero esos resultados no eran definitivos para esas naciones. El general De Gaulle captó vivamente la esencia del asunto al comentar sobre Kennedy y Kruschev: "No pertenecen a la raza de los guerreros". En unos años, ambos líderes se habían marchado, mientras que Castro se había convertido en Presidente Vitalicio.

Aun entonces, Castro no podía dejar de hablar de lo mal que los soviéticos lo habían tratado, y ésa era su esencia: dar su fortuna por descontada y mostrarse amargado y vengativo con quien lo hubiera insultado. Durante años, estuvo rumiando el tema de los malvados soviéticos hasta que el colapso económico de Cuba fue tan completo que tuvo que acudir a ellos para que lo sacaran de apuros. En 1968 volvió a purgar a los comunistas cubanos, una jugada que siempre lo acercó más a los soviéticos; luego declaró su apoyo a la invasión soviética de Checoslovaquia, tras lo cual Moscú comenzó a inyectarle dinero en grande a Cuba.

Cuando la Crisis de Octubre acabó, los informes de prensa aseguraban que los americanos, a cambio de que los soviéticos se llevaran los misiles, habían prometido que dejarían tranquila a Cuba. Nosotros los presos no queríamos creerlo. No podíamos aceptar que los americanos no vendrían a nuestro rescate. En un par de meses, los prisioneros de Bahía de Cochinos fueron liberados; los americanos se los habían cambiado a Castro por un enorme cargamento de compotas y medicinas. El día que salieron —en la Navidad de 1962— uno de los presos políticos más viejos, un ex partidario de Batista, gritó:

—¡Oye, nos dejaron solos!

Tuve que reírme.

—¿Solos? ¿Cómo puedes decir eso, viejo? ¡Este lugar está repleto!

Por supuesto que sabía lo que quería decir. Una vez que aquellos rehenes salieran, los americanos nos podían olvidar. Todavía no queríamos creerlo. Y es que aceptar algo como esto lleva tiempo. Incluso cuando el tiempo ha pasado, una luz tiene que alumbrar la verdad para que ésta pueda quedar claramente a la vista; y una luz proveniente de las tinieblas, como la aparición de unos faros en movimiento a lo largo de una carretera oscura, nos mostrará la verdad con más claridad que nada.

Casi un año después de la liberación de los prisioneros de guerra, nuestro radio de onda corta —el artículo de contrabando que de algún modo consiguen los presos en todas partes— captó una noticia que nos dejó fríos. Unos minutos antes, en Texas, el presidente Kennedy había sido asesinado a tiros.

La noticia nos sacudió y horrorizó tanto como a cualquiera en el mundo. Si bien nos habíamos sentido traicionados por Kennedy y los Estados Unidos, albergábamos una admiración y un afecto aún mayores hacia ellos. Además, nos sentíamos más cerca de Kennedy porque de algún modo se había preocupado por nuestra suerte; y ahora el Presidente, junto con su vestigio de preocupación por nosotros, se había ido.

A la mañana siguiente, después de que terminó el conteo de presos y los guardias ordenaron romper la formación, el preso que daba los anuncios en cada cárcel circular proclamó:

—Ayer, el Presidente Norteamericano fue asesinado. En honor de su memoria, ofrecemos un minuto de silencio.

Mientras cuatro mil presos cubanos nos parábamos en atención, los guardias comenzaron a proferir insultos y a gritar enloquecidos. En casi cinco años, el adoctrinamiento castrista había producido una masa de gente que, a contrapelo del instinto cubano, aborrecía a los Estados Unidos. Aquellos guardias eran parte de esa masa y estaban furiosos de tener que vernos rendirle tributo al presidente Kennedy.

En realidad lo que marcamos con aquel acto fue el final no sólo de un presidente sino de una época: de *nuestra* época. Mientras Kennedy estuviera vivo, podíamos tener la esperanza de que alguien nos rescatara de la eternidad y nos devolviera a la historia. Con la muerte de Kennedy nuestra historia desapareció y nosotros la sentimos desaparecer. No teníamos amarras ni al tiempo ni al espacio. Estábamos atrapados en la eternidad, vivos y muertos al mismo tiempo. Y podíamos ver que tendríamos que embarcarnos en una guerra muy diferente a las que habíamos conocido. Esta sería una invisible guerra interior sumamente difícil de librar: una guerra contra nosotros mismos.

¿Qué tiempo podíamos resistir contra los carceleros de Castro? ¿Qué tiempo podíamos resistir sus crueldades, así como sus ofertas seductoras, que eran crueldades disfrazadas? Un número de presos que llegaron a conocerse como "los plantados" lucharon contra los esfuerzos por rehabilitarlos. Continuamente, los guardias les ofrecían el mismo trato: cooperen, confiesen que han conspirado, cuéntennos acerca de sus actividades y las de otros y mejoraremos sus vidas. Les daremos más comida, mejores celdas, el derecho a salir al aire libre, visitas conyugales con sus mujeres y condenas reducidas. Pueden recuperar sus vidas, pero sólo si trabajan con nosotros.

Muchos hombres tomaron este curso y eso tenía sentido para ellos; especialmente para los inocentes que estaban cumpliendo condenas de veinticinco años porque alguien los había escuchado decir: "¡Este gobierno es una mierda!". Decir eso, por supuesto, es un derecho de la gente en todas partes. Castro encerró a muchos por eso. A diferencia de los genuinos presos políticos, esa gente fue a la cárcel no por una razón sino por un comentario. Ahora se veían condenados no a meses ni años sino a *décadas*, sin esposas ni hijos, sin poder ir a comer con un amigo, sin poder disfrutar de una noche de música y amor o de un día soleado. Gracias a Castro y su sensibilidad exacerbada, comentarios como ésos habían convertido a esposas en viudas y a hijos en huérfanos. ¿Por qué esos prisioneros no iban a tratar de rescatar sus vidas confesando? Sus confesiones, de hecho, no podían causarles más daño que los comentarios que los habían llevado a la cárcel.

Por otra parte, muchos de los que habíamos sido encarcelados por actos de rebelión no aceptábamos la rehabilitación. Seguíamos determinados a oponernos a Castro, desde la cárcel si era necesario. Renunciar a nuestra oposición nos hubiera hecho más daño que la cárcel. Yo, personalmente, había estado dispuesto a entregar la vida con tal de no convertirme en un instrumento consciente del gobierno de Castro. Ahora que tenía una nueva vida, una vida de preso, mi único fin en esa vida era rechazar la rehabilitación.

Los carceleros de Castro probaron muchas tácticas distintas con los presos "plantados". Una de éstas fue el trabajo forzado. El trabajo forzado para los presos políticos era una clara violación de las leyes y del derecho consuetudinario. La medida era una afrenta para nosotros. Nos negaba la condición de presos políticos que era nuestro motivo de orgullo. Cuando alguno de nosotros se negaba a someterse, era puesto en confinamiento solitario. Yo mismo estuve en una celda solitaria por veinte meses. Gracias a una lucha de dos años pudimos sabotear los planes de ponernos a trabajar, lo que llevó a las autoridades a romper la comunidad de presos políticos de Isla de Pinos. Nos sacaron de la isla y nos dispersaron en distintas cárceles por toda Cuba. Desde entonces, el tratamiento dado al preso político incluía frecuentes cambios de cárcel, así como frecuentes cambios de celdas dentro de las cárceles para evitar que formáramos vínculos.

Luego los autoridades decidieron quitarnos nuestros uniformes color caqui y obligarnos a usar los uniformes azules de los presos comunes. Para nosotros, ponernos uniformes azules era renunciar a nuestra identidad. Con tal de no aceptar aquellos uniformes, muchos de nosotros andábamos en calzoncillos. Nuevamente, la confrontación con nuestros carceleros fue larga y costosa. Nos devolvieron los uniformes caqui. Como el Sísifo de Camus, pudimos sentirnos complacidos por una pequeña victoria obtenida a cambio de un gran sacrificio, pero para entonces muchos se preguntaban si lo ganado valía el precio pagado.

En la época de la lucha por nuestros uniformes, yo estaba en la cárcel de Guanajay, a unos cien kilómetros de La Habana. Después de que nos devolvieran los uniformes de caqui un guardia me dijo: "Prepárate a salir de tu celda debidamente vestido".

Yo sabía que no podía tratarse de una visita. Un guardia me llevó a la entrada de la cárcel donde me esperaba un carro de la Seguridad del Estado. Después de un viaje extremadamente rápido, llegamos a la sede de la Seguridad en la capital.

¿Qué me tenían preparado? ¿Era posible que, después de nueve años de cárcel, iba a ser interrogado de nuevo? Tal vez me someterían a un segundo juicio, y esta vez se asegurarían de fusilarme.

Fui llevado a un piso de arriba y me ofrecieron una silla en una pequeña habitación.

—Un caballero está aquí para hablar con usted —el guardia me dijo.

Antes de que pudiera pensar, el instinto me hizo ponerme de pie. Benjamín del Cordobés estaba parado frente a mí.

—Estoy aquí para arreglar tu liberación— dijo Benjamín.

Aunque había envejecido bastante, Benjamín aún se veía entero. Pero un velo melancólico, casi lloroso, en su mirada conspiraba contra su vigor habitual.

—Benjamín, esta gente no me dejará salir —le respondí.

—Quieren hacerlo. Hemos estado hablando con ellos sobre tu caso durante dos años. Ahora están dispuestos a negociar, ¡pero por favor, debes darles algo!

Obviamente, Benjamín estaba allí con el conocimiento y el apoyo del gobierno de Estados Unidos.

—¿Qué les doy? —le pregunté—. ¿Me pongo el uniforme azul? ¿Les hablo de cosas de las que no puedo hablar?

—Debes dar la *apariencia* de no mantener la integridad.

—¿Qué significa eso?

—No te estoy pidiendo que te rajes. Sólo te estoy pidiendo que les hagas creer que te han rajado.

—Benjamín, ¿por qué viniste?

—Tu padre está enfermo. Quiere verte. Necesita verte.

—¿Qué tengo que hacer?

—Primero, el gobierno cubano exige un compromiso de que si eres liberado no participarás en actividades contra el Estado.

—No tengo objeción contra eso.

—¿Puedes ponerlo por escrito?

Me dio papel y un bolígrafo. Escribí la frase con mis propias palabras y él agarró la nota.

—Hay un guardia parado en la puerta —dijo—. Cuando lo llame, dile que has aceptado usar el uniforme azul. Sólo será por un corto tiempo. Dile también que tienes que hacer una declaración sobre tus actividades en el momento de tu arresto. No tienes que dar nombres. Sólo diles lo suficiente para que puedan decir que cediste algo.

—Si hago eso, pierdo.

—Si te niegas, también pierdes. Recuerda qué es lo importante.

—Benjamín, confío en ti como he confiado en muy poca gente. Amo a mi padre como no he amado a nadie, pero en esos puntos no puedo ceder.

—Está bien —dijo Benjamín como el caballero que era—. Déjame ver lo que puedo hacer con este papel. Tal vez baste.

Nos despedimos con un firme abrazo. Durante el viaje de regreso a la cárcel, sentí un vacío cada vez mayor en el centro de mi ser y comprendí que no volvería a ver a mi padre.

Posteriormente, mi madre pudo visitarme en la cárcel y me aclaró un poco más mi entrevista con Benjamín.

—Tus *amigos,* dos de ellos, vinieron a verme después de que Benjamín habló contigo. Dijeron que todos tus *amigos* realmente querían que salieras de la cárcel.

—¡Claro! —le dije—. Mis *amigos* tenían miedo de que hablara si seguía en la cárcel.

—Bueno, tus amigos no te conocían en lo absoluto —dijo—. Me dijeron: "¿Qué daño puede hacerle ponerse el uniforme azul?" Dijeron que tú habías desperdiciado la oportunidad de hacer un trato porque querías quedarte en la cárcel.

No podía creerle a mis oídos.

—¿Realmente dijeron que yo quería quedarme en la cárcel?

—Sí. Yo les dije que tú estabas en la cárcel porque no querías ser un traidor.

Tuve que reírme.

—¡Debe de haberles encantado escuchar eso de una madre! ¡Vieja, eres diez veces más hombre que ellos!

—Benjamín estaba muy decepcionado, y tu padre también. Pero hiciste lo que tenías que hacer. Todos comprendimos eso.

—Que Dios te bendiga, vieja, y que Dios les conceda a ambos la paz eterna.

Durante mi sexto año en la cárcel de Guanajay, mientras el populacho en Cuba brindaba por sus soldados que habían ido a pelear como mercenarios soviéticos en una guerra africana, recibí la noticia de que mi padre había muerto luego de una operación del corazón en un hospital de Miami.

En la cárcel yo era un rebelde, y un rebelde es casi por definición alguien joven. Fue por tanto a pesar de mi entorno que me convertí en un hombre de mediana edad. En otro sentido, sin embargo, envejecía, si la vejez significa la época en que las personas que te rodean comienzan a morirse. Hasta entonces la muerte y yo no éramos extraños, pero en la cárcel nos hicimos amigos íntimos.

Muchas personas pensantes han dicho que el presidio político es una barbarie. En realidad podría decirse lo contrario. El presidio político representa el ápice de lo que llamamos "civilización", una victoria consumada sobre la naturaleza. En esta atmósfera artificial domina una voluntad inflexible y todo lo natural desaparece, especialmente la cosa más natural en nosotros los humanos, es decir, el sentimiento de esperanza y de amor por el futuro. Cada detalle de la rutina de la cárcel conspira para extirpar el más natural de nuestros instintos: el deseo de vivir. En ciertas situaciones los guardias les decían a los presos: "No podemos dejarte tener un lápiz o un cepillo de dientes porque podrías tratar de matarte con ellos". Frases así eran invitaciones a que trataras de matarte. El suicidio estaba siempre en el aire. Claro que la muerte de la naturaleza —un pedazo de carne que antes era un hombre— no era algo que veíamos todos los días. Pero cada día veíamos a la naturaleza agonizando. Sólo los que han visto a hombres hechos y derechos quedarse dormidos llorando —los que han escuchado nacer a un suicida— pueden entender qué clase de golpe a la naturaleza, qué clase de triunfo de la creatividad humana, es el presidio político.

Mis amigos y compañeros perecían. Alejandro, que había participado en el atentado a Castro, escapó a su captura durante el "año de la barrida" de 1961, pero lo mataron poco después en la provincia de Pinar del Río, tratando de lograr en el occidente de Cuba lo que Lázaro había comenzado en el Escambray.

Vladimiro, mi "topo" en los Jóvenes Rebeldes, se encontró con su destino de una manera muy diferente. En el verano de 1961, Cuba recibió una visita de estado del cosmonauta soviético Yuri Gagarin, el primer hombre que visitó el espacio. Castro aprovechó la ocasión para anunciar uno de sus interminables cambios políticos. Vladimiro asistió a la ceremonia como ayudante de Félix Gálvez, el cuadro del que yo había escapado en Playa Girón. Unos hombres vestidos de civil aparecieron, obvios y discretos al mismo tiempo, como ellos suelen actuar, y se llevaron a Vladimiro detenido allí mismo. Gálvez no pudo sino darse cuenta y se horrorizó. Ni siquiera él sabía cómo la Seguridad había conseguido su información. Pero yo sí, y se me partió el corazón cuando vi a mi joven compañero aparecer en Isla de Pinos.

Durante las luchas contra el trabajo forzado, Vladimiro y yo nos convertimos en un frente de dos hombres contra la medida. Un día, por responderle bruscamente a un guardia, le dieron una paliza brutal a Vladimiro. Me sorprendió mucho que sobreviviera, y me sorprendió más que, después de aquella paliza, soportara dieciocho meses de encierro solitario. Cinco años después, la muerte le reclamó su deuda, y se lo llevó de un infarto a los treintiún años.

La muerte no es sólo una cuestión de desaparición física. Es una fuerza aún más poderosa y presente cuando toca a un espíritu vivo. En Isla de Pinos mi ex compañero Ernesto se distinguió como un opositor vehemente de la rehabilitación. Yo sabía algo de él que otros presos ignoraban. Antes de cambiar de opinión, él mismo había comenzado el camino de la rehabilitación y se había hecho informante. Nos había traicionado a mí, a Vladimiro, y quién sabe a cuántos más. Pero ninguno de nosotros podía odiar a Ernesto tanto como él se odiaba a sí mismo por haber cantado ante los interrogadores.

Cada vez que nos cruzábamos, Ernesto me fulminaba con una mirada furiosa, en la que el odio era tan visible como el vapor después de la lluvia. Al principio yo no lo comprendía, porque, entre nosotros, el ofendido era yo. Nunca le reproché nada de su pasado como informante, y nunca le conté a nadie lo que sabía, ni siquiera a Vladimiro.

Con el tiempo comprendí que el odio de Ernesto contra mí no tenía nada que ver conmigo, sino con él mismo. Ernesto me odiaba *porque él* me había traicionado. Exactamente lo mismo ocurría con los guardias. Después de ser crueles con nosotros, nos odiaban. En los años que siguieron, leí las novelas de Dostoievsky, quien decía que el odio nunca comienza como la idea de "te odio y por tanto te hago daño" sino al revés: "te hago daño y por tanto te odio". Pude confirmar esta observación magnífica con mi propia experiencia.

Nunca me entregué al odio hacia los otros, pero a veces no podía evitar odiarme a mí mismo. No le había causado daño a nadie en la cárcel y hasta con los guardias era cortés. A los que les había causado daño era a mis propios hijos. Pensar en ellos fue un peso que nunca me pude quitar de encima.

Mi esposa era una mujer libre. Se había divorciado de mí después de mi captura, tal como se lo pedí, pero nunca quise que me divorciara de mis hijos. Cada vez que les enviaba alguna carta, ella era la que respondía. Mis padres me dijeron que no los dejaban ver a sus nietos; y por mi amigo Antonio, a quien le había pedido ayuda en este asunto, supe que Elena no estaba dispuesta a ceder ni un centímetro. Temía que a los niños les hubieran dicho que yo había muerto.

En la cárcel leí vorazmente. Un libro que me cayó en las manos fue la epopeya noruega *Kristin, la hija de Lavrans*. Lavrans es un granjero noble del siglo XIV, un hombre bueno y orgulloso. Hace una expedición con algunos de sus hombres a un pastizal en la montaña y lleva con ellos a su hija de siete años. Camino a la montaña se detienen para almorzar. Los hombres encienden un fuego para mantener alejadas a las criaturas salvajes, que los amenazan aun en pleno día. Los viajeros celebran un festín y se quedan dormidos. Cuando Kristin se despierta es la hora del ocaso y la gran hoguera se ha convertido en cenizas. Los otros están tan inmóviles que Kristin cree que están muertos. Un ruido la sobresalta. Es el fiel corcel de su padre y se siente más segura caminando al lado del animal. Bajan por una pendiente hasta que llegan a una charca. Una extraña mujer, al otro lado de la charca, los llama. El caballo se encabrita, relincha aterrorizado, y huye a toda carrera. Kristin, al darse cuenta que está sola y en peligro, grita: "¡Padre! ¡Padre!"

Una noche me desperté en medio del sueño, con el corazón a punto de salírseme del pecho. Estaba soñando con Kristin, caminando sola en el bosque, y que yo estaba furioso. ¿Cómo podía su padre haberla dejado a su suerte? ¿Y por qué estaba yo tan alterado? Comprendí que la niña en el bosque era mi hija, y que, a diferencia de Kristin, cuyo padre la encontró después de unos minutos, mi Yrene viviría sola en el bosque durante años, décadas, tal vez toda su vida.

¿Cómo podía hacerles eso a mis hijos? ¿Cuántas oportunidades para escapar de mi situación no había dejado pasar? ¿Por qué me había negado a hacer un trato con mis captores, si ese trato me hubiera permitido salir de la cárcel y estar con mi familia? ¿Qué importancia tenía mi honor, comparado con la felicidad de mis padres y la seguridad de mis hijos?

Durante mucho tiempo no tuve respuesta a esas preguntas. Pero parecía que, para mí, la cárcel era como el café de París del que se dice que, si te sientas allí el tiempo suficiente, todo el que has conocido pasa frente a ti. La escritora Karen Blixen observó que la vida, eventualmente, nos concede no sólo las cosas que hemos escogido sino también las que hemos rechazado. Y, a su debido tiempo, las respuestas a mis preguntas llegaban de manera inesperada.

Después del incidente en la Embajada del Perú, uno de los episodios destacados de nuestra historia, me dirigía al comedor de la cárcel del Combinado con mi compañero de ajedrez Arturo Alemán cuando éste le tocó la espalda a otro hombre, que se volteó inquisitivamente. El hombre llevaba espejuelos gruesos.

—Hola, Arturo —dijo el hombre con lentes—. ¿Qué hubo?

Yo había visto esa cara muchas vidas atrás.

—Ven, Núñez —dijo Arturo—. Siéntate y saluda a mi amigo Félix Gálvez.

—Hola, Gálvez. Me acuerdo bien de ti.

—Seguro —dijo el otro hombre, dando muestras de un profundo humor—. ¿Cómo puede alguien olvidar aquel viaje a las playas de la invasión?

Yo estaba asombrado. En este hombre que estaba delante de mí no había vestigios siquiera del cuadro arrogante que había tratado de arrestarme en Playa Girón.

Después de aquella reunión, Gálvez y yo conversábamos casi todos los días. Él había sido un hombre importante en el régimen de Castro. Como comunista honesto, había hablado desde adentro del gobierno a favor de la reforma. En 1968, durante la segunda purga de Castro contra los comunistas, Gálvez fue denunciado ante la nación como un conspirador y un traidor. Fue expulsado de todo cargo político y obligado a trabajar como ayudante de mecánico. Su matrimonio sufrió, casi ninguno de sus viejos amigos se atrevía a hablarle y se volvió, en sus propias palabras, "radiactivo".

Doce años después, cuando Castro decidió abrir la Embajada del Perú, la policía hizo una redada contra una serie de ex funcionarios tronados para impedirles usar la embajada como una vía de escapar del país. De este modo Félix Gálvez, un importante "pincho" en otro tiempo, terminó en la cárcel del Combinado con el status de "delincuente común".

Cuando llegué a conocerlo bien, me dijo que a menudo se preguntaba si su honradez política valía el precio que pagaba su hijo por ella. Yo le dije que me hacía la misma pregunta sobre mí y mis hijos.

—Al principio es terrible —dijo él—. El niño es un apestado en la escuela, porque todo el mundo le llama traidor a su padre...

—O tal vez ni siquiera tiene un padre —dije yo.

—Tal vez no. Pero al crecer, los niños seguramente harán preguntas sobre quién era su padre, qué hacía, en qué creía. Nunca quise ser el tipo de padre que trata de actuar bien y luego se queda como un imbécil cuando el niño comienza a hacerle esas preguntas. Quería ser una agradable sorpresa para él, no una decepción. Créeme, Núñez, cuando tus hijos crezcan van a venir a buscarte y van a venir a buscarte en todo el sentido de la palabra. Por supuesto que querrán saber qué sentías por ellos y qué pensabas de ellos. Una vez más te preguntarán lo que sus corazones siempre se han preguntado a gritos: por qué los dejaste. Pero también —también— estoy seguro de que finalmente querrán saber qué clase de hombre has sido. Y esto es lo más importante. Después de todo, ellos son *tus* hijos. *Tú* los pensaste. *Tú* los concebiste. En algún lugar de ellos tienen lo mismo que hay en ti y vendrán a buscarlo. Aun en la cárcel estás trabajando por el bien de ellos. Estás asegurando su felicidad porque, simplemente por estar aquí, por demostrar que eres un hombre decente y valiente, les das algo que el dinero no puede comprar. Les das tu honor, que pasa a ser el honor de ellos. Les das el derecho a estar orgullosos de ti y por tanto de ellos mismos. ¿Qué puede ser más valioso?

Como me conmovieron profundamente sus palabras, decidí hacerle mi segunda gran pregunta, algo que no había comentado aún con nadie.

—Dime, Gálvez. Aparte de tus hijos, ¿has pensado alguna vez en otra gente que ha sufrido por tus actos políticos y en el problema de cómo compensarlos por ello?

—Una pregunta sin duda interesante —dijo en su estilo muy personal—. En efecto, he pensado en ello bastante, y no es fácil.

—Bueno —repliqué—, no es una pregunta para las masas.

—¡De ninguna manera! Yo diría que es una pregunta para Dostoievsky.

—¿Así que lo has leído también?

—Por supuesto. Es uno de los grandes filósofos dialécticos.

—Yo lo considero más bien un pensador religioso.

—Entonces tú le llamarías a esto el problema de la redención, mientras que yo lo trato como una cuestión de medios y fines —dijo de corrido.

—¡Eso es! En nuestro andar, en la lucha por la libertad...

—... o en la lucha por el poder...

—... por lo que yo, el burgués romántico idealista, llamo libertad, o lo que tú, el cuadro y teórico marxista, llamas poder...

—... le hacemos daño a ciertos individuos y esperamos que el resultado de nuestra lucha justificará...

—... o redimirá...

—... los sacrificios que les hemos infligido a otros...

—... pero que ahora, después de lo que le hicimos a esa gente, hemos perdido. Estamos aquí por delitos políticos...

—... o por delitos comunes menores...

—... que tal vez ni estén relacionados con los daños personales que causamos...

—... y tú quieres saber cómo podemos justificar...

—... o redimir...

—... los daños que causamos.

—¡Exactamente! —exclamé.

—Sobre ese particular estoy a mitad de camino entre la visión doctrinaria marxista y la idea rusa de la redención. Creo que todo se reduce a la sinceridad.

—¡Sinceridad! ¿Qué quieres decir? —pregunté, un poco sorprendido.

—Bien, distingamos entre sinceridad y *sinceridad*. La primera es a flor de piel. Don Juan ama hoy a una mujer y mañana a otra. En ambas ocasiones es sincero. Ama *realmente*, pero transfiere el amor tan rápidamente que éste pierde su significado. Eso es lo que Castro hace en política. Hace grandes compromisos, y se expresa tan bien que la gente lo seguirá donde sea, pero nada es permanente. Este año es la Zafra de los Diez Millones. El año próximo es el toro milagroso que inseminará todas las vacas de Cuba. ¡Esa criatura existía realmente! Yo mismo la vi. Pero el tipo de sinceridad que tú y yo practicamos, permíteme decirlo, es de otro orden. Tú has seguido una verdadera trayectoria en tu vida. Yo también. Los dos hemos fracasado, pero lo hemos intentado. Ahora estamos experimentando nuestro fracaso y, a su manera, esto también es para bien. Incluso en la cárcel nos estamos haciendo mejores hombres. Y de algún modo yo creo que esto justifica, redime, las cosas que hemos hecho. No estoy muy seguro de cómo funciona esto, pero sí creo que es así.

—Eso me suena a un comentario de alguien que piensa en Dios —dije.

—Amigo mío —contestó él—, ¡todavía no estoy preparado para ese tipo de conversación!

—¡Ja! ¡Tampoco yo!

—Entonces quizás la tendremos en otra ocasión —ofreció.

—Tal vez —dije yo.

Nunca tuvimos esa conversación. Gálvez llevaba dos años en la cárcel cuando le presentaron cargos por primera vez. En una audiencia celebrada en su ausencia fue acusado de robar libros de bibliotecas públicas. La corte lo halló culpable. Ese cargo conllevaba una sentencia de año y medio de cárcel. Como ya había cumplido dos años, la corte ordenó que lo liberaran.

Una noche, la orden de liberación llegó a la cárcel de la manera inesperada de siempre. Gálvez, seguramente, no quiso darle a los guardias ni cinco minutos más para pensar en la orden, de modo que recogió sus cosas y se fue corriendo de la cárcel sin tomarse el tiempo de decir adiós. Así eran las cosas en aquel medio. Te tropezabas con las personas, llegabas a conocerlas a fondo y un buen día se marchaban.

A menudo pensaba en el Moro. A veces, cuando tenía la suerte de encontrarme a un preso que había estado en la Cabaña, le mencionaba de manera casual a un guardia alto de piel aceitunada que yo había conocido allí. Algunos de los hombres también lo habían visto. Por lo que me contaron, pude captar imágenes sueltas de mi compañero, que emergía como una aparición melancólica y temible, algo así como la ballena solitaria de una leyenda de marineros.

Después de la apertura de la Embajada de Perú, escuché a unos presos que llegaban hablar de un guardia que había creado un alboroto al asilarse en la sede diplomática. Entre la multitud de refugiados en la embajada, algunos reconocieron al Moro de La Cabaña. Por última vez había sorprendido a Fidel Castro y había escapado por la puerta que la historia había abierto en uno de sus giros más extraños. Luego supe por Antonio que el Moro estaba manejando una guagua en Miami.

Ese mismo mes, abril de 1980, cumplí cuarenta y siete años. No que fuera una ocasión especial, excepto que me trajo a la mente un cumpleaños anterior. Veintiún años atrás, había celebrado mi cumpleaños en compañía de mi amigo Antonio Moreno. Estábamos en el glorioso año de 1959. La Revolución acababa de triunfar. El país se abría a un nuevo comienzo. Moreno y yo prosperábamos en nuestras prácticas de abogados. Al alzar nuestras copas para brindar por mis veintiséis años, Antonio dijo: "Los próximos veinte serán los más felices de tu vida".

Los veinte años de Antonio ya habían pasado, pero no importaba. De esos veinte, yo había pasado casi dieciocho en la cárcel y el reloj de mi condena seguía avanzando.

¿Cómo podía calcular el tiempo en la cárcel? ¿Cuál era el significado de una cantidad como dieciocho años? Tal vez tendría sentido imaginárselo de otra manera. Era a grandes rasgos el tiempo en que un bebé es concebido, nace, se gana los corazones de sus padres, aprende a caminar y a hablar, pasa por un período de travesuras, va a la escuela, forja amistades, aprende a leer y escribir, a practicar algún deporte o tal vez a tocar un instrumento, tiene un primer amor, lo hieren, sufre las punzadas de la madurez y entonces lo recompone todo y da el primer paso como adulto.

¡*Ésa* era la cantidad de tiempo que yo había pasado en la cárcel!

Otra curiosidad: en la cárcel los guardias trataban a los reclusos políticos como "rompereglas". Cuando un pequeño número de nosotros nos exceptuábamos de ciertas normas, como el trabajo forzado o quitarnos el uniforme de caqui, incluso los otros presos políticos nos miraban como rompereglas.

¿Rompereglas? Al pasarle revista a mi propia historia y a la de Cuba, llegué a una conclusión diferente. Nosotros, los presos "plantados", habíamos sido los *conserva*reglas, mientras que Castro y su gobierno habían sido los que rompieron las reglas.

Veamos. En abril de 1980 —como resultado de una discusión de Castro con Perú, y de once mil almas que se habían hacinado en esa embajada en busca de la oportunidad de escapar de Cuba— el gobierno de los Estados Unidos decidió darle una lección a Castro. Anunció que le daría la bienvenida a cualquier cubano que quisiera emigrar. Castro respondió: ¿Por qué no? Cualquiera que quiera irse puede hacerlo.

Los guardias de las cárceles cubanas abrieron de par en par las rejas de las celdas y gritaron: "¿Quién quiere irse a los Estados Unidos?" Las cárceles se vaciaron al tiempo que asesinos, violadores y otros criminales —pero no presos políticos, por supuesto— eran lanzados hacia el vecino del norte. Como comentó Gálvez, ésta era una simple jugada gangsteril de parte de Castro: como dar una cena oficial y servir cabezas humanas como plato principal.

Pacientes siquiátricos, enfermos crónicos y otros llamados "indeseables" se unieron a decenas de miles de personas normales en un éxodo masivo. Tras meses de recibir a los refugiados cubanos, Estados Unidos aceptó negociar con Castro, y éste canceló el derecho a emigrar tan abruptamente como lo había concedido. Por supuesto que la llave emocional del éxodo no se podía cerrar tan fácilmente, y la gente seguía tratando de irse en balsas. Eran atrapadas por las patrulleras de Castro y las cárceles se llenaron de nuevo.

Una ironía diabólica: el motivo por el que Castro metiera a la gente en la cárcel era el mismo por el que, sólo unos meses atrás, les había liberado.

La Cuba de Castro había estado repleta de esos absurdos. He aquí lo que Gálvez tenía que decir sobre el período posterior a la Crisis de Octubre:

—Eran los años de la política antisoviética. Fidel reorganizó el Partido Comunista, que eliminó luego todo tipo de estructura económica. Abolieron la contabilidad. ¿Puedes imaginártelo? *La contabilidad abolida.* Nada de planificación fiscal. El comercio exterior se convirtió en un fraude, porque la moneda no estaba respaldada por nada. Todos los servicios públicos, los teléfonos, los autobuses, los cines, los eventos deportivos, eran gratis. Por supuesto que esto era inmensamente popular. También era completamente irresponsable. Los líderes seguían hablando de "un mañana mejor", pero la producción cayó casi a cero.

—¿Cómo pudo Fidel ignorar las leyes de la historia? —pregunté.

—¡Porque pensaba, y ciertamente todavía piensa, que es *más grande* que la historia! Y tenía razón a su manera. Igual que el Ché, pasó por encima de la historia. Se hicieron míticos. Por supuesto, incluso las personas míticas tienen que comer; pero Fidel creyó que podía producir riquezas a la manera de los dioses. *Decretó* que Cuba iba a ser productiva. Le dijo al pueblo: "Ahora son libres. Ahora pueden hacer cualquier cosa y ser lo que quieran. Aquí tienen un martillo. Allí está la piedra. ¡Vayan y sean Miguel Angel!" Por supuesto que esto no ocurrió porque nunca pudimos montar una *estructura* para que ocurriera. Fidel no pensaba en términos de estructuras. Las despreciaba y sospechaba de ellas. Simplemente esperaba que la gente pasara por encima de los problemas del mismo modo que él lo había hecho. Muchos vieron en esto un exceso de idealismo; en otras palabras, un rasgo simpático. ¡No! ¡Falso! ¡Esto no era amplitud de mente sino estrechez! ¡No era desinterés personal sino autoabsorción! ¡No era idealismo sino una excusa para ser negligente! Fidel era irresponsable porque nunca se tomó el trabajo de comprender *los avatares cotidianos de ser una persona decente.* Y esa falta suya se convirtió en fuente de tremendo sufrimiento para millones de personas ordinarias y decentes.

Gálvez me permitió ver esta historia, y el curso de mi propia vida, de una manera clara. A lo que yo me había opuesto, y por lo que había ido a la cárcel, era al gobierno por capricho. Cuba no tenía gobierno. Tenía un hombre que le hablaba al país y en nombre del país. Las políticas y los programas oficiales no existían. Era simplemente Castro tratando de hacer una cosa un día y otra al siguiente. Los presos plantados éramos tal vez los únicos en Cuba que nos dábamos el lujo de ser constantes en nuestra conducta. Nos habíamos negado a ceder ante reglas que cedían. Nos habíamos mantenido firmes como rieles. Los franceses llaman a sus ferrocarriles más extensos "grandes vías", y yo comencé a pensar en nosotros también como presos de grandes vías. El nombre tenía otro sentido también: los ferrocarriles de grandes vías se extienden por una larga distancia en el espacio, y nuestras condenas se extendían una distancia muy grande en el tiempo.

Cuando miraba hacia atrás por esos rieles, podía ver cómo mi vida se había movido, e hice el mayor de todos los descubrimientos. Para mí, incluso para mí, el tiempo había pasado a toda prisa.

¿Es sorprendente? Para cualquiera que haya vivido una vida normal feliz, e incluso una vida normal infeliz, la idea de que el tiempo avanza rápidamente no es una revelación. Yo había vivido una vida excepcional; no buena ni mala, simplemente excepcional. A lo largo de casi toda esa vida, el tiempo había dejado sentir su peso. En ningún lugar pesaba tanto como en la cárcel, donde uno debe trabajar como un aparcero sólo para lograr que el tiempo sea más ligero que lo que quiere ser. Cuando uno piensa en el tiempo percibe su infinitud y ésa es una noción venenosa para la vida. Si dejas que se te monte encima, terminas queriéndote matar. Pero si haces lo que puedes por mantener esta idea fuera de tu cabeza, los días comienzan a moverse. Al principio caminan, luego trotan. Cuando casi has dejado de notarlos, corren. Casi no te das cuenta de las semanas y los meses. Los años comienzan a amontonarse y muy pronto no sabes adónde han ido las décadas.

Me asombró lo corta que había sido mi vida; y comencé a descubrir la densidad de la sabiduría contenida en las palabras, "el tiempo vuela". Seas quien seas, hagas lo que hagas, por largo o duro que sea el camino que hayas escogido, ten cuidado. Y cuando creas que tienes tiempo suficiente, o más que suficiente, ten doblemente cuidado. El tiempo vuela, de verdad.

XXII.

PERDER EN EL PÓKER

En mayo de 1982, de manera abrupta, Mariano José Núñez Hidalgo, alias Rodrigo, fue liberado antes de cumplir su condena tras aceptar salir de Cuba inmediatamente y no enfrascarse en actividades contra el gobierno de Castro, en la isla o en cualquier otro lugar.

En un giro curioso del destino, el hombre que le dio la libertad fue el interrogador que había conocido como "Porfirio" veintiún años atrás. Su verdadero nombre era Amarillo. Para entonces coronel, y recién nombrado director de la Seguridad del Estado, aprobó su libertad tras decidir, por conocimiento propio, que Cuba no tenía nada más que ganar reteniendo a aquel prisionero.

* * *

—Hemos comenzado nuestro descenso sobre el aeropuerto de Orly. Por favor, abróchense los cinturones de seguridad para el aterrizaje.

Increíble. Hace tres noches estaba sobre una losa de concreto en la

Seguridad. La siguiente noche la pasé en un hotel del Malecón. Ayer por la tarde estaba en las calles de La Habana. Ahora estoy a punto de bajarme de este avión tan poderoso y caminar por París.

¿Por qué París? El destino habitual de un prisionero proscrito es México o Costa Rica, pero Amarillo dijo que yo estaba "destinado" para Francia. No iba a comenzar a hacerle preguntas. Cuando le dije al chofer de la Seguridad que no tenía idea de cómo desenvolverme en París, éste me dijo que me estaría esperando un comité de recepción. Parece que alguien me quiere aquí. ¿Los americanos? Estoy seguro de que no me han perdido la pista, pero deben haber perdido interés en mí. ¿Quién entonces? Creo poder adivinarlo.

En la terminal aérea, Rodrigo se encontró con un refulgente despliegue de abundancia y belleza —una escena cotidiana del mundo industrial, año 1982— que rebasaba su imaginación. Había visto muchas cosas como aquéllas, pero en su memoria aparecían como en una película en blanco y negro. Un universo en *technicolor* explotaba a su alrededor y él seguía siendo un hombre del cine en blanco y negro.

Al mirar a su alrededor en busca del comité de recepción, vio que no se había equivocado.

La cara de la mujer era tan fresca y hermosa como cuando la había conocido, veintidós años atrás. Sólo su cabello, recogido en un moño en lugar de acariciar libremente sus hombros, marcaba la diferencia entre la mujer madura que tenía enfrente y la muchacha-mujer que recordaba.

—¡Nathalie!

—Hola, Núñez. Déjame darte la bienvenida en nombre del pueblo francés —la mujer forzó una sonrisa y agregó—. ¿Estás sorprendido de verme?

—¡Y de qué manera! *Siempre hazle creer a una mujer que te ha cogido por sorpresa, especialmente cuando no ha sido así.*

—Debes estar cansado, y mañana tendrás un día agitado —dijo ella—. Los americanos están esperando para verte.

Rodrigo también sabía que aquello debía de ser cierto, pero por pura formalidad preguntó:

—¿Qué tiene que ver eso contigo?

—Nuestra oficina trabaja en estrecha colaboración con ellos. Cuando les dijimos que saldrías de la cárcel, nos dijeron que querían verte.

—Los veré con gusto, ¡pero no puedo presentarme así! —Rodrigo levantó una especie de bulto de vagabundo que contenía todas sus pertenencias.

—Te conseguiremos ropa. Luego debes ir a tu hotel a descansar. ¿Has comido?

—Me vendría bien algo —dijo Rodrigo, que en realidad se moría del hambre.

—Comeremos en la ciudad. La comida del aeropuerto es insufrible.

Nathalie lo condujo hasta afuera, donde esperaba un carro con chofer.

—*Au deuxième, s'il vous plaît. Boulevard des Capucines* —le dijo al chofer.

—¡Qué hermoso se ve todo! —exclamó él mientras avanzaban por la autopista.

—Pero si es sólo el área suburbana. ¡Es horrenda!

—No te olvides de dónde vengo —dijo Rodrigo sin rastro alguno de autocompasión.

—Por supuesto —respondió Nathalie con respeto.

Rodrigo se fijó en el famoso Moulin Rouge. Habían llegado a los *arrondissements* del sur, y al entrar en los *boulevards* quedó sobrecogido por su belleza, como le ocurre siempre al visitante en París, no importa cuántas veces haya estado allí antes.

Cruzaron el Sena, doblaron en una inmensa avenida que corría bajo la sombra de los árboles y se detuvieron frente a una lujosa tienda por departamentos.

Una *boulangerie-patisserie* cercana llamó forzosamente la atención de Rodrigo.

—¿Por qué no comemos ahí? —preguntó.

—Pero hay mejor comida en la tienda por departamentos...

—A mí el lugar me parece suficientemente bueno —dijo Rodrigo, sin molestarse ya en disimular su hambre.

En la panadería se sentaron con algunos pasteles y una inmensa *baguette*. La comunión de Rodrigo con la comida era tan ardiente, tan íntima, que a Nathalie debió parecerle que presenciaba un acto de amor.

Después de comer, y de hacer algunas compras, el carro los llevó por el más exquisito de los diseños urbanos, la Place Vendôme, y se detuvo frente a un edificio majestuoso, el Hotel Intercontinental.

—Cuando vayas a la embajada mañana, simplemente dobla a la derecha en Rivoli, allí, y camina hacia la Concorde —le dijo ella a Rodrigo—. La embajada está al otro lado de la plaza, a diez minutos a pie. Vamos a ver tu habitación.

El corazón se le aceleró con la idea de que ella subiera con él; pero sólo se trataba de una breve visita para darle unas monedas al maletero y asegurarse de que el alojamiento era adecuado.

—¿Te importa si uso el teléfono? —preguntó ella.

—En lo absoluto.

Ella discó un número.

—¿Aló? Sí. En relación con la reunión de hoy, a las tres y media estará bien.

Nathalie colgó el teléfono y metió la mano en su cartera.

—Toma, necesitas algún dinero para gastos menores —le dijo, dándole un par de billetes de quinientos francos—. Tu cita en la embajada es a las nueve mañana. Tienen tu nombre en la recepción. Cuando termines, toma un taxi hasta el restaurante *Aux Pieds de Cochon*.

—¿El chofer sabrá dónde queda?

—Es tan famoso como la *Tour Eiffel*. Te esperaré allí.

—Gracias —dijo Rodrigo.

—No me des las gracias a mí. ¡Dáselas al gobierno francés! Son los que tienen un presupuesto para los asilados políticos.

Él estaba casi seguro que al menos parte del dinero era de ella, no de Francia, pero dijo de todas maneras:

—¡En ausencia del primer ministro te doy las gracias a ti!

—Aceptadas.

* * *

"Las patas de puerco", a la hora del almuerzo, era una cueva aborrotada de gente que de algún modo se alumbraba con los perfumes mezclados de su cocina y de sus vinos, así como de un vívido sentido del aire vibrantemente bello del exterior.

Rodrigo, en su nueva ropa, estaba lejos de parecerse al pordiosero que Nathalie había recogido el día anterior. Al deslizarse él hacia su mesa, ella se inclinó y le ofreció la mano con galantería. Él se la tomó y la besó.

—¡Te ves como un hombre al que le ha sonreído la fortuna! —dijo ella. Era el tipo de frase que trata de desviar la emoción propia apuntándole a la emoción del otro.

—Bueno, al menos tengo un destino. Y hoy puedes ser mi invitada.

—¡Gracias! Por cierto, espero que no te moleste el ruido aquí. Crea cierta atmósfera, pero podría resultar perturbador.

—En realidad nos da privacidad. Es el humo el que no puedo disfrutar, aunque ya he visto lo suficiente de París como para saber que no me puedo escapar de él...

—Bien, prometo no fumar en esta mesa. Dime. ¿Cuál es tu destino?

—Miami.

—Claro. Supongo que te instalarás allí.

—¿Qué te hace decir eso?

—Miami es una ciudad maravillosa. La ciudad que La Habana debió haber sido. Y tú debes tener allí familia.

—Una madre que padece cáncer del pulmón y dos hijos.

En ese momento el mesonero se acercó y dijo con eficiencia:

—*Vous désirez?*

Nathalie miró a Rodrigo, que dijo:

—Ordena tú por los dos.

—Sopa de cebolla y ensalada para dos —le pidió ella al mesonero.

—¿Qué van a tomar? —preguntó el mesonero con importancia.

—Una botella de buen *viognier*.

—Una excelente elección —comentó el mesonero—. Les conseguiré una.

—Lamento lo de tu madre —dijo Nathalie cuando el mesonero se había marchado.

—Ha tenido una larga vida, y podremos pasar algún tiempo juntos antes de que la enfermedad se la lleve. Lo difícil será presentarme a mis hijos.

—¿Nunca te han visto?

—Cuando salí en mi última misión, tenían dos y tres años. Eso fue hace veintiún años. Desde entonces, no he tenido ningún contacto con ellos.

—¡Imagínate lo felices que estarán de reunirse contigo!

—Todos los días, en la cárcel, me imaginaba algún aspecto de sus vidas —Rodrigo hizo una pausa emotiva—. Ahora ya son adultos. Lo que hayan llegado a ser en la vida, han llegado a serlo sin mí; o tal vez a pesar mío. Voy a caerles del cielo como un paracaidista. Es gracioso. Los dejé para entrar en Cuba con un paracaídas y ahora voy a llegarles a ellos del mismo modo.

—Eres *demasiado* duro contigo mismo —dijo Nathalie—. Puesto que tus hijos se las han arreglado sin ti, son libres para adoptarte. Dices que les vas a caer del cielo. Para ellos podría ser como mirar para arriba y encontrarse con un segundo sol.

Rodrigo comprendió de inmediato por qué había amado a aquella mujer. A pesar de todas sus complicaciones, ¡qué tierno don de comprensión tenía!

—De todas maneras —dijo Rodrigo—, Miami está descartada para mí como lugar de residencia. Tal vez también los Estados Unidos.

—¡Pero allá eres bienvenido!

—Como residente, sí. Como ciudadano de aquí a cinco años, sí. Como persona que puede darle algo de valor a la sociedad, creo que no.

—¿Por qué tan pesimista?

—Es el momento de contarte sobre mi visita a la embajada.

—Estoy esperando.

En ese momento el mesonero apareció con el vino y una cubeta de hielo. Descorchó la botella y vertió un dedo en la copa de Rodrigo.

Rodrigo miró el vino y le dijo a Nathalie:

—Es blanco.

—¡Claro! —respondió ella—. Con la sopa de cebolla se toma vino blanco.

—¿Por qué no tinto?

—¡Imposible! ¡Armarías un escándalo!

—Bien, veamos —dijo Rodrigo, y probó—. ¡Umm! ¡Es extremadamente bueno!

El mesonero, que comprendía inglés cuando quería, alzó la cabeza con satisfacción y se alejó.

—¡Brindemos por mi primer vino en veintiún años y por todo el vino que tomaré en los próximos veintiuno!

—*Salut!*

—Ahora te pediré permiso para hacer un pequeño preámbulo —dijo Rodrigo.

—Por supuesto.

—He estado en la cárcel mucho tiempo. Eso es evidente. La razón por la que lo menciono de nuevo es simplemente ésta: en la cárcel, aprendes a ver las máscaras de las personas. Todo el mundo lleva una máscara. Es algo necesario en la vida. Cuando veo las máscaras, sin embargo, no les hablo. Prefiero hablarles a las caras de las personas, y eso es lo que voy a hacer contigo.

Nathalie esbozó una sonrisa bien amplia. Era la mejor máscara que tenía.

—Cuando visité la embajada, no fui simplemente como un ex prisionero político en busca de asilo de los americanos. La verdad es que, en el momento en que me capturaron, yo trabajaba para su gobierno.

—Eso no es algo que me sorprenda —dijo Nathalie—. Muchos de tus compatriotas lo hicieron también.

—Sí, pero tú sabes algo más de mí.

—¿Qué te hace decir eso?

—Al principio de esta conversación, no una vez sino dos, hablé de mi última misión en Cuba. Casi cualquier otra persona hubiera mostrado curiosidad, pero las líneas de la curiosidad de tu rostro no se inmutaron. Eso por sí solo me hubiera indicado que tú sabías de lo que yo estaba hablando.

Nathalie lo miró con expresión más bien seria.

—Puedes estar segura de esto —dijo él—. Lo que yo sé de ti, no voy a compartirlo con nadie. Sé que estás en una posición única. Sé que has logrado equilibrar muchas cosas. Más importante aún, sé que has sido mi amiga a pesar de nuestras diferentes lealtades. No me has confiado nada y no necesitas hacerlo. Considero tus secretos como mis propios secretos.

Nathalie dejó escapar una sonrisa perturbadora que no era una máscara.

El mesonero llegó con dos pozuelos humeantes de sopa.

—Por favor, tenga otro listo en caso de que al caballero le apetezca —le dijo Nathalie al mesonero.

—¡Por supuesto! ¡Es la especialidad de la casa! —respondió el mesonero con una actitud que rayaba en la insolencia.

Los aromas de la cebolla y el queso desbordaban las fragantes vasijas. Cortando un trozo de pan, Rodrigo se apresuró en acometer la porción que tenía delante de él.

—¿Quieres otra? —le preguntó Nathalie cuando él llegó al fondo.

—No, estoy bien así. Quiero contarte de la embajada.

—Por favor.

—Casi todo el tiempo me estuvieron haciendo un examen médico. El doctor me dijo que me encontraba asombrosamente bien para alguien que había estado preso tanto tiempo como yo.

—¡No hace falta un diploma de médico para ver eso! ¿Y después del examen?

—Me reuní con un funcionario.

—¿Cuál?

—Un tal mister Elliot, muy joven. Se presentó como funcionario del departamento de Estado, pero obviamente era de la "agencia".

—¿Qué te dijo?

—La residencia y la eventual ciudadanía están garantizadas con sólo pedirlas. Ninguna sorpresa en eso; pero me quedé sorprendido cuando solicité que me sometieran a un *debriefing*.

—¿Sorprendido por qué?

—Me dijo que no me interrogarían.

—¿Cómo puede ser eso?

—Me dijo que el gobierno de Reagan todavía está explorando las posibilidades de llegar a un acuerdo con Castro. Las políticas y los métodos americanos de principios de los sesenta están muy mal vistos ahora. La gente en Washington no quiere saber nada de ese tema.

—Es una falta de agradecimiento.

—Yo le dije que tenía una gran cantidad de información sobre asuntos cubanos; que había mantenido mis oídos abiertos en la cárcel, que es uno de los mejores lugares para escuchar cosas; y que yo sé que Estados Unidos está enfrentando grandes problemas en Centroamérica. Esos problemas están estrechamente ligados a Castro.

—Obviamente.

—Le aclaré que no estaba tratando de dar información como una manera de involucrarme en nada, pero que como la información que yo poseía podía ayudar a otros cubanos al mismo tiempo que al gobierno americano, sentía que debía compartirla con ellos.

—¿Y el hombre no mostró interés cuando le dijiste eso?

—Me dio una respuesta oficial. "Estamos muy bien informados". "Estamos ocupándonos de estos asuntos a nuestra manera". Etcétera.

—Lo siento —dijo Nathalie.

—Sabes, a estas alturas de mi vida, no me interesa mucho la política. He llegado a estar de acuerdo con Goethe en que la manera de limpiar al mundo es que cada quien barra el frente de su casa. Cuando fui a la cárcel, estaba tratando de cambiar al mundo. En la cárcel me ocupé de mi casa. La vida me ha dado el derecho de ser modesto y no soy fácil de ofender; pero ser despedido de esa manera *sí* me ofende. Después de todo, los americanos y yo trabajamos juntos. Guardé sus secretos, no sólo los míos, durante veintiún años. Ahora tengo la posibilidad de decirles cosas que ellos no saben, pero que deberían saber, ¡y ellos se niegan a escucharme!

Al acercarse al final de su relato, Rodrigo advirtió al mesonero parado a su lado con un enorme plato de ensalada.

—¿Quieres más vino? —dijo Nathalie—. Y por favor, perdona la interrupción.

—¡Por supuesto! —Rodrigo se rió—. Interrúmpeme cien veces, si es necesario. ¡Sé cuáles son mis prioridades!

Unos minutos después, ella preguntó:

—¿Cómo terminó tu reunión?

—Adivina.

—Te echaron con dinero.

—El cheque ya estaba hecho. El joven Elliot me dio una lista de bancos donde lo puedo depositar. Puedo comenzar a retirar fondos de inmediato.

—¿Y la suma?

—Razonable. No generosa. Y tampoco cercana a lo que hubiera recibido, o mi familia hubiera recibido, si hubiera sido uno de los suyos. En ese sentido tampoco han cumplido su palabra.

—¿Y eso te hace sentir mal?

—Me decepciona, pero lo comprendo. Esa gente simplemente no puede tragarme. No pueden aceptar lo que yo hice.

—¿Por qué? ¡Tú los honraste!

—¡Están molestos conmigo por haberlos honrado porque ellos mismos no se honraron! Antes de mi última misión, los americanos me advirtieron que, si era capturado, me iba a rajar. Cuando me capturaron, querían que saliera. Durante años me enviaron mensajes diciéndome que evitara la cárcel haciendo un trato con mis captores: entregar algunos secretos menores, ponerme el uniforme de los presos comunes, lo que fuera. Esto era exactamente lo que nos decían las autoridades carcelarias de Castro: si queríamos evitar pasarnos toda la vida en la cárcel, teníamos que ceder ante ellos. Irónico, ¿no es así? ¡Los americanos terminaron diciéndome lo mismo que Castro!

—Pero a ti no te importó.

—¿Por qué habría de importarme? ¡Si no me había rajado ante los interrogadores de Castro, no iba a rajarme ante los americanos! Eso no me ganó la simpatía de los americanos. Tú sabes que en muchas partes del mundo los americanos luchan, y luchan duro, por la independencia política. ¡Pero, al mismo tiempo, no respetan la independencia personal! No les gustan las personas que no los obedecen, ni confían en ellas. Y tienen buena memoria. ¡No me han pagado porque me estiman, sino porque quieren comprar mi silencio!

—No es de extrañar que no te sientas bienvenido.

—En la cárcel descubrí que no pertenecía a ningún lugar del mundo. Aunque no lo creas, ése fue un buen descubrimiento. Si no pertenezco a ninguna parte, significa que puedo ir a cualquier parte. La verdad es que me siento afortunado.

El mesonero estaba allí otra vez.

—¿Han decidido el postre? —dijo, con su ya familiar tono pedante.

—Escoja por nosotros —le dijo Nathalie al mesonero.

—*Très bien* —dijo el mesonero, y desapareció en una nube de felicidad.

—¿Afortunado? —le dijo Nathalie a Rodrigo con una sonrisa en su voz—. ¿Tú?

—Sí, afortunado. Tal vez no has escuchado la historia del hombre que decía que disfrutaba perder en el póker.

—¿Perder en el póker? ¿Por qué no *ganar* en el póker?

—Sí. La gente siempre le objetaba eso, y él les decía: "¡Por supuesto! Ganar en el póker es el mayor placer imaginable. ¿Pero por qué decir lo obvio? Todo el juego es tan agradable que mientras estés jugando lo vas a disfrutar. Cuando estás perdiendo en el póker, quiere decir que todavía estás jugando".

—¡Ya veo! Todavía estás en el juego.

—¡Y qué juego! Sabes, la cárcel tal vez no haya sido algo tan malo para mí. En la cárcel, en la guerra, en todo lo que he hecho, he tenido el privilegio de ver todo lo que ofrece la condición humana. A veces era horrible. A veces pensaba que si reencarnaba, no hubiera querido regresar como ser humano. Ahora sé que estaba equivocado al pensar así. Estar en este juego, de cualquier modo que uno pueda, es un privilegio. ¡Y lo mejor de todo es saber que la alegría de ganar es inseparable de la experiencia de perder!

—Eso es algo muy sabio —dijo ella—. Muy... *dialéctico*.

El mesonero depositó en la mesa dos rebanadas de tarta de manzana con dos *demi-tasses* y se alejó rápidamente.

—Eso es lo que diría un parisino instruido —respondió Rodrigo—. Sé que en tu caso la palabra va más hondo.

—¿En qué sentido?

—En el sentido de jugar con dos bandos al mismo tiempo.

—¿Qué bandos?

—Estados Unidos y Cuba.

—*Tenía* que ver los dos lados. Yo era periodista.

—También eras algo más.

—¡Por favor! ¡El tema es engorroso! —Nathalie estaba bastante nerviosa.

—No te preocupes —dijo Rodrigo—. Como ya te dije, yo guardo tus secretos. De todos modos, es comprensible. Tú admirabas a Castro. Millones de personas lo admiraban. El mundo entero, excepto unos pocos resentidos, esperaba que tuviera éxito. Con tu educación tenías que sentirte atraída por Castro. Eso tenía mucho más sentido que sentirte atraída por Estados Unidos. Me imagino que tú, como tantos europeos, estabas buscando un remedio para "el Dios que fracasó". Y, como tantos en todo el mundo, sin duda admirabas a un líder que tenía la hombría de desafiar al Tío Sam.

Nathalie guardó silencio y Rodrigo, que no necesitaba ningún aliento, prosiguió.

—Con el tiempo Castro se convirtió en otro Dios que fracasó. Es una lástima que tantas personas que invirtieron sus vidas en él todavía sean prisioneras de sus ilusiones. Creo que tú eras demasiado inteligente, y demasiado honesta, para seguir por ese camino. En algún punto, supongo, comenzaste a dudar de la versión fidelista de la historia. Después de todo, acabas de hablar de Miami como de "la ciudad que La Habana debió haber sido". Ésa es una observación aguda. Cala hondo. Yo no he visto Miami desde hace más de veinte años, pero vi La Habana hace unos días. No podía concebir la decadencia que tenía frente a mí. Tantos edificios en ruinas y otros apuntalados con vigas de madera. La Habana se ha convertido en una ciudad con muletas. Miami, a pesar de sus problemas, a pesar de sus frustraciones por el éxito de Castro, es una ciudad viva y vibrante levantada por los cubanos. En la cárcel lo sabíamos, pero no podíamos decirlo. Si lo hubiéramos hecho, los guardias de Castro hubieran caído en un frenesí de verdugos islámicos y nos hubieran cortado la lengua. Y aquí estás tú diciendo eso mismo... *tú*, que eras tan amiga de Castro.

—¿Cómo puedes suponer una cosa como ésa? —lo interrumpió Nathalie.

—Porque sé lo que hubo entre tú y Castro —dijo Rodrigo—. Sé que tenían una relación íntima. Sé que lo ayudaste a convencer a los americanos de lanzar una acción que lamentarían grandemente. No voy a hacer hincapié en nada de eso. Pero *sí* voy a decir lo impresionado que estoy de que hayas pasado de ser una amiga de Castro a ser otra cosa. Casi todos los que trataron de seguir esa ruta lo perdieron todo, mientras que tú, que también tenías que evitar la furia de los americanos, manejaste las cosas tan bien. ¡Por favor, Nathalie, tranquilízate! No quiero meterme en tu vida ni causarte problemas. Sólo hablo de estos temas porque, más que ninguna otra cosa, creo que tengo algo que agradecerte.

—¿Y qué es lo que tienes que agradecerme?

—Creo que salvaste mi vida.

Nathalie no dijo nada.

—Puedo decir por tu silencio que no estoy desorientado. Me tomó años armar el rompecabezas. Por supuesto que la falsa ejecución no me dejó de mucho ánimo para pensar.

Rodrigo hizo una pausa, como esperando un comentario, y prosiguió.

—¿Ves? Cuando mencioné mi falsa ejecución, no diste ninguna señal de sorpresa.

—¿Por qué debía darla? Yo seguía las cosas que pasaban en Cuba. Sabía que te habían hecho eso.

—La falsa ejecución no fue de conocimiento público. Casi nadie lo supo. Pero no nos desviemos. El hecho puro y simple es que, de acuerdo con la lógica y todas las demás reglas, debieron haberme fusilado. Gente que no había hecho ni una décima parte de lo que yo había hecho era fusilada todos los días. La única manera que yo tenía de salvarme era convenciendo a los oficiales de Castro de que podían beneficiarse dejándome vivo. Cuando mis interrogadores me informaron que mi apelación no había sido aceptada, sabía que iba a morir. Lo próximo que supe fue que Castro cambió mi pena de muerte por una condena de cárcel. Después de eso, me quedé vacío durante mucho tiempo. No tenía ningún tipo de pensamientos. Pero cuando mis pensamientos regresaron a la interrogante de por qué seguía vivo, llegué a la convicción de que tenías que haber sido tú quien intercedió por mí ante Castro.

Luego de un silencio, Rodrigo agregó:

—Y eso sólo es parte de lo que tengo que decirte.

—¿Qué más puede haber? —preguntó ella, con un temblor perceptible en su voz.

—El hecho totalmente desconocido para ti de que, poco antes de que tú salvaras mi vida, yo escogí salvar la tuya.

—¿Que *tú* salvaste *mi* vida? —dijo ella con incredulidad—. ¿Cómo?

—Prefiero no decirlo exactamente. Digamos sólo que alguien había decidido matar a Castro. Digamos que esta persona tuvo que vencer muchas dificultades para averiguar cómo y dónde se podía emboscar a Castro, algo que, como tú comprenderás, no era nada fácil. Digamos que con mucha persistencia y suerte, el asesino logró tener a Castro en la mirilla de su rifle, sólo para descubrir a otra persona allí también. La elección era matarlos a los dos o no matar a ninguno; y el asesino perdió su oportunidad porque no quiso destruir esa segunda vida.

—¡Dios mío! —dijo Nathalie sin poder evitar un sonrojo que le dio un tono bronceado a su piel café con leche. No había necesidad de agregar más palabras para que aquella noche de disparos junto al río cobrara vida para ambos.

—¿Ves la belleza de esto? — dijo Rodrigo—. ¡Cuando yo salvé tu vida salvé también la mía! Muchas veces, en la cárcel, me pregunté cómo el destino nos volvería a reunir para poder decirte esto. Bien, por fin lo he dicho; y ahora creo que estoy listo para despedirme.

Mientras las lágrimas de Nathalie fluían en silencio, Rodrigo pudo ver lo que hasta entonces sólo había sabido. Ambos habían compartido algo impredecible y maravilloso; algo que iba mucho más allá de esos contactos superficiales que en el mundo cotidiano pasan por "amor".

—¿Cuándo sales para Miami? —preguntó ella.

—Debería irme pronto, pero tal vez me quede en París unos días, o tome un tren para Alemania o Italia. ¿Qué tú crees?

El mesonero llegó con la cuenta y la colocó delante de la dama. Rodrigo la tomó rápidamente. Se la devolvió al mesonero con algunos billetes que incluían una propina bastante generosa. El mesonero miró los billetes, pronunció las palabras, *"Oui, ça va"*, y se retiró.

—¡Cielos! —exclamó Nathalie—. No me había fijado en la hora. Estoy retrasada para una reunión.

Rodrigo sonrió y dijo en tono ligero:

—Vas a ver a tu amante.

Ella le devolvió la sonrisa.

—Eso es bueno para la salud.

Cuando ella se paró para salir, él se puso de pie y la abrazó. Luego ella desapareció del lugar como la espía experimentada que era.

Rodrigo se rezagó unos minutos en la mesa, absorbiendo todo lo que de placentero había a su alrededor, y salió hacia la brillante tarde de París.

AGRADECIMIENTOS

Este libro debe su existencia a la generosidad de otros.

Hace muchos años, David Halberstam tuvo un acto de bondad conmigo que me alentó notablemente como escritor. No se lo reconocí entonces de manera adecuada. He aquí ahora un agradecimiento apretado y sincero.

Elric Endersby III, Dan Wedge, Elton Anglada, Daphne Abeel y Robert LeGrand viven también en mi memoria como personas que sobresalieron de un mundo harto indiferente para ofrecerle su simpatía a mi trabajo. Cada uno de ustedes fue fabuloso.

De las muchas personas que me enseñaron sobre Cuba, están en primer lugar E. A. Rivero y Adolfo Rivero. A través de muchas horas de conversación con estos caballeros excepcionales, comencé a comprender cómo uno puede sacar sabiduría, dignidad y un buen sentido del humor de los escombros de la historia.

También aprendí mucho de Cuba de Carlos Quintela, Abelardo Menéndez, Rosa Berre, José Solís, Víctor Delgado, José Hernández y Ricardo Bofill.

Karen Gantz Zahler es una samurai vestida de agente literario.

Héctor Menéndez, gran caballero, se convirtió en un intrépido abanderado de este libro en Hispanoamérica.

Benigno Dou, talentoso novelista y poeta, tradujo bellamente esta obra al español.

Bob Fuller —pensador y colega de sobresaliente calidad— ha sido mi compañero diario de conspiración.

Wakeford Gong le insufló vida a este libro con su arte y diseño geniales.

George Duebner, Cathy Benko, Marie y Vin Gaudenzi fueron los simpatizantes más firmes.

Ed Cohen leyó las distintas versiones con una dedicada inteligencia que mi agradecimiento no puede compensar.

Entre otros lectores de este libro me enorgullece mencionar a Harry Rieckelman, Andy Schmookler, Norberto Fuentes y Norwood Pratt.

La amabilidad de los extraños es un regalo tan raro como la familia feliz de Tolstoi, pero a mí me tocó más de lo que me correspondía. Un saludo especial a Victoria Broughton, Julie Kemper, Lisa Lee, Claudio Bruno, Sam Gruen, Ron Berlin, John Steiner, Bruce Brett, Michael Landy, Kate LaPoint, Ray Hudson, Stuart Loory, David Horowitz, John S. Carroll, Gerald Levy, S.J. Kalian, Tanya Simpson, Richard Pollock, Humberto Castelló, Néstor Díaz y Víctor Pérez Varela.

El doctor Mario Castejón, José de Lima, Armando de la Torre, Amalia y Cristina Quiñones, Marta Buonafina, Acelia Pacheco, Irma Price, Niurka de la Torre, Steven Hecht, Marge Silverton, Tony Russo, Robert Hart, Frank y Gerd Ziegenhorn, Anthony Cefaratti y Antonio de Oyarzábal están siempre en mi corazón.

Gayle Martin y Jack Henry, Sheila Simpson y Tom James, Marie-Louise Rodén, Zitta Zohar y Serban Rusu han sido música para mí.

Algunos colegas que fueron más que colegas: Bill Smith, Janine Sternlieb, Bill Lipsky, Mark Mericle, Aileen Alfandary, Lisa Rothman, Kéllia Ramares, Susan Stone, Andrea du Flon, Robbie Osman, Larry Bensky, Aaron Glantz, Phil Osegueda, Kris Welch, C.S. Soong, Matt Martin, Mary Bishop, Wendell Harper, Roy Tuckman y Brian Myers.

Emma Edwards, Noah Johnson, Carol Staswick, Thanasis Maskaleris, Kathy Glass, Carmen Alfonso, Andrés Hernández, Greg McKean, Esther María Hernández y Suzanne Kean prestaron una asistencia editorial vital.

Cuando estaba listo para la imprenta, le envié las primeras páginas del libro a Robert S. McNamara, quien llamó por teléfono para decirme que estaba "extremadamente interesado" en los temas que se tocaban. Esa reacción confirmó mi impulso de publicar este libro y le estoy muy agradecido por ello.

A mis familias en Nueva York y Tokio, muchas, muchas inclinaciones de cabeza afectuosas.

Toshinori Kanemoto, Ryoya Funakoshi y Goro Aoki han enriquecido mi vida con su amistad inimitable.

Mi considerada, entusiasta y tierna esposa Kaori está conmigo en todo lo que hago.

Imposibles de nombrar son aquéllos, aún desconocidos, que pudieran extender su aprecio a esta obra o a mi persona. A cambio de su amabilidad futura, tengan a bien aceptar este tributo general. Pueden contar con que los retribuiré haciendo extensivo a otros lo que he sido afortunado de recibir de ustedes.